慟哭のイヴ

アイリス・ジョハンセン
矢沢聖子 訳

HUNTING EVE
by Iris Johansen
Translation by Seiko Yazawa

mira

HUNTING EVE

by Iris Johansen

Japanese translation rights arranged with JANE ROTROSEN AGENCY
through Japan UNI Agency, Inc.

Published by K.K. HarperCollins Japan, 2020

謝辞

わたしの息子で、ケンドラ・マイケルズという
輝かしくもとらえがたいキャラクターを共に世に送り出した
ロイ・ジョハンセンに感謝を捧《ささ》げます。
彼はわたしがケンドラの魅力的で複雑な
個性に溺れてしまわないように、
いつも傍らで見守ってくれるのです。

慟哭のイヴ

おもな登場人物

イヴ・ダンカン——復顔彫刻家
ジョー・クイン——アトランタ市警の刑事
ジェーン・マグワイア——イヴの養女
セス・ケイレブ——謎の男
マーク・トレヴァー——ジェーンの元恋人
ケンドラ・マイケルズ——音楽療法士
マーガレット・ダグラス——動物と話せる女性
リー・ザンダー——殺し屋
ハワード・スタング——ザンダーの秘書
ベナブル——CIA捜査官
ジム・ドーン——連続殺人犯の父親
テレンス・ブリック——ドーンの手下

1

コロラド州　リオグランデ・フォレスト

ここはドーンの山だ。

自分の縄張りで、わたしを獲物のように狩り立てている。今もすぐそばまで迫っているにちがいない。

藪《やぶ》の中を逃げ続けているうちに、イヴは何度もバランスを崩して転び、そのたびに立ち上がって、また走り出した。

弱音を吐いてはだめ。荒涼とした原野を延々と逃げ回っている気がするけれど、思ったほど時間は経《た》っていないのだろう。ドーンから逃げ出したのは夕方で、今ようやく薄暗くなってきたところだ。

ジム・ドーンはどこまで追いかけてくるのだろう？　若くはないのだから、もっと距離が開いてもいいはずなのに。脇腹に刺すような痛みを感じて、イヴは足を止めた。深呼吸を繰り返しながら、耳をすませた。

背後の藪をかきわける音がする。

イヴはあわてて走り出した。

「逃げられっこない」ドーンが荒い息をしながら呼びかけた。「おとなしく戻ってきたら、命は助けてやる。だが、わたしを怒らせたら、保証のかぎりではないぞ。できることなら殺したくない。ケヴィンのために計画したことが水の泡になってしまうからな」

ケヴィンはドーンの死んだ息子だ。ドーンはケヴィンの頭蓋骨を回収してきて、イヴに生前の顔をよみがえらせる復顔作業を強要した。ほとんど完成した復顔像を断崖から投げ捨ててから、たぶん一時間と経っていないだろう。投げ捨てたのは、逃亡中にドーンの気をそらそうと思ったからだ。ドーンが死んだ息子に異常なほど執着しているのは、いやというくらい思い知らされた。だが、ドーンがどれだけ息子を英雄視しても、現実には、ケヴィンは良心のかけらもない幼女連続殺人犯だ。そして、ドーンはそんな息子を正当化して犯罪に加担した。ドーンに拉致されてから、イヴは本物のモンスターはどっちなのだろうと考えるようになった。

おそらく、父も子もモンスターなのだろう。復顔作業をしていたとき、イヴは何度も背筋が寒くなった。ケヴィンが地獄からよみがえってきて、父のドーンに乗り移ったのではないか？　そんな気がしてならなかった。

ばかばかしい。追い込まれて、正常な判断力を失っただけだ。

でも、現実にそんなことが起こるとしたら？　ドーンに誘拐されて以来、悪夢のような日々が続いて、何が現実で何がそうでないのか、わからなくなってきた。

「あの子を谷底に捨てるなんて、どういう了見だ？　わたしが取りに行っている隙に逃げようと思ったのか？」

イヴはそれに賭けていた。あの見るもおぞましい頭蓋骨はドーンにはかけがえのないものだから、谷底まで取りに行くものと思っていた。

期待はずれだった。

脇腹の痛みが耐えがたいほどになってきた。いつまで逃げられるだろう？

弱気になったらおしまいだ。逃げ続けるしかない。わたしはドーンよりずっと若いし、体力もある。恐怖におののいてはいるけれど、恐怖は時として大きな原動力になる。

それに、きっとボニーが助けてくれる。

逃げ出してからずっと、ボニーがそばにいてくれるのを感じた。それだけで心強かった。背中に羽が生えたように動きが軽くなった。

でも、今はドーンと二人で生死を賭したレースを展開している。励ましてくれるいとしい存在は、もういない。

ありがとう、ボニー。あなたはできるかぎりのことをしてくれたわ。あとはママに任せて。あの男が何をたくらんでいても、最後に勝つのはママだからね。

脇腹の痛みがやわらいできた。

走る速度が上がった。

ボニーが力を貸してくれたのだ。気力を失いそうになった母親をボニーは精いっぱい支えようとしてくれている。

ボニー、ママは諦めないよ。ジョーとジェーンのためにも、勝負をおりたりしないからね。さっきは、あなたがいくらがんばってくれても無理かもしれないとちょっとだけ思った。霊になったあなたに何ができて何ができないかはわからないけれど、限界はあるはずだもの。でも、だいじょうぶ。あとはママに任せて。

とにかく、走り続けよう。胸が痛くなるほど鼓動が激しくなった。胃がきりきりする。

悪態をつくドーンの声が聞こえた。

それでも、さっきよりは声が遠いようだ。さすがのドーンも力尽きたのだろうか？

そうだったら、どんなにいいだろう。

「逃げられるなんて思うなよ」苦しい息をしながら、また呼びかけてきた。「このあたりには土地勘がある。ケヴィンが小さいころ、よくここで過ごしたからな。あの子は鹿撃ちが得意だった。なんで特殊部隊に入れたと思う？　わたしがハンターに仕込んでやったからだ」

そして、幼い女の子を狩るモンスターに仕込んだというの？

「よく聞け。いったん戻って、銃と狩猟用具を取ってくる。ケヴィンと鹿を狩り立てたように、あんたを狩り立ててやる。低体温症にならないのをせいぜい祈ることだ。山は夜になるとぐんと冷えるからな」

たしかに夜は冷えるだろう。だが、走ったせいで大汗をかいて体がほてっていたから、イヴには実感が湧かなかった。

「藪に隠れたつもりでも、ちゃんと音が聞き分けられる。あんたを捕まえるなんて朝飯前だ」

声が遠くなってきて、距離が開いているのがわかった。このまま追跡を振り切ることができたら、勝ち目はありそうだ。

「そのあとでケヴィンを取り戻したら、あの子を殺したやつのところにあんたを連れていく。ザンダーの目の前で殺して思い知らせてやる。親にとって、わが子を殺されるほどつらいことはないからな」

またドーンの妄想が始まった。ケヴィンを殺害した張本人とドーンが信じている殺し屋のリー・ザンダーは、わたしの父親なんかじゃない。どこからそんなことを思いついたのだろう？　父はわたしが生まれるずっと前に姿を消し、母はどこの誰かさえ知らない。ケヴィンの復顔像を崖から落とされて、怒りのあまり、こんな途方もないことをまた言い出したにちがいない。殺し屋の娘なら、死をもってケヴィンの死を償わなければいけないとでもいうのだろうか。そもそも、ドーンが長年準備してわたしを誘拐したこと自体、なんの根拠もない妄想の結果なのだ。

たわごとに耳を貸してはだめ。ドーン以上に冷酷で危険きわまる殺し屋の娘だなんて、誰が信じるものか。そんなことよりも、この山から抜け出して、どこかで助けを求めることを考えよう。

「このあたりで行方不明者が何人出ていると思う?」ドーンの声はまだ遠かった。「凍死したり、野獣にやられたり、土砂崩れに巻き込まれたり。二晩もすれば、あんたもすごご舞い戻ってくるに決まってる」

それだけは死んでもいやだ。

「ジョー・クインやジェーン・マグワイアが助けに来るなんて思っているなら、考えが甘いぞ。こんな山奥に一週間いたって、誰も見つけてくれない。あんたがここにいるのを知っているのはわたしだけだ。どっちにしても捕まえてみせる。おとなしく戻ってきたほうが身のためじゃないか?」

足を止めてはだめ。真に受けてはだめ。いいかげんなことを言って、連れ戻そうとしているだけだ。

いつのまにか真っ暗になっていた。すぐ目の前の低木がかろうじて見える。やみくもに進むのは危険だ。いつ足を踏みはずして谷底に落ちるかわからない。

イヴは足を止めて、自分の鼓動以外の音を聞き取ろうとした。

何も聞こえなかった。

ドーンの気配もしない。

耳をすませた。ざわざわと藪が揺れる音も、荒々しい息遣いも聞こえない。静かだ。

助かったのだろうか？　まさか。

それでも、拉致されてからずっとつきまとっている恐怖から、束の間《つかま》でも逃れられるかもしれない。

しんと静まり返った闇の中で、ときおり、鳥の羽音が聞こえる。そして、原野の夜の音も。ジョーと暮らしていた、湖畔のコテージのまわりとは違う。ここは人里離れた山の中なのだ。

走り続けよう。ドーンからできるだけ離れよう。方向感覚を失って、同じ場所を回っていないことを祈るだけだ。海軍特殊部隊出身のジョーなら、どんなところでも生き残る知恵を持っているが、わたしは違う。職業柄、大半の時間を屋内で過ごしているし、もともと都会育ちだ。

小首を傾《かし》げて薄茶色の目で見つめるジョーの顔が目に浮かんできた。肌の温《ぬく》もりが恋しかった。ジョーを心の支えにしようとしても、心細さが募るばかりだった。さっきドーンがジョーの名前を出したのもそれが狙いだったにちがいない。恋人のジョー・クインと養女のジェーンは、イヴ・ダンカンにとって世界中で誰よりも大切な存在だと。わたしを捜す二人を危険な目に遭わせたくない。それぐらいなら、いっそ――

前方の茂みでガサガサと音がした。

大きな動物がいるようだ。クマ？　鹿だろうか？

それとも、ドーンが先回りして待ち伏せしているのか。

こんなとき、せめて武器があれば……。

イヴは息を殺した。獲物を探している動物なら、そのうち諦めて離れていくかもしれない。そう思った瞬間、我に返った。わたしはドーンの獲物ではない。どこかで武器を手に入れて、必ず逃げおおせてみせる

ドーンがこのあたりに土地勘があっても、ここはドーンの山ではないのだ。

ロサンゼルス　南カリフォルニア大学

話にならない！

ケンドラ・マイケルズはアルバートホールの重い扉を押し開くと、並木道を駐車場に向かった。

あんな聴衆には何を訴えても無駄。理解しようともせず、拒絶反応を示すんだから。

「ドクター・マイケルズ」背後から呼ぶ声がした。

ケンドラは振り返らなかった。

「待ってください、ドクター・マイケルズ」

声でスティーヴ・ウィッティとわかった。この会議の運営者のひとりだ。だいたい、この種の会議は嫌いなのに、ウィッティに押しきられて出席したのが間違いだった。アメリカ心理学会で〝自閉スペクトラム症の原因と治療〟と題した講演をするなんて。

ウィッティがどこまでも追いかけてきそうな気配だったので、ケンドラは諦めて足を止めた。

ウィッティが駆け寄ってきた。「すばらしい講演でしたよ」

ケンドラはアルバートホールを振り返った。「あの連中にそう言ってやってちょうだい」

「まあ、見解の異なる研究者がいますから」

「わたしをペテン師と見なしている人もいるという意味ね。質疑応答を聞いたでしょう?」

「あなたを攻撃したくなる気持ちもわからないではありません。この分野では最先端を走っておられますからね。まったく未知の領域だ。少なからぬ心理学者が、自分たちのライフワークは時代遅れになったと感じたんですよ」

「そんなつもりはないわ」

「いや、彼らにしてみれば、音楽は発達障害の癒《いや》しになると宣告されたようなものですからね」

「癒しではなくて治療よ。それに、音楽が発達障害の唯一の治療法だと断言した覚えはない」

「しかし、あなたの研究によると、従来のいかなる方法よりもはるかに大きな効果があったわけでしょう。一部の研究者が反発するのも無理からぬところです。だからこそ、こうしておいでいただいたわけで」ウィッティはケンドラの腕に手を置いた。「ショックと怒りがおさまれば、彼らもあなたのホームページに掲載されているデータやセッションの内容を調べるでしょう。そうすれば、わたしと同じ考えを持つはずですよ。この驚くべき能力を持った若い女性が、患者を解放することに貢献したと」

ケンドラはふっと息をついた。どうしてあんなわからず屋たちに腹を立てたんだろう? 世間に受け入れられなくてもわたしの研究には価値があると、常々自分に言い聞かせていたのに。患者ひとりひとりに合った楽器とコード進行を選んで興味を引くようにすれば、必ず外の世界に導くことができる。そう信じてやってきた。なのに、欲を出してしまった。講演を聴いた研究者を啓蒙《けいもう》して、同じ方法をとらせようとしたのだ。

ケンドラはウィッティから目をそらせた。「彼らが懐疑的になるのもわからなくはないわ。音楽療法の分野には、突拍子もない考えを持つ人や疑似科学信奉者がうようよいるから、音楽療法そのものが胡散臭《うさんくさ》い目で見られている。でも、わたしは科学的に研究している。現に、十人の出席者に検討してもらったけれど、反対意見はことごとく論破したわ」

「あなたが出した成果に誰もが驚いているんです。ただ、受け入れるには時間がかかるでしょう」

「わたしは子どもたちを助ける方法を見つけたのよ、ウィッティ。わたしの研究がそれを実証している」

「あなたが公表していない要素があるのではないかと思っている人たちもいるんです」

ケンドラは信じられないという顔でウィッティを見た。「どういうこと？　わたしはすべて明らかにしたわ」

「そうでしょうか」ウィッティは笑みを浮かべた。「わたしが言いたいのは……あなた自身のことです」

「わたし？」

聞き返した瞬間、ケンドラははっとした。ウィッティが何を言おうとしているのかわかったからだ。実際、講演中に何度か、無意識のうちに聴衆を感動させようとしていることに自分でも気づいていた。決して本意ではないのに。

「聴衆の歓心を買おうとしていると言いたいの？　みんながわたし個人に興味津々なのは知ってるわ。でも、ついあんな言い方をしてしまうだけで、同情を引こうとか――」

「そんなことは思っていませんよ。ただ、なぜあれほどの成果を出せたか、いろいろ取り沙汰されていましてね。なぜあれほど感受力が高いのか、被験者に感情移入できるのか、相手が必要としているものをボディランゲージや音色やリズムなどを駆使して与えられるのかといったことを」

ケンドラはいぶかしげに目を細めてウィッティを見た。「そんなことを言われているの？　論文を読んだら、わたしが単なるセラピストではないことがわかるはずなのに。わたしの開発した方法は万人に適用できる」

ウィッティはほほ笑んだ。「わたしは論文を読んだからわかっています。彼らもいずれわかるでしょう。まあ、ゆったり構えていてください」

「ゆったり構えていたかったら、この会議には来なかった。今度こそ理解してもらえると思ったから講演を引き受けたのよ」

「それなら、講堂に戻ってください」ウィッティはまたケンドラの腕に手を置いた。なだめようとしているのだ。悪気はないのだろう。たぶん悪いのはわたし。でも、投げ出したくなってきた。

そのとき、ポケットの中でスマホのバイブが鳴った。助かった。これでウィッティから逃げられる。彼から離れてスマホを取り出した。「もしもし」

「ケンドラか？　ジョー・クインだ。きみの力を借りたい」

「クイン？」ケンドラはウィッティに顔を向けて、声には出さずに〝失礼〟と言った。ウィッティはうなずいて講堂に戻っていった。「どうしたの、クイン？」

「どうもこうもない。きみの力が必要なんだ」

「わたしは探偵じゃないわ。それに、死ぬほど忙しいの。引きずり込もうとしても――」

「きみがいつも忙しいのはわかってる。今、何をしてるか知らないが、中断してもらうしかない」クインは一呼吸おいた。「イヴのことなんだ」

「イヴのこと？」スマホを持つ手に力が入った。「何があったの？　教えて」


四十分後、ケンドラはコンドミニアムの自宅に戻って、ベッドにのせたスーツケースに衣類を投げ込んでいた。

「インターホンを押しても出ないから、合い鍵で入ったわ。何をしてるの？」ケンドラの母が寝室の入り口に立って、手当たり次第に服を投げ入れている娘を不満そうに眺めた。「きちんと順番に入れたほうがいい。ちゃんと教えたはずよ」

「目が見えなかった頃の話でしょう。人一倍きちんとしていれば、障害があっても憐《あわ》れまれずにすむからって」ケンドラはセーターと、ジーンズをもう一本放り込んだ。「幹細胞移植手術を受けてから主義を変えたの。いいかげんだってなんとかなるわ」

「スーツケースの詰め方に限ったことじゃなさそうね」ディアナ・マイケルズは皮肉な口

調で言った。「ドクターたちのおかげで奇跡的に目が見えるようになったのに、あのあとどれだけ心配させられたことか。あそこまで羽目をはずすなんて思っていなかった」

「それは昔の話」ケンドラは苦笑した。「今のわたしは退屈な音楽療法士よ。羽目をはずすのはお母さんに任せるわ」

ディアナはカリフォルニア大学サンディエゴ校の歴史学教授で、ケンドラの知るかぎり、誰よりもエネルギッシュで若々しい精神の持ち主だ。そして、とても面倒見がいい。持ち前の知性と力強さを発揮して、生まれつき目の見えない娘を肉体的にも精神的にも自立できるように育てた。

そんな母にケンドラは心から感謝している。といっても、母の扱いにくい性格や、娘だけでなく周囲の人間を自分の思いどおりにしようとする強引さは苦手だ。

「それは賢明ね。退屈なくらいの生活を送ってくれると安心だわ」ディアナは近づいてくると、スーツケースの衣類を詰め直そうとした。「でも、賢明になる前の名残をまだ引きずっているようね。洗面具を持ってきて。服を詰め直したから、隅に余裕ができたわ」

「お母さん……」ケンドラは一瞬母を見つめたが、それ以上何も言わずにバスルームに向かった。こんなことで突っかかってもしかたがない。母と暮らすうちに、勝ち目のない喧《けん》嘩《か》はしないだけの分別がついた。バスルームから戻ってくると、洗面具を入れたビニール袋を渡した。「すぐ出せるようにしておいて。空港でセキュリティ・チェックを受けなくちゃいけないから」

「飛行機に乗るの？　どこまで？」

「アトランタ」

「どうして？」

「向こうで用事があるの」

「答えになってないわ。あなたがまだティーンエイジャーだったら、親に対する態度ではないと叱るところよ」ディアナは眉をひそめた。「インターホンを押したのになぜ出なかったの？」

「急いでいたから。出かけるところだったのよ」ケンドラは笑みを浮かべた。「お母さんを避けているわけじゃない。ちゃんとここの合い鍵を渡してるでしょう。いつ来てくれても歓迎よ」そう言うと、一呼吸おいた。「何か用があったんじゃないの？　ふらりと立ち寄ったとは思えないけれど」

「あなたの講演をのぞいてみたの。夕食に誘おうと思って」

ケンドラは顔をしかめた。「わたしの血管が切れそうになったのを見たわけね」

「相手が悪いのよ。あなたの言っていることは正しいとわかりそうなものなのに。そうでしょ？」

「まあね。わたしの態度も礼儀正しいとは言えなかったけれど」

「やれやれ」ディアナはしばらく黙っていた。「実は、駐車場までついていったの。あの生真面目な坊やから救い出してあげようとしたら、電話がかかってきた」そう言うと、肩をすくめた。「あなたはすぐ電話を切ると、車に飛び乗って会場をあとにした」ケンドラの目を見つめた。「でも、ちらりとあなたの顔が見えたの。また始めるつもり？」

「羽目をはずすという意味？」ケンドラは首を振った。「音楽療法士としての人生に満足してるわ。セラピーを受けている子どもたちに責任があるし」

「わたしが何を言いたいかわかっているはずよ。誰？　ＦＢＩ？　それとも、地元警察？　断ってちょうだい、ケンドラ」

母の気を変えさせられるとは思っていないが、言うだけは言ってみることにした。「断れないの」ケンドラは穏やかな声で言った。「今回だけは」

「どうして？」ディアナは言い返した。「警察はあなたのことなんかなんとも思っていないのよ。何度危ない目に遭わされたら気がすむの？　死にかけたことだってあった。手を貸してほしいと言われたからって――」言葉を切ると、ため息をついた。「あなたを失いたくない。あなたは善良で、寛大で、完璧な人間になろうと懸命に努力してきた」そう言うと、唇をゆがめた。「ただひとつの難点は完璧を求めすぎること」

「そうじゃないわ。わたしのしていることは誰にだってできる。集中すればいいだけよ」

ケンドラは幼い頃から五感をフルに働かせて視覚障害を補ってきた。二十歳のとき、幹細胞移植手術を受けて視力を取り戻したあと、周囲の人が自分と同じように五感を働かせられないと気づいてびっくりした。手術を受ける前のわたしより見えていないみたいだった。こうした観察力の鋭さが捜査関係者の目にとまって、ときおり協力を求められるようになったのだが、母はケンドラが捜査活動に加わるのを嫌っている。

「FBIでは誰もわたしを善良だとも寛大だとも思っていないわ。役に立つけれど、いっしょにはいたくないと思ってるはずよ」

「そう思われてまで協力することなんかないでしょう」ディアナは言った。「親の欲目かもしれないけど、あなたは並はずれて直感力が鋭い。それを利用されているだけよ」

「ええ、ちゃんと教えてくれたから、悪いのはわたしじゃなくて世間なのもわかってる」

ケンドラは身を乗り出して母の頬にキスした。「ほんとにそのとおりよ」そう言うと、パソコンバッグを手に取った。「じゃあ、行くわね」

「誰に会うか聞くまで行かせない」ディアナはこわばった顔で言った。「あなたが死んだら、どこへ遺体を取りに行けばいいか聞いておかなくちゃ」

やっぱり、母の気を変えさせられなかった。できれば説明したくなかったし、説明する時間も惜しかった。「ジョー・クインというアトランタ市警察の刑事。名前は聞いた覚えがあるでしょう。彼が連続殺人犯を追ってロサンゼルスに来たときに協力したし、そのあと彼が捜査している失踪事件にも関わったことがある」

「あのときは生徒さんのひとりが大変な時期で、セッションを延期するかどうか迷っていたわね」

「でも、最終的には、うまくいったわ」

ディアナは眉をひそめた。「たしか、イヴ・ダンカンという人にも協力したことがあったわね。気が合わないと聞いた覚えがあるけど」

「性格が似ているから、衝突することも多いけれど。最終的には仲よくなったわ」ケンドラは続けた。「イヴには好意を持っている。とてもユニークな人よ」

「また彼女と働くつもりなの？　アトランタに行くのはそのため？」

「イヴがからんでいるのは事実だけれど」ケンドラは首を振った。「いっしょに働くことにはならないと思う。ジョー・クインから、ジム・ドーンという異常者にイヴが誘拐されたという電話があったの。イヴを捜すのに手を貸してほしいと頼まれた。断るわけにいかないわ」

ディアナはため息をついた。「そういう事情なら、止めるのは無理ね」

「危険な仕事じゃないわ、事件の捜査に関わるわけじゃないから。イヴがドーンにどこに連れていかれたか、手がかりを探すのがわたしの役目。それを終えたら、手を引く」ケンドラは口調をやわらげた。「心配しないでとは言わないわ。二十八年前にわたしが生まれたときから、心配するのがお母さんの仕事みたいなものだったもの。気にかけてもらえるのはうれしい。でも、今回は不安材料はないんだから」

「そう言われたって」ディアナは娘を見つめた。「肉体的に傷つかなくても、精神的にずたずたになるあなたを何度も見てきたわ。今回もそうなりそうね。イヴ・ダンカンに好意を持っているなら、きっと傷つくことになるわ」そう言うと、スーツケースをばたんと閉じた。「それがわかっているのに、わたしには何もしてあげられない。いつになったら自衛本能に目覚めてくれるのかしら」

「とっくに目覚めてるわ。事態が思ったとおりに進んでくれないだけ。お母さんもイヴに会ったら、きっと好きになるわ」

「どうかしら」ディアナはドアに向かった。「空港まで送るわ。車の中でイヴのことを聞かせて」手を上げて、何か言いかけたケンドラを制した。「送ると言っているでしょ」毅《き》然《ぜん》とした口調で言った。「事情もよくわからないまま、暗くなってからひとりで行かせるわけにいかない。スーツケースを持ってきて」

　ケンドラはやれやれと首を振りながら、コンドミニアムの前の駐車スペースにとめてある母のベンツに急いだ。「わたしが戻ってきたら、二人でセラピーを受けたほうがよさそうね。このところ、また支配的な母親になってきたわ」

「あらそう?」ディアナは運転席についた。「そういう母親だと思って受け入れるしかないんじゃないかしら。そんなことより、イヴ・ダンカンのことを話して」

「復顔彫刻家としては世界でも一流で、全米の警察から依頼を受けて、事件の被害者の頭蓋骨をもとに生前の顔を復元している。いちばん力を入れているのは、事件に遭った子どもたちの復顔。名前を聞いたことはあるでしょう？　有名な人よ」

「名前は知っているけど、わたしは歴史的意義がないかぎり頭蓋骨は見たくないわ。死んだら誰でもああなると思うのがいやだから。でも、人間は職業だけで判断できるものじゃないわ。どういう生い立ちの人？」

「私生児として生まれて、アトランタのスラム街で育った。母親はイヴが子どもの頃はドラッグ依存症で、出生証明書の父親の欄は空白。父親がどういう人か、イヴのお母さんもよく知らないそうよ。イヴも十七歳で私生児を産んでいる。ボニーという女の子で、イヴは溺愛していた。その娘が七歳のとき誘拐されて殺害されたの」

「かわいそうに」ディアナはつぶやいた。「よくそんな試練に耐えられたわね。わたしにはとてもまねできない」

「ええ、イヴは本当にがんばったの。学校に入り直して、復顔彫刻家になった。その間もずっと娘さんの遺体を捜し続けていて、最近やっと見つかった。娘さんを亡くしてずいぶん経ってから、十歳だった孤児のジェーン・マグワイアを養女にして、恋人のジョー・クインと二人で育ててきた。成人したジェーンは画家になって、今はヨーロッパで暮らしている。最近になってイヴは自分に異父姉のベスがいることを知って、連絡を取り合うようになったの。といっても、ベスはカリフォルニアに住んでいるから、あまり会えないようね」ケンドラは母の顔を見た。「イヴの身元調査はこれぐらいでいい？」

ディアナはうなずいた。「平凡な人生を送ってきた人でないことはわかったわ」そう言うと、顔をしかめた。「訊《き》かないほうがよかったかもしれない。彼女を捜しに行くのを止める理由がなくなってしまった」

「そのとおり。イヴは強い人で、自分の人生をしっかり生きている。お母さんと同じよ」

高速道路に入るために車線変更している間、ディアナは無言だった。「誘拐犯がわかっているなら、あなたに協力を求めるまでもないでしょうに」

「くわしいことはわからないの。ジョーの話では、ドーンは何年も前から誘拐計画を立てていたらしくて。息子のケヴィンが殺害されて火葬された直後に、頭蓋骨だけは救い出したそうよ」

「イヴ・ダンカンに復顔像をつくらせようというわけね」

「おそらく。誘拐されたあと、イヴからクインに電話があって、ジェーン・マグワイアの容体を訊いているの。そのとき、イヴは電話をかけることをドーンに承知させるために取り引きしたと言っていたそうよ。復顔像をつくるのが条件だったんじゃないかしら」

「容体を訊いたって、どういうこと？」

ケンドラはためらった。できることなら、母に知らせたくなかった。「ジェーン・マグワイアは、ドーンの共犯者のブリックという男に撃たれたの」

「なんですって？　それでも、危険な仕事じゃないというの？」

「言ったでしょう、わたしの役割を果たしたら、手を引くって。それに、ジェーンは殺されたわけじゃないの。負傷しただけ」

「安心したわ」ディアナは皮肉な口調になった。「命だけでも助かって」

ケンドラはＣＩＡ捜査官が喉を切られた死体で見つかったことは黙っていた。「ドーンが危険な男じゃないとは言わない。行動の予測もつかない。でも、ドーンと渡り合うのは、わたしではなくジョー・クインよ。こういう仕事に向いている。刑事になる前はＦＢＩ捜査官で、その前は海軍特殊部隊にいた。わたしはイヴを見つけるための手がかりを探してほしいと言われただけ」

「そうは言っても、いざとなったら捜査に引っ張り込まれるわ。クインはイヴ・ダンカンの恋人なんでしょう。私情にとらわれない保証はない」

さすがに母は鋭い。「ジョーに限って――」ケンドラは言ったが、母に嘘をつくことはできなかった。「たしかに、ジョーはイヴに夢中よ。長年いっしょに暮らしているのに、今でも若い恋人同士みたい」ケンドラは早口でつけ加えた。「でも、わたしは自分の意志に関係なく引っ張り込まれたりしない。無謀な人間でもない。お母さんにはよくわかっているはずよ」

「無謀なまねをしなくても、精神的に傷つくこともあるわ。三年ほど前、幼女連続誘拐事件の捜査に関わったときには、しばらく立ち直れないほどショックを受けたじゃないの」

ケンドラは無言だった。

「わかった」ディアナはため息をついた。「もう何も言わないわ。ただし、電話で進展を知らせると約束してちょうだい」

「いざとなったら、白馬に乗って助けに来てくれるわけ？」ケンドラは穏やかな声で続けた。「わたしの思いどおりにさせて。お母さんは最高の母親よ。わたしのために闘い続けて、わたしにも闘うことを教えてくれた。わたしを信じて。わたしなら正しい選択ができるし、たとえ選択を間違っても、なんとかやれると信じてほしいの。子どもの頃からずっとわたしを信じてくれたように。それほど難しいことではないでしょ。あなたの娘だもの」

ディアナはしばらく黙っていた。「自尊心をくすぐろうとしてもだめよ。口で言うほど簡単なことじゃないわ。あなたも自分の子どもを持ったらわかる」そう言うと、空港ターミナルビルの前に車を寄せた。「あなたが分別のない行動をしたら、助けに行くつもりよ。あなたの自由は認めるけれど、見放したわけじゃないから」

「よかったわ、見放されなくて」ケンドラは助手席側のドアを開けた。「これで娘として思い残すことはない」

「よかったわね」ディアナはそっけなく言った。「ほかにわたしに教えておくことはない？　白馬に乗って助けに行くことになるなら、GPSをセットしておきたいから」

「今のところわかっていることは話したつもりよ」ケンドラは車をおりて、後部座席に置いてあったスーツケースを引き出した。「クインがいろんな名前や出来事を早口でしゃべったから、全体像がつかめなくて。頭の中で整理しようとしてるけれど、その前にアトランタに着きそうな気がする」ケンドラは運転席の母のほうに身をかがめて、鼻のてっぺんにキスした。「ねえ、これで満足してくれる？」

「だめよ」ディアナは両手でケンドラの顔をはさんだ。「干渉されたくないなら、電話を忘れないで。電話ぐらいできるでしょ？」

「それって脅迫？」ケンドラは笑いながら体を起こした。「お母さんに満足してもらうにはどうしたらいいの？」

「わたしに訊かないで。自分のことは自分で決めるように教えたはずよ」

「そうだったわね」ケンドラは車のドアを閉めた。「とりあえずこれだけは言っておく」そう言うと、母を振り返った。「何があっても愛しているわ、お母さん。アトランタに着いたら電話する」

母の視線を背中に感じながら、ターミナルビルのガラスのドアに向かった。笑顔で小さく手を振ってから建物に入った。

入った瞬間、表情を引き締めた。母を心配させないように精いっぱいやったつもりだけれど、少しは安心してくれたかしら？　ケンドラ自身、状況がよくわからないのがもどかしかった。とにかく、情報がほしい。このままでは、生まれてから二十年間過ごした闇の世界でイヴを捜すようなものだ。

何よりも不安なのは、イヴを見つける助けになれない予感がすることだった。イヴは頭の切れる人だ。そんな彼女を誘拐した犯人なら、相当手ごわい相手にちがいない。あの知的で用心深いイヴが連れ去られたこと自体、いまだに信じられないぐらいなのだから。

だが、犯罪者は必ずなんらかの痕跡、つまり、自分が通った道を示す手がかりを残すものだ。犯罪現場に行けば、何もかも明らかになるだろう。

ドーンという誘拐犯がその例外でないことを祈るだけだ。

ドーンは必ず見つけるわ、イヴ。だから、あなたも負けないで。あなたを助け出すチャンスをちょうだい。わたしにできることはなんでもする。

2

コロラド州　リオグランデ・フォレスト

前方の茂みで音がしなくなった。

イヴは耳をすました。

崖をくだっていくかすかな物音がする。

さっきの音はドーンではなかった？　鹿だったのだろうか？　ドーンだろうが森の獣だろうが、行ってしまったのなら、なんだっていい。イヴはまた進み始めた。

それにしても、寒い。足を止めて潜んでいたせいで、体温が奪われたのだろう。

このままじっとしていたら、寒さが募るばかりだ。ドーンに言われなくても、この山奥で夜を過ごしたら低体温症になる危険が高いのはわかった。でも、体を温めるために一晩中走り続けるなんて不可能だ。といって、火を起こしたりしたら、すぐ見つかってしまう。どこか身を隠せる場所と、今着ているものより厚手の服がほしい。

どうすればいいだろう？　知恵を絞ってみよう。

洞窟か木のウロに潜り込んだら身を守れそうだ。山の寒さに備えなければいけないのはわかっていたから、逃げる前にありったけの衣服と毛布をダッフルバッグに詰めて、その上にケヴィンの復顔像を入れた。

だが、復顔像を崖から投げたあと逃げる途中で、体力を温存するためにダッフルバッグを道端に捨ててしまった。

取り戻しに行こうか？　できなくはない。捨てた場所は覚えている。でも、暗闇の中で見つけられるだろうか？

捨てたのは監禁されていた建物の近くだから、ドーンに見つかる恐れがある。夜を過ごすためにドーンはあそこに帰っただろう。それに、引き返したら、せっかく開いたドーンとの距離が縮まってしまう。

何よりも、ケヴィンの復顔像を投げ落とした谷に近づくのが恐ろしかった。ひょっとしたら、ドーンは息子のそばを離れたくなくて、谷の近くで野宿しているかもしれない。ドーンの異常な執着を考えれば、あり得ないことではなかった。

それに、ドーンがダッフルバッグを見つけて、取りに戻ってくるのを待ちかまえていないともかぎらない。

いろんな可能性を考えているうちに、いっそ、ここでじっとしているほうが安全かもしれないと思った。だが、それではどんどん体温を奪われていって……。

こうなることは予測していたはずだ。助けを期待できないこともわかっていた。ジョーが全力を尽くしてくれているのは間違いないけれど、ここを突き止めるのは至難の業だろう。あれこれ迷っていてもしかたがない。生き残るために必要なものを手に入れて、この山の中から出ることだけを考えよう。

そう決心すると、イヴは来た道を引き返して、昔は鋳造所だったとドーンが言っていたログハウスに向かった。

巨大なクモのように巣を張って待ち受けているドーンが目に浮かぶ。優しそうな顔の下に邪悪な心を隠した、あの顔が。

だめ、こんなことを考えては。イヴはドーンの幻影を振り払った。あの男の幻影に怯《おび》えて何もできなくなったら、相手の思う壺《つぼ》だ。ドーンはケヴィンの霊が生死の境を自由に行き来していると信じているし、実際、イヴもそれを真に受けそうになったこともあった。復顔作業をしていると、いつも死者との間にある種のつながりを感じるのだが、ケヴィンの復顔をしているときは、言いようのない恐怖を覚えた。異様な威圧感に圧倒されて吐き気がした。あの復顔像を崖から落としたときは、やっと解放されたと、心からほっとしたものだ。

霊の存在はイヴも信じている。亡くなった娘のボニーが現れるようになったのは、亡くなって一年ほど経《た》ったときだった。もしあのときボニーが夢に現れてくれなかったら、どんどん絶望の淵《ふち》に沈んでいって、ついには生きることを諦めただろう。だからこそ、霊が生死の境を越えられるというドーンの言葉を否定しきれなかったのだ。

でも、ケヴィンの霊は、現れるのを心待ちにするような穏やかな霊ではない。生前のケヴィンは幼女連続殺人犯で、復顔に取り組んでいたときも、邪悪な力しか伝わってこなかった。

イヴは身震いした。ケヴィンのことを考えてはだめ。ケヴィンをこの世に送り出して、罪もない少女たちを死なせることに加担した父親のことも。イヴは闇に向かって歩き出した。この世には善も希望も存在する。今いちばんほしいのは希望だった。

ボニーのことを考えよう。

カナダ　バンクーバー

「ベナブルからです」ハワード・スタングは、ザンダーが図書室の机の上に置きっぱなしにしていた電話を手渡した。「席をはずしましょうか?」

「それには及ばない。相手はCIAだ。きみが毛嫌いしている曰《いわ》くつきのクライアントとは違う。どうだ、スピーカーホンにして聞かせてやろうか。最近では、わたしたちの相互理解が深まったことだし」ザンダーはからかうような笑みを浮かべて電話を受け取った。

「きみは信頼できる部下から、腹心の部下に昇格したわけだ」

「やめてください」スタングは会計士兼個人秘書という存在で充分だった。ザンダーの下で働いて数年になるが、ずっと裏方に徹してきた。ザンダーは徹底した秘密主義者だ。ときおりベッドをともにする女性がいるのは知っているが、それ以外にプライベートな顔は見せない。誰とつき合い、どんなクライアントがいるか、そもそもどんな経歴を経てきたのか、いっさい知らせようとしなかった。だから、最近、ザンダーが柄にもなく私生活を垣間《かいま》見せるようになったことにスタングはとまどっていた。だが、もともと本心の読めない男だから、単なる気まぐれかもしれない。

「その言い方はないだろう」スタングにそう言うと、ザンダーは電話に向かって話し始めた。「またきみか、ベナブル。少々負担になってきたところだ。気に入らないな。なぜ電話してきた？」

「俗世間から離れてくつろいでいるところを邪魔してすまない」ベナブルは不機嫌な声で言った。「申し訳ないが、現実の世界に戻ってきてもらいたい」

「やけに喧嘩腰《けんかごし》だな。用件はなんだ？」

「ついさっき、ターサー将軍がバージニア州の自宅で射殺されたという知らせが入った」

ザンダーはすぐには答えなかった。「いよいよ始まったのか」自分にジム・ドーンの息子を殺害させたターサーが死んだというのだ。

「ドーンの次の狙いはあんただろう」ベナブルは警告した。

「ああ、だが、将軍ほどあっさり消されたりしない」

「言うことはそれだけか？　将軍は立派な軍人で、祖国のために尽くした愛国者だった」

「それはきみのほうがよく知っているだろう。わたしは将軍のそういう一面に接したことはない。クライアントとしては敬意を払っていた。仕事をくれたし、金払いもよかった」

「将軍は幼い娘を殺した犯人の殺害をあんたに依頼した。裁判が却下されて、犯人のケヴィン・レリングを裁く方法をそれ以外に思いつかなかったんだろう。将軍に少しは同情していたのか？」

「同情していれば、もっと効率よく仕事できたと言いたいのか？　いや、むしろ障害になって、将軍が出した報酬に見合う仕事ができなかっただろう」

「答えになっていない」

「これ以上何を言わせたいんだ？　深読みするな。きみの敬愛する将軍は、わたしと同じ人殺しだ。自分で手をくだそうとせず、わたしにドーンの息子殺しの罪をかぶせた分、将軍のほうが罪が深いかもしれない。いずれにせよ、わたしは進んでその罪をかぶったわけだが」ザンダーは肩をすくめた。「結局のところ、人間には加害欲求があって、どういう状況でその欲求を解放するかが違うだけだ。わたしの場合は、その状況を他人に選ばせて実行することで金をもらっている」

「冷酷なやつだ」

「話はこれで終わりか?」

「あのディスクをドーンから取り戻すと将軍に約束した。あいつを見つけなくては」

「将軍との契約には、ディスクの回収は含まれていなかった。ベナブル、それはきみの仕事だ」

「あんたがドーンの息子を殺さなかったら、息子に託されたディスクをドーンが脅迫の道具にすることもなかった。おかげでパキスタンに潜入している捜査官全員が命の危険にさらされている。ドーンが監視の目を逃れた今となっては、いつ彼らが殺されるかわからない。つまり発端はあんたが犯した殺人だ」

「ずいぶん強引な理屈だな。事態はそこまで切迫しているのか?」

「部下のデュークス捜査官が、湖畔のコテージの近くで殺害された。そして、今度は将軍だ」ベナブルは一拍おいた。「しかも、イヴ・ダンカンはドーンに拉致されて、いつ殺されても不思議はない」

「ディスクの問題だけではなさそうだな」ザンダーはからかうような口調になった。「珍しく感情的になっているぞ、ベナブル。それは認めたほうがいい」

「ドーンはあんたを狙う。あんたが将軍に雇われて息子を殺したことを知っている」

「ああ、あいつを待っているところだ」

「罠《わな》を仕掛ける気か？　そこで待つことはないだろう。殺すつもりなら、あんたのほうから出ていって、さっさと始末したほうがいい」

「いや、自分の陣営におびき寄せるほうが効率的だ」

「この際、効率なんてどうだっていいじゃないか。早く始末すれば、イヴが生き残る可能性が高くなる。おとなしく監禁されているような女性ではない。きっと、逃亡を試みるだろう。そのあげくにドーンが腹を立てて、発作的に殺してしまう可能性がある」

「ああ、ドーンが電話してきてイヴ・ダンカンと話をさせられたとき、わたしもそう思った」ザンダーは含み笑いをした。「イヴはドーンもわたしも恐れていなかった。ドーンがかっとなったとしても不思議はない」ザンダーの顔から笑みが消えた。「ドーンが電話してきた目的は、わたしにあいつを追わせることだ。わたしをおびき寄せれば優位に立てるからな。だが、その手には乗らない。あいつに出向かせる」

「ドーンがひそかに隠れ家を出たと最初に電話したときは、追う気でいたじゃないか」

「気が変わった。向こうから来るとわかっているのにわざわざ出ていくことはない」

「だが、あんたならドーンの居場所を見つけられるんだろう？　その点には自信があるようだな」

「人を見つけて始末するのがわたしの仕事だ。ああ、自信はある」

「それなら、今すぐ実行してくれないか。そしてイヴを救い出してほしい」

「イヴ・ダンカンのことまで考えている余裕はない。それを考慮したら、ドーンに対して優位に立てなくなる。ドーンと対決すること以外は考えたくない。それぐらいわかるだろう、ベナブル？」

「ああ、わかっている。たまには人間らしさの片鱗《へんりん》でも見せてくれるんじゃないかと期待しただけだ」ベナブルは一呼吸おいた。「イヴ・ダンカンは救い出す価値のある人間だぞ、ザンダー」

「それなら、きみとジョー・クインで救い出したらいいだろう」

「ジョー・クインにあんたの居場所を教えてやろうかとも思ったよ」ベナブルは苦い口調で言った。「だが、ドーンがあんたを殺す気でいるとだけ言っておいた。それだけでクインはぴんときて、あんたを捜すかもしれない。心にとどめておいたほうがいい」

「どうしてそんなまねをしたんだ？　ドーンの相棒に火葬場を突き止められて、わたしがケヴィンの火葬費用を出したのがばれたのも、きみが警戒を怠ったせいだ。そのうえクインにわたしの存在を知らせるとは。わたしたちの関係は秘密保持が前提だったはずだ」

「知ったことか」ベナブルは大きく息をついた。「わかったよ、イヴを救う気はないんだな。だが、ドーンは始末する。そう思っていいんだな？」

「考えてみよう」

「はっきり答えてくれ。多くを望むつもりはない。きっとイヴもそうだろう」

「彼女は何も望んでいない。期待していないと言うべきかな。電話で話したとき、そういう印象を受けた。もう切るぞ、ベナブル」ザンダーは終話ボタンを押すと、スタングに顔を向けた。「なかなか興味深かっただろう、ベナブルの動転ぶりは。将軍を敬愛しているのは知っていたが、あそこまで感情的になるとは思わなかった」

「将軍？」

「ああ、説明してやろうか」

「いえ、けっこうです」

「そう言われると、ますます説明したくなる」ザンダーは机に近づいた。机の上のファイルを開いて、報告書に貼ってあるイヴ・ダンカンの写真を見おろした。「ベナブルはきみに劣らずこの女性に魅力を感じているようだ。きみと気が合いそうだな」

「妙なことを言わないでください。魅力を感じるも何も、会ったこともないんですよ」スタングはザンダーを見上げた。「わたしが知っているのは報告書に書いてあることだけです。あとはドーンに拉致されてからのことを、あなたから断片的に教えてもらった。たしかにイヴ・ダンカンは失うには惜しい女性で、こんな狂犬みたいなやつに殺されたら、たいていの人は残念がるだろうと言ったかもしれませんが」

「たいていの人？　わたしは含まれていないのか？」

「あなたを批判するつもりはありません」

「だが、内心は違う」

「あなたの仕事のことは何も知りませんから」スタングは写真を指先で叩《たた》いた。「この種の仕事のことはという意味です。わたしは会計士ですから、あなたの資産を守るのが仕事です。なぜ急にそれ以外の役割を与えられたのか、理解に苦しみます」

「ああ、わたしにもわからない。ただの気まぐれかな」ザンダーはにやりとした。「わたしの気まぐれは珍しくないだろう」

スタングは唇を舐《な》めたが、何も言わなかった。

ザンダーは手を振った。「いや、そんなことはどうでもいい。どこまで話したかな？そうだ、将軍のことだったな。将軍がなぜイヴ・ダンカンとつながってくるのか。ジョン・ターサー将軍は数年前、わたしにある仕事を依頼してきた」

「そうだろうと思っていました」

「ケヴィン・レリングという男の殺害だ。レリングは一時期、陸軍特殊部隊に所属していたが、中東に赴任すると、アルカイダと手を組むのが権力を握る早道と判断して、自分からアルカイダに近づいた。軍はそのことに気づいておらず、レリングが敵軍以外の人間を殺害していることも知らなかった。レリングは幼女を狙う連続殺人犯だったんだ。巧妙なやり口で、ヨーロッパの半数の国で被害者を出している。被害者のひとりで、当時五歳だったダニー・キャブロルは将軍の非嫡出子だった。幼い娘を失って打ちのめされた将軍は、犯人逮捕を決意した。金に糸目をつけず優秀な探偵を次々と雇い、権力も駆使した。その結果、ケヴィン・レリングは法の下で裁かれることになった」ザンダーは肩をすくめた。

「ところが、一部の証人が買収され、裁判は却下された。そのうえ、レリングは拘置所に戻される途中で逃亡したんだ」

「それで、将軍があなたに依頼したわけですね」

「さすが会計士だな。話が早い。理路整然とした考え方が身に着いている。レリングの居所を突き止めるのはそれほど大変なことではなかった。アテネにいるとわかっていたからだ。アテネに行って、依頼どおり射殺し、遺体を始末する手はずもつけた。近くの火葬場で焼却させるはずだった。ところが、レリングの父親が火葬場に駆けつけて、息子の頭蓋骨を炉から回収してしまったんだ。そのうえ、火葬場の経営者のナラロを焼却炉に投げ込んだ」

「その父親がドーンですね」

「当時はジェームズ・レリングだった。ドーンという偽名を使うようになったのは、ベナブルに身辺警護措置を取りつけさせてからだ。ドーンはターサー将軍に連絡を取って、ビンラディンを追っているＣＩＡ捜査官とパキスタン政府関係者の氏名を列記したディスクを息子から預かっていると言った。そして、アルカイダに報復される恐れがあると訴えて、警護措置を要求したんだ。措置が受けられないなら、そのディスクを報道機関に渡すと脅しをかけて」ザンダーは肩をすくめた。「ベナブルの話では、当時のドーンは、息子の身に起こったことが理解できずに動転している父親に見えたそうだ。息子の犯罪に加担したという証拠はなかったし、説得力もあったらしい。当然ながら、わたしはあいつを生かしておいては厄介なことになると思った。いずれ息子を殺した犯人を突き止めるのは目に見えていたからだ。しかし将軍は、パキスタンに潜入している捜査員たちを危険にさらすことになると反対した。寛容にも、わたしは将軍の意見に従った」

「寛容にも？」スタングは眉を上げた。ザンダーの職業にも外見にも似つかわしくない表現だったからだ。白髪を短く刈り込んだザンダーは、端整ではないが、男らしい顔立ちをしていて、五十代にも六十代にも見えた。長身で筋肉質の体は、毎日ジムで鍛えているおかげで、しなやかで力強い。体だけでなく頭脳も明晰《めいせき》で、ザンダーほど勘の鋭い人物に出会ったのは初めてだった。

「わたしは寛容な人間だ」ザンダーは言った。「現にベナブルには手を出さなかっただろう」

「なぜドーンはイヴ・ダンカンを狙ったんですか？」

「あいつは息子の頭蓋骨を大切に保管している。そして、イヴは復顔彫刻家だ」

スタングはいぶかしげに目を細めてザンダーの顔を見た。「それだけですか？」

「妙に探りを入れてくるじゃないか。イヴ・ダンカンのことは知りたくないんじゃなかったのか?」

「知りたくありません」スタングはイヴの写真を見おろした。「いや、どうかな。自分でもわからなくなってきました。ここ数日のうちに、なんというか、身近な存在のような気がしてきて」

「冗談だろう?」ザンダーは写真を眺めた。「気に入ったのか? 興味をそそる顔立ちだが、きみが惚《ほ》れ込むほど――」

「ドーンの追跡を決めたんですね?」

「聞いていただろう。ベナブルには考えてみると答えておいた」

「実行してください」

「なんだって?」ザンダーはまじまじとスタングを見つめた。

「わたしには関係がないのはわかっています。これまでずっとよけいな口出しをしないように努めてきました。そのほうが無難ですから」

「危険を覚悟で進言する気になったのか?」ザンダーは小首を傾《かし》げた。「それとも、わたしの後ろ暗い顔を知って足をすくおうとしているのかな?」

「わたしには選択の余地などなかった。仕事を辞めてあなたのもとを去るか、さもなければ次の段階に進むかしか」スタングはザンダーと目を合わせた。「それに、わたしが足をすくおうとしているとはかぎらないでしょう」

「そうだな。だが、人を見る目はある。きみが働き始めた日から、その可能性を疑っていた。なかなか楽しかったよ。きみは数字の天才で、わたしの資産を増やしてくれたが、それ以外の一面も持っている。退屈な生活を送っていると、きみを観察して何をたくらんでいるのか考えるのがいい刺激になった。だが、これでわたしの生活も面白くなりそうだから、もう刺激はいらないだろう」

スタングははっとした。「どういう意味ですか?」

「自分で考えて答えを出すことだな」ザンダーはファイルを閉じた。「ジムでトレーニングしてくる」そう言うと、別棟にあるトレーニングジムに行くため立ち上がった。「今夜は少々浮足立っているようだ」

スタングもザンダーの様子がいつもと違うのに気づいて、不安を募らせていたところだった。ザンダーは自制心の強い男で、そわそわしているところなどこれまで一度も見たことがない。「ベナブルがまた電話してきたらどうしましょう?」

「もうかけてこない。今夜はもう下がっていいぞ。警報装置をセットしたら休め」

「ドーンの追跡を考えてみるとベナブルに言いましたね」

「やけにしつこいな」ザンダーは一呼吸おいた。「ああ、考えてみる。追跡も悪くないと判断する要素がいくつかある」

「イヴ・ダンカンですか?」

「いや、将軍だ。将軍の死がわたしの評判に瑕《きず》をつける恐れがある。依頼を検討しているクライアントが、目的を達したのちに自分の身が危うくなる可能性を考慮し始めたら、わたしにとって大きなマイナスだ。あのとき自分の直感を信じてドーンを始末しておけば、こんな心配はせずにすんだんだ。過ちはきちんと修正するところを見せておかないと。ダンカンとは関係ない」そう言うと、ザンダーは振り返った。「ドーンをおびき寄せるのに利用できるとすれば話は別だが」

「利用しない手はないでしょう」

「わたしに指図するな。考えると言っただろう」ザンダーは冷ややかな笑みを浮かべた。

「どんな答えを出すにしても、それがダンカンの生死に影響を及ぼすことはまずない」

「どの要素を重視するかで答えは変わってくるでしょう」スタングは言った。「案外、いい答えが見つかるかもしれませんよ。ドーンを追跡すると決めたら、ベナブルと手を組むつもりですか？」

「そんなことをするわけがないだろう。あいつはあいつの考えがある。邪魔になるだけだ」

「ちょっと思いついただけです」スタングはドアに向かった。「それでは、これで失礼します。中庭の椅子に上着をかけておきました。外は冷えますからね」

コロラド州　リオグランデ・フォレスト

思っていた以上に寒い。イヴは身震いした。

この一時間ほどで気温がぐっと下がって、コットンのチュニックだけでは寒くてたまらない。歯はガタガタ鳴るし、寒さに耐えようとして全身の筋肉がこわばってきた。

ダッフルバッグを捨てた場所まであと一息。こんなことなら、もっと早く取りに戻ればよかった。暗闇の中では方向がよくわからないから、二度も道に迷った。それでも、少しずつ近づいているはずだ。案の定、月が昇ると、見覚えのある岩が見えた。

この角を曲がれば、めざす場所にたどり着く。そして、ドーンのいる場所に近づくことにもなる。

イヴは足を止めて前方を見つめた。

ドーンはわたしがダッフルバッグを捨てるところを見ていなかっただろうか？　今となっては知る由もない。

見ていたとしたら、近くで待ち伏せしているかもしれない。

小道をはずれて藪《やぶ》に入った。

音を立ててはだめ。

耳をすませた。近くにいるだろうか？

物音はしない。

身を切るような風が吹きつけて、息をするのも苦しい。

今ごろ、ドーンはあのログハウスで、ぬくぬくと毛布にくるまっているのだろうか。どうか、そのまま眠っていて。その間にこちらも暖をとる方法を考える。

イヴはまた立ち止まって耳をすませた。

聞こえるのは木々の間を渡る風の音だけだ。

たしか、このあたりだったはずだけれど。

ない！　ダッフルバッグはどこにもない。

あわてないで。落ち着いて捜せば、きっと……。

逃げてきたときは気づかなかったが、小道はこのあたりで崖に面していた。ひょっとしたら、崖を転がり落ちてしまったのだろうか？

とにかく、捜してみよう。運がよければ見つかるかもしれない。

用心しながら、少し崖をくだってみた。

あった！　イヴは黒いダッフルバッグをつかむと、すぐ引き返した。

崖をのぼりきると、足を止めた。

ここからはログハウスも、金の採掘場跡も見える。ログハウスの窓には明かりがついていた。ということは、ドーンはあそこにいる。

いいえ、明かりをつけっぱなしにして、わたしを捜しに出た可能性もある。

ここにいては危険だ。バッグから厚手の服を取り出したいけれど、もう少し遠くまで逃げてからにしよう。イヴは来た道を走りだした。

「逃げられっこない。おまえを逃がさない。殺してやる。火の中に投げ込んでやる」

しわがれた声がして、イヴはぎくりとした。

やっぱりドーンは待ち伏せしていたのだ。

あわてて、声がしたのと反対側に走り出した。

「おまえが憎い。火の中に投げ込んでやる。どこへ逃げても見つかるんだ」

あの声はどこから聞こえてくるのだろう？　ドーンは銃を持ち出してきたにちがいない。

だが、弾丸は飛んでこなかった。

足音も聞こえなかった。

どこに潜んでいるの？

「連中がおれにしたように、火の中に投げ込んでやる。逃げられっこない」

連中がおれにしたように？

走る速度ががくんと落ちた。

これ以上寒さを感じないはずなのに、急に背筋が寒くなった。

ドーンではない。

振り返ると、ログハウスの窓から漏れる明かりが闇を照らしていた。

イヴは崖の下に広がる深い谷を見おろした。

〝連中がおれにしたように、火の中に投げ込んでやる〟

ドーンではない。ケヴィンの声だ。

ケヴィンは射殺されて、火葬炉に投げ込まれた。

イヴは込み上げる恐怖を押し殺そうとした。

気のせいに決まっている。あまりの寒さと恐怖から幻聴を耳にしたのだ。

ケヴィンの復顔像を投げ込んだ谷の闇の中から、暗黒の力が湧き上がってくるのを感じる。

復顔をしていたとき感じた恐怖は、生死の境を越えようとしていた悪霊のせいだったのかもしれない。

その悪霊がわたしを攻撃するチャンスをうかがっている。

それでも、気のせいに決まっていると思った瞬間、声は聞こえなくなった。こんな悪霊なら、襲いかかってきても撃退できそうだ。

「弱虫ね、ケヴィン」イヴは吐き捨てるように言った。「ひとりでは何ひとつできない。父親に乗り移って生死の境を越えるつもりだろうけれど、そんなに簡単にはいかないわ」

イヴは小道を走り出した。「地獄に戻ればいい――本来の居場所に」

ドーンが近づいてくる！

木の上にいたイヴは、音を立てないように用心しながら、もっと上にのぼった。ドーンは足音を忍ばせる手間はかけなかった。ライフル銃を持っているからだ。今夜はもう追ってこないと安心していたのに、夜中に銃を持って戻ってくるなんて。当てがはずれてイヴは落胆した。

しかも、またすぐそばまで迫っている。追跡は得意だと言っていたのは、ただのはったりではなかったのだ。わたしは精いっぱい知恵を絞って、足跡を残さないように小川を渡ってきた。それでもドーンに見つかったということは、何か痕跡を残したにちがいない。ジョーのように森にくわしい人間なら、そんなへまはしないだろうに。

「ちゃんとわかってるぞ」ドーンが呼びかけた。「怯えきって途方に暮れているのが手に取るようにわかる。追いつめられるのはどんな気分だ？　どこへ逃げたって、必ず見つけるからな」

追いつめられる恐怖は身にしみて感じていた。イヴはそんな自分がふがいなかった。せめて、武器があれば。棍棒《こんぼう》代わりにできそうな木の枝を見つけておいたが、ライフルを向けられたらひとたまりもない。

奇襲攻撃でもかけないかぎり、棍棒を使う隙などないだろう。

「山の中は寒いだろう？　気温は氷点下に近い。このままでは凍死するぞ。温かい寝床を離れて、わざわざ迎えに来てやったんだ。あっさり連れて帰るはずだったが、あんたは思ったより手ごわい。森で生き延びるすべを知っているようだな」

たしかに、毛布にくるまってその上に木の葉をかけていても、寒さが身にしみる。風はいっこうにやまず、眠りに落ちたかと思ったとたん、寒さで目が覚めた。寝込んでいたらドーンに気づかなかっただろうから、それはそれでよかったのだけれど。

「わたしが夜通し追いかけるとでも思っていたのか？　ちょっと戻って暖まってきたが、気づかなかっただろうな」

ドーンは木の下まで来ていた。

動いてはいけない。イヴは息を殺した。

「寝込んだら終わりだ。それに、もうくたくただろう」ドーンは顔を上げた。「おい、聞いてるか？　この追いかけっこは悪くない。あんたがぶっ倒れるまで走らせてやる。小川を渡ってきただろう？　足が濡《ぬ》れたままにしておいたら、朝には凍傷になっている。そうしたら、もう走れないぞ」

ドーンは木のそばを離れると、北側の木立に向かっていった。

まだ動いてはだめ。音を立ててもだめ。

「体を乾かしたいだろうが、火を起こしたらすぐ見つかってしまう。苦しいところだな。さてと、戻って寝ることにするか。いや、このまま追いかけっこを続けるか……。どっちにしたって、あんたの気が休まるときはない。諦めて戻ったらどうだ？　生き延びる確率が高くなるぞ」

そんな甘言には乗せられない。イヴは心の中でつぶやいた。いずれ殺す気でいるのは間違いないのだから。

「ケヴィンとここで休暇を過ごしたときのことを思い出すよ。二人きりで森で過ごしていると、あの子との間にいっそう一体感が高まったものだ。あのときと同じだよ。あんたもケヴィンの存在を感じるだろう？　背後から見守りながら、そのときを待っているのがわかるだろう？」

イヴはケヴィンのことを頭から締め出そうとした。今はドーンから逃げることだけを考えよう。逃げることに集中していれば、ケヴィンに悩まされることはないはずだ。ジョーに電話をかけるために連れ出されたとき通った、未舗装道路に出る道を見つけられればいいのだけれど。いっそログハウスに戻って、そこから道を探したほうが早いかもしれない。でも、それでは虎穴に入るようなものだ。ドーンの追跡を振り切る方法を探したほうがいい。

「日の出までまだかなり時間がある。あんたは生き延びられるかな……」ドーンの声が遠ざかっていった。木々の間からのぞいてみたが、もう何も見えなかった。

木からおりるのはまだ早い。ドーンが戻ってこないとはかぎらない。イヴは座り直して右足の靴と靴下を脱いだ。ドーンの言ったとおり、足が冷えきっている。血のめぐりをよくするために、足と足首をせっせとこすった。五分ほど続けてから、今度は左足もマッサージしてみた。

やっただけのことはあった。血流がよくなってむずむずしてきた。野宿する場所を決めたら、もう一度マッサージしてみよう。

できれば火を起こしたいけれど。

それは最後の手段だ。ここまできたら、なんとか朝までもつだろう。

そうだ、あの枝を棍棒として使えるように工夫してみよう。

イヴは木の幹にもたれた。もう少し木の上で様子を見たら、ダッフルバッグを隠してきた木のところに戻ろう。今の自分にとってあれは宝物だ。

〝おまえが憎い。火の中に投げ込んでやる〟

イヴは反射的に記憶を締め出そうとした。ケヴィンはドーンに近づけても、わたしには近づけないはずだ。ドーンのうしろにケヴィンの影を見るのはやめよう。

おまえが憎い。火の中に投げ込んでやる。

体が震えた。すぐそばで声が聞こえたような気がしたからだ。

地上におりて逃げたほうがいい。ケヴィンのことを考え始めたら、決心が鈍ってしまう。

イヴは慎重に木からおりると、幹にもたれて周囲の様子をうかがった。

パンパンに張った首筋をもむ。疲れ果てて空腹だった。

そうだ、木の実を探そう。湖畔の森を散歩していたとき、ジョーが食べられる木の実を教えてくれたことがあった。何か食べて体力を維持しなければ。といっても、ジョーのように罠を仕掛けてウサギを仕留めたりはできないし。

その気になれば、やれないこともないだろうが、木の実を探したほうが現実的だ。

闇の中で見つけるのは大変だから、夜明けを待ったほうがいい。そして、ドーンが戻ったのを確かめるまで。でも、そんなことがわかるだろうか？　さっきだって、ログハウスで寝ていると思っていたら、すぐそばまで追ってきていた。

やっぱり、逃げ続けたほうがいい。

〝おまえが憎い。火の中に投げ込んでやる〟

ケヴィンにつけ込まれないためにも、気を抜いてはだめ。

谷底

「あの女は必ず捕まえるよ、ケヴィン。もう少し辛抱してくれ」

ドーンは崖の縁に立って、イヴが復顔像を投げ込んだ谷底を見おろした。

抑えきれない怒りが込み上げてきた。今すぐにケヴィンを取り戻しに行きたかった。

あれほど綿密に計画したのに、イヴ・ダンカンにだいなしにされた。

さっきは〝追いかけっこも悪くない〟と豪語したが、もう追跡を楽しむ余裕はなかった。最初のうちこそスリルがあったが、イヴは想像していた以上にしたたかで、こちらの思いどおりにいかない。最終的には捕まえられるとわかっていても、いらいらさせられる。

予定よりも時間がかかりそうだ。

へたをしたら、ザンダーを殺す計画も実現がおぼつかなくなる。

そんなことはさせない！

とにかく、遅れを取り戻そう。計画は実行しなければ。

ドーンはポケットから携帯電話を取り出した。こんなときこそブリックに手伝わせよう。ブリックはケヴィンを崇拝していたから、復讐《ふくしゅう》のためなら喜んで手を貸すはずだ。

ブリックが電話に出た。「ドーンか？」

「少々てこずっているんだ、ブリック。おまえの力を借りたい」

「何があったんだ？　ダンカンは捕まえたんだろう？」

「ああ。だが、ちょっと厄介なことになった」

「まさか、逃げられたんじゃないだろうな？」

「ちょっと油断しただけだ。すぐ連れ戻す。隠れ家に行って、あの箱を回収してきてくれ。向こうに着く頃にはベナブルの家宅捜索も終わっているだろうから、危険はないはずだ。見張りがひとりかふたりいるかもしれないが」

「なんで逃がしたりしたんだ?」ブリックは不機嫌な声で言った。「ケヴィンに顔向けできないようなことをするなとおれに言うわりに、あんたは何もしないじゃないか。ジェーン・マグワイアを撃ったのも、将軍を殺したのもおれだ。そのうえ、命がけであの箱を取ってこいって? 自分でやると言ったくせに」

「そのつもりだったが、時間がなくなった」ドーンは怒りを押し殺した。「計画は完璧に実行しなければいけない。箱を回収して、ザンダーを殺す。連中がケヴィンをどんな目に遭わせたかは忘れていないだろう。ケヴィンのためなら命も惜しくないと言ったじゃないか。それなのに、計画がちょっと狂ったくらいでぶつくさこぼして」

ブリックはしばらく無言だった。

「わかった、やればいいんだろ」

「そう言ってくれると思っていたよ。ちゃんと写真を撮っておいてくれ。うっかりして撮るのを忘れていたんだ」そう言うと、ドーンは電話を切った。

電話をポケットにしまうと、ドーンは谷底を見おろしながら怒りを静めようとした。

あいつを見損なっていた。何もかもひとりでやるしかない。

「ブリックはおまえにふさわしい人間じゃないよ、ケヴィン」ドーンはつぶやいた。「おまえが生きていたときは役に立ってくれたが、今では……当てにならない。今度のことが終わったら、おまえのもとに送る。好きなように始末すればいい」

　ケヴィンがさりげなく肩に触れて賛成してくれたような気がして、ドーンは安心した。そうだ、そうするしかない。ケヴィンが生きていた頃から気の合う父子だったが、最近では心がつながっているのをはっきりと感じる。

「悪いな、ケヴィン、ここに残していきたくはないんだが」ドーンはそう言うと、谷に背を向けた。「戻って少し眠ることにするよ。イヴ・ダンカンは思っていたより体力がある。明日の追跡に備えておかないと」

3

ジョージア州　ラニア湖

ケンドラはきりきりしていた。高速道路をおりてから、GPSがイヴ・ダンカンの住んでいる湖畔のコテージの位置情報を表示しなくなったのだ。これまで何度もイヴから遊びに来てほしいと誘われていたのに、よりによって、こんな状況で訪ねることになるなんて。日付が変わっても、ジョージア州の悪名高い蒸し暑さはいっこうにおさまらない。道路標識を確かめるために窓を開けたら、エアコンがまた効き出すまで数分かかった。GPSを見ても、再計測中という表示が出ているだけだ。

だいじょうぶ。GPSに頼らなくても、道順はジョー・クインからくわしく聞いてある。ちゃんとたどり着ける。

でも、着いたところで、わたしに何かできるだろうか？

クインから電話をもらったあと、何もかも投げ出し、大陸を横断してきた。まるでわたしだけがイヴを救える人間であるかのように。ここ数年のうちに、クインをはじめとする多くの捜査官に実力を認められるようになったのは事実だけれど、捜索の手がかりを何ひとつ見つけられなかったら、なんと思われるだろう？

このあたりでは少し前に雨が降ったようだ。手がかりが残っていたとしても、洗い流されてしまったにちがいない。

でも、ぬかるんだ泥道になんらかの痕跡が残っている可能性もなくはない。それに、他人の評価なんかどうだっていい。わたしが来たのは、イヴのために役立ちたいからだ。

ケンドラは友達が多いほうではないけれど、イヴとは強い絆《きずな》で結ばれていた。最愛の娘を失って生きる希望をなくしてもなお、懸命に自分の役割を模索してきたイヴの生き方にケンドラは感銘を受けた。やっとボニーを安らかな眠りにつかせた今は、言いしれない解放感に浸っていたはずなのに。わたしが奇跡的に視力を取り戻したときのように。

カーブを曲がって松林の前を通り過ぎた。前方の湖畔に見えるのが、イヴがジョーと住んでいるコテージらしい。車が数台、とりあえずとめたという感じで並んでいる。コテージはどの窓にも明かりがついていて、遠くからでも緊迫感が漂っているのがわかった。

コテージの前でレンタカーをとめて、ケンドラは外に出た。玄関のそばの窓にかかったカーテンが細く開き、見慣れたシルエットがポーチに現れた。筋肉質の引き締まった体に緊張がみなぎっている。ジョー・クインはもともと存在感のある人物だが、今夜はいつにもまして威圧的な感じがする。

ジョーは淡い茶色の目を細めて、近づいてきたケンドラを見つめた。「もう来てくれたのか。早くても明日になると思っていたよ」

「いてても立ってもいられなくて」ポーチの階段をのぼりきると、ケンドラはすばやくジョーと抱擁を交わした。「その後、進展は？」

「ターサー将軍が殺害された。ドーンの殺害予定者リストに載っていた人物だ。ドーンの共犯者のテレンス・ブリックの仕業らしいが、はっきりしたことはわからない。ジェーンの友人のセス・ケイレブが将軍の警備のために出向いたというんだが、今のところまだ連絡はない」

「まあ、進展といえば進展ね。ほかには？」

「今、ドーンの車を湖から引き上げている」ジョーは対岸に顎をしゃくってみせた。投光器のまぶしい光の中に重機と人影が見える。「ドーンは近くの農場からトラックを盗んで、自分の車を湖に沈めたらしい」

「わざわざそんなことをした理由は何かしら？」

「わからない。車を調べれば、何か出てくるかもしれない」そう言うと、厳しい表情で続けた。「そして遺体も。農場の経営者が行方不明になっている」

「車に遺体があると決まったわけじゃないでしょう」ケンドラはポーチの手すりに近づいて、湖底を浚《さら》っているクレーンを眺めた。「殺したとしても、遺体は埋めればすむ。車ごと湖に捨てるかしら？　とにかく、早く車を引き上げることよ」

「あのあたりは水深が深くてね。とりあえずは、本当に車が沈んでいるか確かめている。沈めた痕跡はないんだ」

ケンドラはジョーの顔を見た。「痕跡がなくて、なぜ捜す気になったの？」

ジョーはためらった。「実は……情報提供者がいて」

「ドーンが車を沈めるところを目撃した人がいるの？」

「まあ、そういうところかな」

「誰？」

「それは――いや、訊《き》かないでほしい。匿名の情報提供者ということで」

「なんだか変ね」ケンドラは眉をひそめた。「蚊帳の外に置かれた気がする。わたしに何も隠さないで。目撃者がいれば、話が早いわ。具体的な情報が得られたの？」

「いや。それ以上は話さないという条件で教えてくれたんだ」

「その目撃者と話をさせて」

「帰らせた」ジョーはじれったそうに言った。「この話は終わりだ。イヴの捜索には直接役に立ちそうになかった。少しでも可能性があったら、帰すはずがない。目撃者のことはあとで話す」

「そう言われても――」ケンドラはそれ以上言わず、肩をすくめた。「ずいぶんいらだっているのね」

「落ち着いていられる状況じゃないからね」ジョーは深呼吸した。「こんな言い方をして申し訳ない。いらだっているのは確かだよ。当初は甘く見ていたんだ。ドーンがイヴにひどい仕打ちをするはずがないと思い込もうとしていた。ひっそりと暮らしていたし、常識的な男だと思っていた。だが実際には、イヴを拉致するために、今判明しているだけで少なくとも三人の命を狙った」

「イヴは利口な人だもの。ドーンが狂暴な男だとしても、殺されたりしない」

「彼女に用があるうちは殺さないだろう」クインは投光器に照らされた湖を振り返った。

「だが、顔も見られているし――」

「言ったでしょう、イヴは利口だって。自力で逃げるか、わたしたちが助けに行くまで生き延びる方法を見つけるはずよ」

「わたしもそう思う」ドアの前に立っていた若い女性がそう言うと、近づいてきて手を差し出した。「ジェーン・マグワイアよ。あなたがケンドラ・マイケルズね」

ケンドラは両手でジェーンの手を握った――単なる握手ではなく、励ましを込めて。ジェーン・マグワイアを一目見たとたん、強い面と弱い面を併せ持っている女性だと感じた。そして、なぜか母性本能を刺激されて、ジェーンを守りたくなった。

「撃たれたとジョーから聞いたわ。気分はどう？」

「まるで高性能ライフルで撃たれたみたいな気分」ジェーンは淡い笑みを浮かべた。「でも、だいじょうぶよ」

ケンドラはほほ笑み返した。

ジェーンはとても美しかった。イヴと同じようなハシバミ色の目と赤味がかった茶色い髪、整った顔立ちで、イヴを魅力的と言うなら、ジェーンは人目を引く美人だ。養女と聞いているが、きびきびした歩き方も、相手に負担をかけないように強がってみせるところも、イヴにそっくりだ。

ジェーンがまた一歩近づいた。「イヴから話は聞いてるわ。あなたをとても高く買っている。助けに来てくれたと知ったら、きっと喜ぶと思う」

「イヴのためなら何をおいても駆けつけるわ」

「協力してもらえるのはうれしいけど……あなたは音楽療法士でしょう？　つまり、専門は代替医療ということね」

ケンドラはため息をついた。覚悟してはいたが、できれば――特にイヴの娘とは――その話をせずにすませたかった。でも、イヴに性格も似ているとしたら、当然、その点を突いてくるだろう。徹底的に調べる。頭から信用しない。納得したら実行する。それがイヴのやり方だ。

「ええ」

「だったら、協力してもらうのは無理だと思う。ジョーの捜査に協力してくれたと聞いているけど、今回は役に立ってもらえるかどうか」

ジョーがジェーンに近づいた。「ぼくが頼んで来てもらったんだ」

ジェーンは挑むようにケンドラと目を合わせると、穏やかな声で言った。「料理人が多すぎると、スープがだいなしになるって諺《ことわざ》もあるわ」

「ジェーン、失礼だぞ」ジョーは諭そうとしたが、思い直して苦笑した。「まあ、いいだろう。言いたいことは言ったほうがいい、こんなはずじゃなかったと後悔するよりも」

ケンドラはうなずいた。「わたしも言いたいことは言わせてもらうわ。ジェーンの言いたいことも理解できる。現に、捜査官が多すぎて、犯罪現場が踏み荒らされたのを何度も目撃したことがあるわ。今回だって、捜査官はもう充分すぎるほどよ。昨日から今日にかけて、複数の捜査機関から十九人も来た。多少の誤差はあるかもしれないけど、ＦＢＩから十一人、地元警察から六人、ＣＩＡから二人。内訳は男性が十四人、女性が五人」

ジェーンは眉をひそめてジョーを見た。「そうなの？」

「正確な数まではわからない。だが、おおよそそれぐらいかな」

ケンドラは両手をポケットに突っ込んで、ジェーンのまわりをゆっくり歩き始めた。

「あなたはジョージア州で生まれたか、少なくとも、物心ついてからずっとここに住んでいるわね。ヨーロッパ——特にパリに長く滞在したか、ひょっとしたら、しばらく住んでいたことがある。そして、ここ数カ月はロンドンで暮らしている」

ジェーンはちらりとジョーを見た。「ケンドラに話した？」

「何かのついでに話したかもしれないが、覚えがないな」

ケンドラは首を振った。「ロンドンでは、エレベーターのない古い建物の二階の部屋を借りていた。いえ、もっと上の階かしら」

「三階よ」ジェーンは言った。「ねえ、これはどういうことなの？」

「〈グッチ〉のサングラスがお気に入りだったのに、どこかに置き忘れた。そのうち出てくるかもしれないと思って、まだ新品を買うのをためらっている。かなり前ね……三カ月？」

ジェーンは少し考えた。「二カ月」

「とりあえず似たような安いサングラスをかけているでしょう。でも、かけ心地が〈グッチ〉とはぜんぜん違う。そうじゃない？」

「そのとおりよ」ジェーンは苦笑した。「それで、どこを捜せばいいか教えてくれるつもり？」

「居間のソファの下、たぶん左側よ」

ジェーンは目を丸くした。「嘘でしょ」

「ええ、これは冗談。わたしをなんだと思ってるの？」

ジェーンは首を振った。「それをずっと考えてるんだけど」

「でも、これなら教えられるわ。あなたのお気に入りのブレスレットは、一九二〇年代から三〇年代につくられたもので、たぶん銀とボヘミアガラスでできている。二番目に好きなのはカラフルなブレスレットで、たぶん琥珀《こはく》色と青と白が星屑《ほしくず》模様にちりばめられているんじゃないかしら。土台は銀」

ジェーンは思わず、何もはめていない手首をつかんだ。「そのとおりよ。でも、今はどっちも着けていないのに」

「あなたは今、サングラスより大事なことで悩んでいるわね。アイフォンを使っていて、車は持っていない。ロンドンに住んでいたら、車がなくても不自由はないから。イヴからあなたが画家だと聞いているけど、最近、微視的《ミクロ》な作品に取り組み始めた。フォトリアリズムかしら?」

ジェーンは驚いてケンドラを見つめた。「数週間前から実験的にやっているけど、作品を誰かに見せたことはないのに」

「新たな分野に挑戦する芸術家には脱帽するわ」

ジェーンはしばらく黙っていたが、やがてうなずいた。「わたしもあなたに脱帽するわ、ドクター・マイケルズ」

ケンドラは小首を傾《かし》げた。「ケンドラと呼んで」

ジョーがほほ笑んだ。「これでわかっただろう、ジェーン」

「ええ」ジェーンはケンドラに視線を戻した。「ほんとに誰かから聞いたわけじゃないのね？　ジョーはよく覚えていないようだけど、イヴかジョーに教えられたとか？」

「教えられたのは確かだけれど、イヴからでもジョーからでもないわ」

「だったら、誰に？」

「あなたよ」ケンドラはポーチの手すりにもたれた。「目が見えなかった二十年間、わたしは持っているものを最大限に活用するしかなかったの。聴覚、嗅覚、触覚、味覚を総動員して、スポンジみたいになんでも吸収しようとした。あの頃覚えたことは今でも忘れていない。奇跡的に視覚を取り戻してからも、見えることがあたりまえだなんて思えない」

「わかるような気がする」ジェーンは答えた。「それにしても、なぜわたしのことがそんなにわかるの？」

「大体は身に着けているものからよ。三年前の〈フェイユエ〉のスニーカーと、同じぐらい前の〈マージュ〉のパンツをはいている。どちらも世界中どこの都市でも、それに、ネットでも買えるけど、フランスで大人気のブランドだわ。だから、買ったときフランスにいた可能性が高いと思ったの」

ジェーンはうなずいた。「なるほどね。そのあとイギリスに移ったことについては？」

「この数カ月のうちに靴紐《くつひも》を取り換えているけれど、〈フェイユエ〉のものじゃない。平織りのポリエステルで十三センチ。そのサイズはイギリス製よ。あと、靴の前と後ろがすり減って、ところどころ灰色のペンキがついているわ。ペンキを塗った階段に何カ月も靴をぶつけていたせい。階段が狭くて、どうしてもぶつかってしまうんでしょうね。ということは、新しい建物じゃない。それに、明らかにイギリスで美容院に行ってるわ」

ジェーンは肩に届く赤茶色の髪に思わず手をやった。「明らかにって？　これがイギリス風のヘアスタイルだなんて知らなかった」

「髪型じゃなくて、美容院で売ってるシャンプー。英国ブランドの〈モルトンブラウン〉のインディアンマルベリーでしょ」

ジェーンはぽかんと口を開けた。「どうしてそれを――」

「独特の香りがするの」ケンドラは自分の鼻を叩《たた》いた。「目が見えなかった頃、シャンプーや石鹸《せっけん》の匂いは、誰が近づいてきたか知るための確実な手がかりだった。出身地までわかることもあったわ」

「全部当たってる。シャンプーもスニーカーもパンツも。あなたはファッションに敏感なのね」

「わたしが？」ケンドラは着ているシャツの襟を引っ張ってみせた。「これ、〈オールドネイビー〉の安物よ。でも、見る目はあるの。それに、人の話し方を聞き分けることもできる。もしあなたを見ることができなかったとしても、ジョージアで育って、パリに滞在して、最近までロンドンにいたことはわかった。『料理人が多すぎると、スープがだいなしになるという諺もあるわ』と言ったときに、話し方で気づいた。あとはそれを確認しただけ」

ジェーンは鼻に皺《しわ》を寄せた。「あなたを責めるつもりはないけど、これからは自分の話し方が気になりそう。サングラスのことは？」

ケンドラはジェーンに近づいて、人差し指で目のまわりに触れた。「〈グッチ〉のサングラスは長く使っていたでしょう。目のまわりに日焼けの跡が残っているわ。よく見ないとわからないほど薄い跡だけれど、これは〈グッチ〉のダブルブリッジのアビエーターサングラスよ」

ジェーンは低く口笛を吹いた。「すごい」

「それから、赤味のあるアビエーターの新しい跡もついている。鼻のまわりや耳の後ろまで赤くなっているわ。かけ心地の悪い新しいサングラスを長い間使っていたせいよ」

「ちゃんとしたのを買いに行く時間がなくて」

「あなたは気に入ったものは長く使う人ね。身に着けているものはいいものばかりだけれど、どれも新しくはないわ」

「ええ」ジェーンは腕を上げて手首を見た。「日焼けの跡からというと……ブレスレットも？」

「そうよ、もっとこまめに日焼け止めを塗ったほうがいいわ。ほんのかすかな跡だけれど……カットグラスで何かの模様になっていたみたい……花かしら?」

「蝶《ちょう》よ」

「アールデコの全盛期に東ヨーロッパでつくられたものみたい」

「でも、もうひとつのブレスレットは?」ジェーンは眉をひそめた。「日焼けの跡から、あれほどくわしくわかるなんて信じられない」

「日焼けの跡だけじゃないの」ケンドラは口角を上げた。「あなたの手首には模様の跡もかすかに残っている。イヴが着けていたブレスレットと同じ模様だった。イヴが着けているのを見て、すてきねと褒めたら、あなたがつくってくれたとうれしそうに言っていたの。それで、あなたが自分のもつくったんじゃないかと思いついたわけ。形やボヘミアガラスの組み合わせが同じなら、色も同じじゃないかと思って」

「自分用を最初につくったの」

「パンツの前ポケットの伸び方で、いつもアイフォンを入れているのがわかった。電子マネーを使うから財布はあまり持ち歩かない。キーチェーンをポケットに入れている感じはしなかったから、車には乗っていないとわかった」

「ええ、ロンドンでは。こっちに戻ってからは、不便だから乗るつもりだけど」ジェーンはケンドラと並んでポーチの手すりにもたれた。「それで、わたしが新しい絵のスタイルを模索しているとわかったのはなぜ？」

「最近、右目に片眼鏡のようなものをかけているでしょう。ちゃんと見ようと目を細めているせいで、まぶたの上に引きつったような跡がついている。それほど前のものではないから、最近何か始めたと察したの。これまでのような絵ではなくて、もっと細かい、複雑なものに取り組んでいるんじゃないかと」

ジェーンはうなずいた。「イヴがあなたを高く買っている理由がよくわかったわ」

「もう充分だろう」ジョーが言った。「だが、ぼくもひとつ教えてもらいたい。ここに来た捜査員の数がなぜ断定できた？」

「それはいちばん簡単よ」ケンドラはポーチに残っている乱雑な足跡を指さした。「どの捜査機関にも特有の靴があるの。警察官は制服といっしょに靴も支給されている。ＦＢＩはゴム底の革靴だし、ＣＩＡはミッションについていないときは革底の靴を履いている。足跡を見れば一目瞭然、文字を読むのと同じよ」

ジョーは足跡を見つめた。「この種の文字は読めそうにないな」

ケンドラはジェーンに目を向けて小首を傾げた。「もういいかしら？　集中すればもっと見つけられるかもしれないけれど、時間の無駄じゃない？」

「充分よ」ジェーンは答えた。「あとはドーンに関する情報を引き出してくれるのを祈るだけ」

「わたしもそう願ってる」ケンドラはジョーに顔を向けた。「何をすればいいの？　これまでに判明したことを教えて。何から始めればいい？」

「教えられることはほとんどないんだ。ドーンが暮らしていたコロラド州ゴールドフォークの隠れ家に行って、手がかりを探ってほしい。ベナブルの部下が家宅捜索したが、何も見つけられなかった」

「ということは、ドーンはイヴをそこに連れていったわけじゃないのね」

「ああ。だが、どこに連れていったかはわからない。一度イヴから電話があったが、途中で切れてしまった。ベナブルが携帯電話の基地局を突き止めようとしているが」ジョーは厳しい表情になった。「なんとしても、突き止めてもらわないと」

「ベナブルの部下の捜査官の遺体が見つかったそうだけれど」

「その現場を見てもらってもいいが、すでに鑑識が徹底的に調べたあとだ」ジョーは湖に目を向けた。「それよりも、車が引き上げられたら中を調べてくれないか。ドーンがなぜ湖に車を沈めたのか知りたい」

「中に遺体がある可能性があると言ったわね。情報提供者はほかには何か言っていた？」

「情報提供者？」ジェーンがそばから言った。「ああ、マーガレットのことね」

「マーガレット？」ケンドラが訊《き》き返した。「その人はなぜ遺体があると――」

「断言したわけじゃない。とにかく、なぜ車を沈める必要があったか知りたいんだ」

「マーガレットって?」ケンドラは尋ねた。

「友人だ」ジョーはこわばった顔で、湖を浚っているクレーンに目を向けた。「そろそろだな。行こう、ケンドラ。引き上げの現場に立ち会いたい」そう言うと、階段をおり始めた。「ジェーン、きみは残ってくれ。それでなくても、今日はがんばりすぎだ。わざわざ湖を半周する必要はない」

「ええ、行く気はないわ」ジェーンは答えた。

ケンドラは首を振りながらジョーのあとに続いて階段をおりかけたが、ジェーンに向かって言った。「ここで見守っていてね、ジェーン。いざというときのために体力を温存しなくちゃ。あなたはとても頭のいい人だとイヴが言っていたわ。それを証明してみせて」

「イヴの買いかぶりよ」ジェーンはポーチのブランコにそっと腰をおろした。「ここで待ってるわ。戻ってきたら、くわしく教えて」

「わたしに任せて」

ケンドラは急いで階段をおりた。コテージから少し離れたところまで行くと、松の大木の下で足を止めた。

「ジェーンのところに戻ってあげて、ジョー」

「え?」

「具合が悪そう。いっしょに来たかったけど、その気力もなかったのよ」

「二日前に撃たれたばかりだからね。まだ本調子じゃないんだ」

「本調子どころか、ふだんの半分も体力が戻っていない。傷跡の痛みもひどそう」

「ぼくにはそんなことは言っていなかった」

「心配させたくないのよ」

ジョーは舌打ちした。「無理やり退院して、戻ってからも少しもじっとしていない。そこまでひどい痛みに耐えているなんて知らなかったよ。きみは人の何倍も敏感だから」

「見ればわかるわ。ジェーンは隠しているけれど、息遣いや足取りからわかる。ポーチの手すりにもたれていたでしょう。あれは体を支えていたのよ」ケンドラは一呼吸おいた。

「それに、匂いからも」

「匂い？」

「感染症特有の匂いがする。看護師ならすぐわかるはずよ。傷口が化膿《かのう》して、きっと熱も高い。すぐ戻って、病院に連れていってあげて」

「わかった」ジョーは踵《きびす》を返した。「まったく頑固なんだから。早く言ってくれればいいのに」

「頑固なところは誰に似たの？　ジェーンはあなたとイヴを見て育ったんだから」

「きみも戻ってくれないか？」

「わたしは部外者だもの。ジェーンは弱った姿を見られたくないはずよ。それよりも、車を見てくる」ケンドラは湖畔の小道を歩き出した。「何かわかったら電話するわ」

「頼むよ」ジョーはそう言うと、一段抜きでポーチの階段をのぼり始めた。「引き上げ現場では、ベナブルが指揮をとっている。ぼくに頼まれたと言うといい」

「CIA捜査官に指図されるのはいやだけれど」

「しかたがない。CIAには協力してもらわないと」ジョーはいらだたしげに続けた。「イヴを見つけるために精いっぱいやっているが、壁にぶつかってばかりだ。なんとか突破口を見つけないと」

バンクーバー

二時間ジムでトレーニングに励んだあと、ザンダーは図書室に戻って上着を脱いだ。疲れているはずなのに、体中にエネルギーがみなぎっている。神経が極限まで研ぎ澄まされていた。

部屋の電気はつけずに奥の机に向かった。月明かりで充分だ。長年、薄闇でもまわりを見通せる訓練を続けてきて、今もその視力を維持するための努力を怠らない。暗視スコープや赤外線眼鏡も便利だが、装着する余裕のない場合もある。天然の武器に勝るものはないのだ。

肘掛け椅子に腰をおろして、ダンカンに関する調査報告書を見おろした。

まだ生きているのか、イヴ・ダンカン？

なぜ気になるのか、自分でも不思議だった。感情などという贅沢《ぜいたく》なしろものはとっくに捨てたはずなのに。いや、感情のほうから見放されたと言うべきか。

職業柄、若い頃から人の死はいやというほど見てきたし、感情にとらわれていたら負けてしまう。長年かけて築いた生活を楽しみたいという思いもある。

結局のところ、ドーンに私生活を侵害されるのが癪《しゃく》なのだろう。イヴ・ダンカンがドーンに殺されるのではないかと恐れているわけではない。

しかし、どちらにしてもさっさとけりをつけたほうがいい。考える価値もないドーンのことを漫然と考えていたってしかたがない。

ザンダーは電話に手を伸ばすと、情報通信技術の専門家、ドナルド・ウェイナーを呼び出した。「わかったか？」

「ザンダーですか？」問い返したウェイナーの声から眠気が消えた。「おおよそは。その後連絡がないので、もう興味がないのかと思っていました」

「やっと決心がついた。で、ドーンの電話は逆探知できたのか？」

「てこずりましたよ。通話時間が短かったうえに、通信衛星の電波が――」

「逆探知できたはずだ。あの男はわたしをおびき出すために電話してきたんだ。それに、きみはこの方面の天才じゃないか。心配するな。あの電話は犯罪にからんだものじゃない」

　ドーンからの電話は脅迫めいたもので、イヴ・ダンカンを電話に出したこと自体、ドーンの誘拐罪を裏づけているが、自分が加担したことにはならない。それに、ウェイナーはわたしを恐れているから、裏切るようなまねはしないだろう。ドーンが動き出したとベナブルから報告を受けたとき、いずれドーンから連絡があると見越して対策を講じておいたのだ。

「電話の内容は知りませんよ」ウェイナーは言った。「わたしは信号を追跡しているだけです」

「嘘をつくな」

「いや、多少は耳に入ったかもしれないが、これでもプロですからね。何を聞いても、仕事が終わったら記録はすぐ破棄しています。その点は信頼してください」

「信頼だと？　わたしは金を出し、きみは情報を提供する。わたしたちはそれだけの関係だ。それで、ドーンは今どこにいるんだ？」

「コロラド州南部の山の中です。正確な場所は突き止められませんでしたが、基地局は特定できました」

「基地局周辺の地図をわたしの携帯に送ってくれ。今すぐに」そう言うと、ザンダーは電話を切って椅子の背に寄りかかった。

コロラド州の山の中か。追跡に適した場所ではない。

ベナブルがドーンに隠れ家を提供したと知った五年前、ドーンのことを徹底的に調べたことがある。ドーンは優秀なハンターだ。こちらが先手を打ったとしても、簡単に捕まる相手ではない。それに、ケヴィンの復顔像を完成させたら、あいつはイヴを始末するだろう。追跡を始める前に、あたりに人家や商店がないか調べてみよう。

ザンダーは報告書を開いて、イヴの写真を見おろした。薄闇の中ではっきり見えなくても、イヴの顔は記憶に焼きついていた。ここ数日間、写真を眺めては彼女のことを考えた。いや、正確には五年前からだ。なぜそれほど気になるのだろう？　私情にとらわれるような愚かなまねはしないが、それでもイヴ・ダンカンのことを忘れることができなかった。

「あんたを助けに行くわけじゃない」ザンダーはつぶやいた。「ドーンを始末しないと、わたしがやられる。あんたのためじゃない」

携帯電話の着信音がした。ウェイナーが地図を送ってきたのだ。

地図に示された基地局はかなり広い範囲をカバーしていた。グーグルマップで周辺の建物を調べてみようか？　いや、それは途中でやろう。それより、一刻も早く出発したほうがいい。

ザンダーは立ち上がると、スタングに電話した。「これからコロラド州に行く。空港に電話して、離陸準備を整えさせておいてくれ」

スタングはすぐには答えなかった。しばらくすると、低い声で訊いた。「イヴを捜しに行くんですね？」

「馬鹿なことを言うな。ドーンを始末しに行くだけだ」ザンダーはドアに向かった。「用ができたら電話する」

湖畔のコテージ

湖畔には人だかりができていて、投光器があたりを煌々《こうこう》と照らし出していた。クレーンに引き上げられた車に光が反射し、湖面でちらちら揺れている。指揮をとっている長身の男がベナブルにちがいない。

ケンドラは邪魔にならないように、少し離れた場所から作業を見守った。

「あなたがケンドラね。ジョー・クインから聞いてるわ」

振り向くと、木立の陰から若い女性が現れた。金髪のほっそりした娘で、せいぜい二十歳ぐらいにしか見えない。日焼けして生命力にあふれている。身に着けているのはジーンズにシャツ、足元は裸足《はだし》に革のビーチサンダル。愛想よく笑いかけてきたので、ケンドラも思わず笑みを返した。

「そうだけれど……あなたは？」

「マーガレット・ダグラス」

「ああ、イヴ一家の友人ね」

「そう言ってた？」マーガレットは顔を輝かせた。「うれしいわ。ほかに何か聞いてる？」

「情報提供者だとも言っていたわ」でも、この若い娘と情報提供者という役割が結びつかない。「そうなの？」

「というか……通訳かな」マーガレットは笑い出した。「情報提供者というと、薄暗いビルの駐車場に潜んでる感じよね」

「あなたはどこに潜んでいたの？」ケンドラはマーガレットの足元を見おろした。「砂浜かしら？」

「まあね。カリブ海の島から来たばかりなの。ジョーは？　いっしょに来なかったの？」

「用ができて」そう言うとケンドラは湖岸に近づいて、クレーンが青い車を引き上げるのを見つめた。「ジェーン・マグワイアの具合が悪そうだったから、病院に連れていくように勧めたの」

「やっぱり。夕方からつらそうにしていたもの」マーガレットはコテージのほうを振り向いた。「ジョーはあなたに言われたとおりにしたみたいね。車が出ていく」そう言うと、眉をひそめた。「ジェーンのそばについていればよかった」

「だいじょうぶよ、クインがついているから」ケンドラは言った。「家族なんだから、任せておけばいい」

「そういうわけにいかないの。ジェーンはわたしをかばって撃たれたから。ドーンの相棒のブリックという男がジェーンを狙っているのに気づいて飛び出したけど、ジェーンがわたしを突き飛ばして……。だから、借りがあるの」

「それでここに来たわけ？」

「そう。恩返しするため」

「調べ回って情報を提供したぐらいだから、あなたができるかぎりのことをしているのはわかって――」

「ちょっと待って」マーガレットは手を上げてさえぎった。「ジョーが気を遣って、わたしがここにいる理由を説明しなかったのはわかってるの。ジョーの話だと、あなたはすごく頭のいい人で、なんでも理詰めで考えるそうね。だったら、わたしとは正反対。自信はないけど、最初にはっきりさせておいたほうがいいと思う。わたしといっしょにやる気はある？」

「いっしょにやるって？」ケンドラはとまどった。「わたしたち、接点はないはずよ。もともと、わたしは単独で行動するし」

マーガレットは顔を輝かせた。「わたしもそう。ひとりのほうが気楽だもの。ひょっとしてわたしたち、同類かも」そう言うと小首を傾げた。「それはないか」クレーンに吊《つ》るされた車を眺めた。「もうすぐおりてくるから、お得意の魔法を使ったら？」

「魔法なんかじゃない。徹底的に観察するだけ」

「どっちだっていいけど」マーガレットはコテージから遠ざかっていくジョーの車のテールライトをぼんやり眺めていた。「やっぱりジェーンのそばにいることにする。ここにいたって役に立たないし。あの車のことなら、知ってることは全部ジョーとベナブルに話した。あとはあなたに任せるわ」

「ドーンが農場からトラックを盗んで、農場主の遺体を自分の車に隠したと言ったらしいわね」

「そうよ」

「勘違いだったみたい」吊り下げられた車が傾いて、車内が見えた。「遺体なんかないわ」

「トランクの中よ」マーガレットは言った。「ドーンは遺体を防水シートにくるんで、車のトランクに入れたの」

「なぜ断言できるの？　現場を見たの？」

「見てないわ」マーガレットは眉をひそめてケンドラを見つめ返した。ジョーの車のテールライトが消えると、いてもたってもいられなくなった。「誰かに頼んで、ジェーンが行った病院にまで連れていってもらう。トランクを開けるときは慎重にやるようにベナブルに伝えて。手がかりが残っている可能性がある」

「現場を見ていないなら、誰に聞いたの？」

「頭を撃たれたあと、車ごと湖に沈められたから、鑑識が分析できる材料が残っているかはわからないわね」マーガレットは湖岸を離れて、コテージに向かった。「でも、運がよければ何か見つかるわ。わたしはあなたと違って、科学的なことはよくわからないけど」

「まだ質問に答えてもらってないわ。トランクに遺体があると誰に聞いたの？」

「野良猫よ」マーガレットは歩調を速めた。「でも、間違いない」

「野良猫って？」ケンドラはマーガレットの背中に呼びかけた。「何かの組織の通称？」

「違うわ」マーガレットの姿は木立の陰に消えかけた。「猫は猫よ。その話はまたね」

「猫？　いったい、どういうこと——」そう言いかけたときには、マーガレットは声の届かないところに遠ざかっていた。

マーガレットと話をしていると、けむに巻かれたような気がする。明るい魅力の持ち主なのは確かだけれど、気づかないうちに旋風に足をすくわれてしまう。

とにかく、ベナブルに話を聞いてみよう。ＣＩＡ捜査官なら、理路整然とした答えを出してくれるだろう。

ケンドラはクレーンに指示を出している茶色の革ジャンの男性に近づいて、声をかけた。

「ベナブル捜査官」

「取り込み中だ」

「見ればわかるわ。時間はとらせない。ドクター・ケンドラ・マイケルズよ。ジョー・クインはわたしがこの件の役に立てると思っているわ」

「ああ、聞いたよ」青い車が湖岸におろされると、ベナブルはクレーンの作業員にチェーンをはずすように指示した。「きみがこの車から何か突き止められるかどうかは疑問だがね」

「同感よ。淡水に浸《つ》かっていたのがせめてもの幸いね。塩水だったら、損傷がもっとひどかっただろうから」ケンドラは車の内部に目を向けた。中はまだ四分の一ほど水に浸かっていて、閉じたドアから水が流れ出ていた。「とにかく調べてみないと。何かわかったら、クインに電話することになっているの。彼はジェーンを病院に連れていったわ」

ベナブルは眉をひそめた。「そんなことになると思っていたよ。この二日間、ジェーンは意志の力だけで動いていた。クインも気の毒に。ジェーンに無理をさせた自分を責めているだろう」

「感染症と闘わなくちゃいけないのは、クインじゃなくてジェーンよ」ケンドラは車の後部に回った。「マーガレット・ダグラスに会ったわ。なかなか興味深い人物ね」

「そういう言い方もできるな」ベナブルは皮肉な口調で応じた。

「トランクを開けるときは慎重にやるようにと言っていたわ。農場主の遺体が入っているそうよ、防水シートにくるまれて」ケンドラはベナブルと視線を合わせた。「手がかりはあまり残っていない。死因は頭への銃撃だそうよ」

「撃たれたって？　デュークス捜査官は喉を掻《か》き切られていたが」

ケンドラは肩をすくめた。「マーガレットはそう言ってたわ」いぶかしげに目を細めてベナブルの顔を見た。「冷静に受け止めているようだけど、彼女の言うことを信じるの？」

「まさか。しかし、ジョー・クインはあの娘を信用しているし、わたしはクインを信頼している。だから、彼女の話がでたらめだと判明するまでは、とりあえず信じることにしている」ベナブルは車のトランクを見つめた。「トランクに遺体が入っていると言ったんだな。とにかく、確かめてみよう」ベナブルは少し離れたところにいる〝バグコック錠前屋〟とロゴの入った服を着た男に合図した。「トランクを開けてくれ。くれぐれも慎重に頼む」

ケンドラはベナブルに一歩近づいた。「マーガレット・ダグラスがドーンの共犯者という可能性は考えてみた？　撃たれるはずのところをジェーンが身代わりになってくれたと言っているけれど、ジェーンのそばを離れないための口実かもしれない」

「ああ、その可能性も考えたよ。しかし、ジェーン・マグワイアが病気の犬をサマーアイランドに連れていったとき、マーガレットはすでに島にいたからな」ベナブルは唇をゆがめた。「スパイの可能性もゼロではない。あるいは、彼女の言っていることは、一部不自然なところがあるとしても、事実なのかもしれない」

「なぜ車が湖に沈んでいるのを知っていたか彼女に訊いた？」

「いや」ベナブルはケンドラを見た。「その表情からすると、彼女はクインに言った内容と同じことをきみにも言ったようだな」

「野良猫が教えてくれたって」

「クインにもそう言ったそうだ」

ケンドラはベナブルを見つめた。「どういうこと?」

「ジェーン・マグワイアによると、彼女は犬と話ができるそうだ。いや、犬にかぎらずたいていの動物と。一種の野生児らしい。ジェーンの飼い犬が毒を盛られたのを突き止めて、危ういところで命を救ったらしい」

「毒を盛られたと犬が教えた?」ケンドラは皮肉な声で聞き返した。

「ジェーンに確かめてみたらいい。クインはくわしいことは言っていなかった」

「それで今度は野良猫が、湖に車が沈められていて、トランクに遺体が入っているとマーガレットに教えたというのね」

「しかも、あの農場主は射殺されたと」ベナブルはつけ加えた。「きみの言いたいことはわかるよ。わたしはきみよりずっと疑い深い人間だ。だが、彼女がドーンの共犯者だとしたら、そんな情報を提供すると思うか?」

「どうかしら。納得のいかないことばかりで」

「だが、マーガレットの言うことは一応筋が通っている。きみだってそう思うだろう?」

ベナブルは笑みを浮かべた。「変わり者だが、犯罪者ではなさそうだ」

ベナブルの言うとおりかもしれない。マーガレットには相手を打ち解けさせる天性の明るさがある。だからこそ、うかつに信用してはいけないと感じたのだろう。

「ひょっとしたら、その両方かもしれないわ」ケンドラはそう言うと、工具でトランクをこじ開けようとしている作業員を見つめた。ワット数の高い作業灯が運ばれてきて、車を照らし出した。「これは――」ケンドラははっとして口をつぐんだ。「話は本当だったみたい。遺体がある」

ベナブルはいぶかしげに眉を上げた。「どうしてわかる？　魚が教えてくれたのか？」

「それはマーガレットの得意技よ。臭いがするでしょう？」

「死後一日かせいぜい二日で、ずっと十三度以下の水に浸かっていた遺体が？　腐臭がするとしても、ここまでは漂ってこないだろう」

「水に浸かって膨張しているはずよ」ケンドラはこれから見なくてはならない遺体を予想して気持ちを引き締めた。嫌悪感に引きずられてはだめ。それよりも、わたしを信用しようとしないベナブルへのいらだちに集中しよう。どうせ、もうすぐわかることなのだ。

「眼球が突出して、頬が膨らみ、体中が膨張している。見たいような光景じゃないわ」

ベナブルは肩をすくめた。「短期間のうちにそこまで腐敗するかな。水死体は何度も見たことがあるが」

「わたしもよ」

「開きました」トランクが開き、作業員が工具を持ったまま後退した。

黒い防水シートが見える。

ケンドラは鋭く息を吸い込んだ。とたんに腐臭が鼻孔に広がる。

予想したほどショックは受けなかった。それよりも、罪のない男がこんな無残な死を遂げたことにやり場のない怒りと悲しみを感じた。

「防水シートをはずせ」ベナブルが鑑識官に言った。「慎重にやってくれよ」

鑑識官が防水シートの端を握って引き上げた。数基の投光器がいっせいに光線を投げかける。

「これはひどい」ベナブルが無意識のうちにあとずさりした。

ケンドラはとっさに目を閉じたくなったが、意志の力で、グロテスクに膨張した顔を眺めた。眼球が眼窩《がんか》から飛び出し、唇も頬も、通常の人間の五倍くらい膨らんでいた。

やがて、水に濡《ぬ》れた白髪まじりの髪が現れた。

「マーガレット・ダグラスの言ったとおりだ」ベナブルがつぶやいた。「当てずっぽうだったのかもしれないが、たしかに遺体はトランクの中にあった」

マーガレットの言ったとおりだとケンドラは認めたくなかった。動物と交信できることを信じられないからか、マーガレットがドーンの共犯者だと考えたくないからかはわからない。信用しているわけではないけれど、さばさばして明るいマーガレットには好意を抱いていた。とにかく、理論的に考えることに集中しなくては。「それに、車が沈められた場所も言い当てたわけね。死因は？」

「まだ推測の域を出ないが……」ベナブルは遺体に近づくと、眉をひそめた。「いや、こめかみに弾痕がある」

これもマーガレットの言ったとおりだ。

「偶然にしてはあまりにも……とにかく、話を聞いてみて」ケンドラは車から離れた。「わたしはこの際マーガレット・ダグラスのことは忘れて、クインに期待された役割を果たすことにするわ」

ベナブルが鑑識チームに合図すると、あっというまに車は鑑識官に囲まれた。

「きみの言ったことも当たっていた」ベナブルがケンドラに顔を向けた。「遺体がこんな状態だとなぜわかった？」

「臭いよ。通常の腐敗ではなかった。免疫システムが機能しなくなって、嫌気性菌が体内で猛威を振るうのが原因。独特の臭いを発して、腐敗が加速され、遺体が膨張して変色する」ケンドラは振り向いて遺体を指さした。「顔や首に浮き出る大理石模様が典型的な特徴よ」

ベナブルはうなずいた。「きみは病理学の専門家でもあるのか？」

「そうじゃないけれど、何度もこういう事件に遭遇して、同じような臭いを嗅いで、検察官に説明してもらったから。要するに慣れよ。子どもの頃から、嗅覚や触覚や聴覚を働かせて、何が起こっているかまわりの人に訊いてきたから、それが習性になっているの」ケンドラは車を振り返った。「ここで様子を見てるわ。鑑識チームが仕事を終えたら、車を撤去する前にわたしにも調べさせて」

「何を探すつもりだ？」

「やってみないとわからない。観察力と論理的思考を活用して、あとは幸運を祈る。そして、見つけたものから総合的に判断するだけ」ケンドラはにやりとしてつけ加えた。「でも、野良猫よりは論理的に推理できると保証するわ」

4

グイネット病院

「ジェーンはどう？」

ジョーが振り向くと、磨き込まれたタイルの廊下をビーチサンダルでパタパタ鳴らしながらマーガレットが近づいてきた。

「まだ救急救命室から出てこないんだ。命に別状はないだろうが、楽観はできない。ここに来たときは四十度以上の高熱を出していた」

「そんなに具合が悪かったの？」

「ああ」ジョーは眉を曇らせた。「ぼくには隠していたが、ずっとそうだったんだろう。気づいてやればよかった」

「ジェーンは決して弱音を吐かないから。何よりも、捜索の邪魔になるのを恐れていたのよ。自分のことでよけいな心配をかけずに、イヴのことに集中してもらいたかったんだと思う」

「だからといって、ここまで我慢することはなかったんだ。いや、ぼくの責任だな。ケンドラに言われなかったら、ジェーンを病院に連れてくることもなかっただろう」

「しかたないわ。今のあなたにはイヴのことしか考えられないんだから」

「ずいぶんはっきり言うね」ジョーは唇をゆがめた。「少しは慰めてくれてもいいだろうに」

「慰めてどうなるの?」マーガレットは肩をすくめた。「心にもないことを言ったってしかたないでしょ。あなたを責めているわけじゃない。ジェーンの様子をちゃんと見ていなければいけなかったのはわたしよ。わたしをかばって撃たれたんだもの」

「ジェーンはきみのせいで怪我《けが》したなんて思っていないよ。それに、家族なんだから当然ぼくが――」

「ケンドラのことだけど」マーガレットはジョーをさえぎった。「あなたの言ったとおり、何ひとつ見逃さない人ね。獲物を追うピューマみたいに、足跡も臭跡も音も、何もかも把握していて……興味深い人だわ」

「ピューマにたとえたら気を悪くするだろう。ケンドラは洗練された女性だよ」

「でも、どこか野生的なところを秘めている」

「誰にだってそういうところはある」

「ケンドラの場合はちょっと違うの」マーガレットは笑顔になった。「わたしの思い込みかもしれないけど。ジェーンのことを聞いてすぐ病院に駆けつけたから、じっくり話したわけじゃないし、判断をくだすのは早いわね。でも、ケンドラとはいつか衝突しそうな気がする」

「そうなっても不思議はないな。ケンドラは自分の鋭い五感で感じたことしか受け入れない。きみには理解しがたいだろうね」

「言いたいことはわかるわ。だいじょうぶ、彼女とは距離をおくから。そんなに難しいことじゃない」救急救命室から医師が出てきたのを見て、マーガレットはジョーのそばから離れた。「ドクターに話を聞いてきて。ついでに、わたしが面会できるように頼んでおいてね。ちょっと電話をかけてくるわ」

「わかった」ジョーは上の空で答えると、ドクターに近づいた。

今のクインはジェーンのことで頭がいっぱいだ。でも、ジェーンの容体が安定するまで、そばについていることはできないだろう。

ジョー・クインの最大の関心はイヴ・ダンカンだ。彼にとってはイヴが世界の中心で、それ以外の人間はそのまわりを回っているだけ。でも、わたしが付き添うわけにもいかない。イヴを見つけるとジェーンに約束したのだから。となると、誰か信頼できる人を呼び寄せるしかない。

今から電話しようとしているのが、本当に信頼できる相手かどうかはわからない。何をしでかすか予測のつかないところがある。

でも、彼ならジェーンを生かしておいてくれる。

さしあたりは、それで満足するしかなさそうだ。

湖畔のコテージ

「さあ、きみの出番だ」ベナブルはケンドラに顔を向けると、薄手のゴム手袋を渡した。「気がすむまで調べたらいい」

「もういいの？　鑑識チームは何時間もかけて調べるのかと思ってた」

「何時間どころか、何日もかける。現地で一通り調べたあと、アトランタにあるＦＢＩのガレージに車を移動させることになっているんだ」

ケンドラは手袋をはめた。「これだけの証拠物件をＦＢＩに託すの？」

「この一帯に設備を備えたガレージを持っているのはＦＢＩだけなんでね」ベナブルは肩をすくめた。「お互い、この程度の協力はするんだ」

ケンドラは車に近づくと、農場主ハレットの亡骸《なきがら》をおさめた遺体袋が待機していたバンに運び込まれるのを見守った。「昼間の明るい光の中で見たかったけれど、投光器で我慢するしかないわね」

ベナブルは通常の数倍明るい業務用懐中電灯を手渡した。「これなら少しは役立つだろう」

　ケンドラは懐中電灯をつけて、またトランクの前に立った。内部を照らしながら、まだ遺体があったときに見落としたものはないか調べた。

「数日間湖に沈んでいたから、手がかりを探すのは難しそうだ」

「でも、トランクの汚れが洗い流されたおかげで、トランクに何か入っていたのがわかったわ」

「遺体以外に？」

「そう。あれを見て」トランクの底と両側の金属板に数カ所へこんでいるところがあった。「あのへこみがついてからはまだそれほど経《た》っていないと思う。せいぜい二週間」ケンドラはトランクの蓋の内側を指した。「何か大きなもので、蓋が閉まらないから開けたまま運転していたようね」

　ベナブルはトランクの掛け金に残っていたナイロンロープの切れ端を指さした。「あのロープで縛りつけてあったのか」

「ええ。蓋の内側にも同じようなへこみがある。二つ平行についているわね。椅子の肘掛けかしら？　家具のような感じだけれど、よくわからない」ケンドラは携帯電話を取り出して、トランク内部の写真を数枚撮った。

　撮った写真に目を凝らすと、へこんだところに湖の水や堆積物が詰まっていて、何かがカメラのフラッシュを反射している。

鼻をつく刺激臭を吸い込まないように気をつけながら、ケンドラはトランクをのぞき込んだ。懐中電灯の光をゆっくり底に当てていく。

あれだ！

堆積物の中で、何かが金属的な光を発していた。

ベナブルがケンドラの肩越しにのぞいた。「なんだろう？」

「とにかく、採取してみる」ケンドラは堆積物を掻《か》き出し、水を切ると、懐中電灯の光を当てた。

「金か？」

ケンドラはうなずいた。「たぶん。砂金にしては粒子が大きくて光も鈍いし、ほとんど未加工の状態だけれど。証拠袋はある？」

「いや、そういうものは持ち歩かないんだ」ベナブルは鑑識官から小さな封筒をもらってくると、ケンドラの袖の上の堆積物をそっと封筒に入れた。「ほかにもまだ残っていないか調べるよう鑑識に指示しておくよ」

ケンドラは運転席側に回ってドアを開けた。鑑識チームの作業を見守っていたから、改めて調べるまでもなく、ＡＴＭの明細表やレシートの類いがないのはわかっていた。運よくあったとしても、水に浸《つ》かって判読できなくなっていただろうけれど。

懐中電灯の光をダッシュボードに向けた。車両識別番号はドライバーで削り取ったように乱暴に消されている。

「ホイールアーチの内側やラジエーターサポートに記されていた車両識別番号も削り取られていた」ベナブルが言った。「番号がわかれば話は簡単なんだが。だが、多少時間はかかっても、ガレージで徹底的に調べれば突き止められるだろう」

「めぼしいものはなさそうね。後部座席のシートの背もたれが前に倒れているのは、トランクに大きなものが入っていたからよ。後部座席におさまりきらなくて助手席にまで達するほどで、シートの布地が裂けている」ケンドラは唇を噛《か》んだ。「何を運んでいたのかしら？　自転車でもないし、本棚でもないし、段ボールでもないし……」

ベナブルが薄い笑みを浮かべた。

ケンドラはベナブルをにらんだ。「何かおかしいことを言った？」

「いや、小さなへこみの意味がわからないだけできみがいらだっているから。無力感にとらわれることなんてめったにないんだろうね」

「まさか。毎日のように理解できないことに出くわしてるわ。でも、ふだんなら、ネットで調べたり専門家に訊《き》いたりできるのに、今は何もできない。だから、いらいらする。それに、このへこみの意味がわかれば、イヴの捜索が進みそうな気がするの」

「それはどうかな。へこみがついたのは二週間ほど前なんだろう？」

「時間的にはイヴが誘拐されるより前だけれど、関係があると思う」

「そうそう、思い出した。きみと仕事をしたＦＢＩ捜査官から聞いた話だ。シャツの襟に付着していた糊《のり》の量を手がかりに事件を解決したらしいな」

ケンドラはうなずいた。「ええ、去年サンタモニカで起こった事件よ。でも、それ以上に大きな手がかりは、動かなくなっていたルームランナーだった」

「ルームランナー？　それは知らなかった。あとで事件のファイルを取り寄せてみるよ」

「ご自由に」ケンドラは懐中電灯で車の計器盤を照らした。「このコンソールを動かせないかしら？」

「ガレージに運んだら、はずして調べるだろう。場所を教えるから、あとで行って――」

「そんなに待てない。ほかの車のバッテリーとつなげばエンジンがかかるはずよ」

ベナブルは湖岸に目を向けた。急に霧が出てきてあたりが暗くなってきたので、パトカーが二台、赤色灯をつけていた。「警官に頼んでみよう」

「早くして。わたしは車の中を調べているから」

ベナブルは眉を上げた。「わたしはきみの助手じゃないぞ」

「いいから早く」

「また思い出したよ。あの話を教えてくれたＦＢＩ捜査官は、きみを自己中心的と評していた」ベナブルは苦笑しながらパトカーに向かった。「わたしもよくそう言われるがね」

「要するに、主導権をとりたがる人間よ」

「ああ、そうとも言えるな」

三十分と経たないうちに、車の計器盤に明かりがついた。ボンネットが開けっぱなしで水に浸かっており、電気系統が故障している恐れがあったのだが、試してみるとあっさりエンジンがかかった。

ベナブルがエンジンルームをのぞきに行くと、五百アンペアの電流を通してエンジンをかけることに成功した警察官が、鑑識官とハイタッチしていた。

「何を調べるつもりだ？」ベナブルはケンドラに訊いた。「GPSはつけていないから、記録は調べられない。走行距離計を調べるためだけにこんな手間をかけたのか？」

ケンドラはそれには答えず、カーステレオのディスプレイを眺めながらボタンを順々に押していった。

それから、携帯電話を取り出すと、猛烈なスピードでキーパッドを叩《たた》いていたが、すぐに顔を上げてベナブルを見た。「この車はコロラド州南西部にあるミネラル郡を走っていた」

「確かなのか？」

「ええ、かなりの確率で」

「ドーンが住んでいたゴールドフォークは、コロラド州の北部だ。南西部までは数百キロ離れている。なぜわかった？」

「カーラジオにセットされていた放送局を調べて、グーグルで検索してみたの。該当する周波数の六つの放送局があるのはこの一帯だけ」ケンドラは携帯電話を見せた。画面に地図が出ている。

ベナブルはうなずいた。「この一帯にドーンの共犯者がいる可能性は低そうだが、とにかく調べてみよう」

「ええ」ケンドラは車から離れて、しばらく考えていた。「わたしも調べてみる」

グイネット病院

「ねえ、今夜お見舞いに来たのは、これで三回目よ。どうして眠ったふりばかりするの？」マーガレットはベッドのそばの椅子に腰かけた。「サンフアンの病院を早く退院できて喜んでいたのに、すぐにぶり返すなんて。わたしに罪悪感を抱かせたいわけ？」

「いいかげんにして」ジェーンはぱっと目を開けて、マーガレットをにらんだ。「同じことをジョーにも言われたわ。もううんざり。ちょっと感染症にかかっただけなのに、みんなに責められたあげく、三日間も入院しなくちゃいけないなんて」

「安静にしていれば、こんなことにならなかったわ」

「ジョーもこの病院のドクターたちもそう言ってた。でも、イヴのためにがんばるしかなかったのよ」

「気持ちはわかるけど」マーガレットは穏やかな口調になった。「今は早く治すことだけを考えて。そうじゃないと、みんなによけいな心配をかけて、結局イヴのためにもならない」

「すぐ治るわ」ジェーンは言い返した。「ちょっと病原菌が入っただけで——」

「ねえ、自分が動けないからって、捜索を邪魔したいわけ?」

「馬鹿なことを言わないで。頭が変なんじゃない?」

「そう言われたことは何度かある」マーガレットはにやりとした。「でも、わたしの頭が変だと証明できた人はいないわ」そう言うと、笑いを引っ込めた。「あなたの立場だったらわたしも同じことをしたかもしれないけど、それはわがままよ。今のあなたは、はっきり言って足手まとい」

ジェーンは両手でこぶしを握り締めた。「さっさとここから出ていって」

「熱のせいでそんなことを言うのね」

「熱のせいなんかじゃないわ」ジェーンはにらみつけたが、マーガレットは平然としている。にこやかだが隙のない表情を浮かべて、いたわるような目で見つめている。ジェーンはますます腹が立ってきた。それでも、マーガレットの言うことにも一理ある。「何もできずにここで寝てるなんて……」

「ちゃんとわかってるはずよ」マーガレットは椅子にもたれかかった。「あなたみたいに頭のいい人が、自分の言い分を通すためにイヴの不利になるようなまねをするわけがないもの。ジョーに電話して、退院許可が出るまでおとなしくしていると言ってくれたと伝えるわ」

「電話ぐらい自分でかける」ジェーンは言った。「それに、自分の言い分を通そうとしているのはあなたのほうじゃないの」

「まあね」マーガレットは笑い出した。「だけど、わたしは感染症にかかってないし、高熱も出してないし、足手まといにもなってない。しばらくあなたの前から消えるわ。わたしがいるといらいらさせそうだし。なんだか今夜は逃げてばっかり。さっきジョーに約束させられたの。ケンドラ・マイケルズにつきまとったり、喧嘩《けんか》したりしないって」

「あなたとケンドラがぶつかるのが目に見えるようだわ。ケンドラは湖に沈められた車から何か見つけた?」

「どうかしら。その前にあなたが病院に行ったと聞いて、駆けつけてきたから」マーガレットは小首を傾《かし》げた。「ほら、もう捜索に加わろうとしてる。しばらくおとなしくしてると決めたはずよ」

「何度も言わないで。ここで寝ていたら、何もできっこないわ。許可がおりたらすぐ退院する」ジェーンは下唇を噛んだ。「じっとしてると、気が変になりそう」

「わかるわ」マーガレットはなだめようとした。「こう言ったら少しは気が楽になるかしら？　わたしはここであなたの手を握ってないで、あなたの代わりに捜索を続ける。あの美しい湖から離れて、わたしに探せるものを探しに行くわ」

「かえって気が重くなりそう。あなたがひとりでほっつき歩いて、怪我したり殺されたりしないか心配」

「もう決めたの。わたしに手伝わせてくれると言ったじゃないの」

「でも、そんな意味じゃ――」

「わたしを守ろうとしてる？」マーガレットは面白そうに目を輝かせた。「子どもの頃から自分の身は自分で守ってきたのよ」そう言うと、立ち上がった。「それに心の奥では、ここに閉じ込められている間、誰かが代わりに動いてくれたらと思ってない？」マーガレットはドアに向かった。「電話で様子を知らせるわ。あなたも何か役に立ちたいなら、寝ていても調査ぐらい――」

「わたしに指図しないで」ジェーンは言い返した。「お願いだから、考え直して」

「だめ」

　マーガレットは本気なのだ。ジェーンは覚悟を決めた。「じゃあ、もう止めない。でも、電話はしてね」

「わかってるわ。電話しないと、心配して熱が上がりそうだし。一応、対策は講じてあるから、気がまぎれると思うけど――」

ジェーンは眉をひそめた。「対策って？」

「あなたの気が変わって、わたしやイヴを助けに来ないための対策」マーガレットはドアの前で立ち止まった。「じゃあね、ジェーン。早くよくなって」

「ありがとう」ジェーンは一呼吸おいた。「あなたの言うとおりよ。身動きできないからって誰かに先を越されたくないと思うのは、わたしのわがまま」そう言うと、唇を舐《な》めた。

「でも、くれぐれも気をつけて。危ないまねはしないで」

「約束するわ」そう言うと、マーガレットは背を向けた。

「退院できたらすぐ追いかける」ジェーンは一呼吸おいて言った。「どなったりして悪かったわ。あなたはすごい人よ」

「自分でもわかってる。でも、認めてもらえてうれしい」マーガレットは声をあげて笑うと、病室から出ていった。

ジェーンは閉じたドアをしばらく見つめていた。ふと、まだこぶしを握り締めていたことに気づいて、両手の力を抜いた。マーガレットの言ったとおり、もう決めたのだ。一日でも早くよくなることだけを考えよう。

心を静めること。

イヴのことは考えないこと。

でも、どちらも簡単ではなかった。

イヴを心から締め出すなんて不可能だ。

そうだ、ジョーに電話してみよう。反抗的な態度をとったまま帰らせてしまったから、謝っておこう。ちゃんと安静にしていると伝えて、安心させてあげなくては。

といっても、まだ気持ちの整理がついたわけではなかった。みんながイヴのために全力を尽くしているのだから、自分だけ病院で無為に過ごしたくない。

ここにいてもできることがあるはずだ。わたしも役に立てると、マーガレットも言っていた。ジョーに電話したあと、ベナブルにも連絡して、捜査の進展を訊いてみよう。そして、わたしにできることを考えてみよう。

ジェーンは電話を取ると、ジョーにかけた。

こんなところでセス・ケイレブは何をしているのかしら？

ジェーンは朦朧《もうろう》とした頭で考えた。高熱のせいで幻影を見ているわけではなさそうだ。ケイレブがドアのそばの椅子に座っているのが、薄闇の中でちゃんと見えた。少し開いたドアから廊下の明かりが差し込み、ケイレブの黒髪に銀髪が交じっているところまで見える。

何よりも、彼の気配を感じた。気づかれないようにしているつもりだろうが、ケイレブは珍しく緊張している。その緊迫した雰囲気が伝わってきて、目が覚めたのかもしれない。

「起こした？　息を潜めていたのに」ケイレブはそう言うと、含み笑いをした。「いや、それは嘘だ。早く目を覚ましてくれないかなと思って、ずっと見つめていた」

「なぜここにいるの？」ジェーンは手を上げて、額に落ちた髪を掻き上げた。熱くない。熱は下がっていた。「目を開けたらあなたがいたから、サンフアンの病院にいるのかと思った」

「きみが撃たれた夜のことだね。あのときは、手術室から戻ってきたきみに一晩付き添った」ケイレブがサイドテーブルの上のスタンドをつけると、淡い光が病室に広がった。

「忘れられない夜だった。おれは非の打ちどころがないほど紳士的だっただろう？　我ながら感心するよ」

「そうだったかしら？　よく覚えていない」軽く受け流すと、ジェーンはケイレブが近づいてくるのを無言で眺めた。

優雅なのに威圧的で、暗い魅力を発散している。黒い目で見つめられると、催眠術にかかったようになってしまう。だから、ケイレブに対しては警戒心をゆるめないようにしてきた。気を許さないようにとイヴに釘《くぎ》を刺されたこともある。だが、ケイレブは不思議な力を発揮して、ジョーを救ってくれたこともあったのだ。ジェーンもいざとなると、ケイレブに助けを求める。重症に陥った愛犬のトビーをサマーアイランドにある実験研究施設に連れていくのにも力を貸してもらった。ケイレブはすぐ島に連れていってくれただけでなく、ジェーンが撃たれて入院している間、ずっと付き添ってくれた。

と言っても、彼を全面的に信頼しているわけではなかった。本人も認めているように、ケイレブはその気になったら、自分に有利なように話をすりかえられる人間だ。それに、わたしに性的なつながりを求めているのも明らかだった。

「あの夜、わたしがまだ麻酔から覚めないうちに誘惑しようとしたわね」

「人聞きの悪い。きみに心理的な刺激を与えて、気分をよくしただけだよ。きみがあとで後悔するのがわかっていたから、一線を越えるようなまねはしなかった」

ベッドに近づいてきたので、ケイレブの顔がさっきよりはっきり見えた。反射的に、警戒心とうれしさが同時に込み上げてきた。ケイレブといると、いつもこんなふうになってしまう。

「性急に迫るより、きみがその気になってくれるのを辛抱強く待ったほうがいいと思ったんだ」ケイレブは手を伸ばしてジェーンの頬に触れた。「だが、病院に舞い戻るのがわかっていたら、もっと積極的に出てもよかったかな。おれはそれほど辛抱強い人間じゃないし」

「ここで何をしてるの？」ジェーンは顔を動かして彼の手を避けた。「ターサー将軍の屋敷に警護に行ったはずなのに」

「無駄足だった」ケイレブは顔をしかめた。「将軍はおれが行く前に殺害された。聞かなかったか？」

「ベナブルから聞いたわ。あなたも電話してくれると思っていたのに」

「ベナブルから知らせがあるとわかっていたからね。犯人を見かけた人間がいるかもしれないと思って、屋敷の付近を回って聞き込みをしてきた」

「それで、犯人はわかった？」

「ああ」

「ブリックなの？」

ケイレブはうなずいた。「近くの家に住んでいる女性が、将軍が撃たれた日にブリックに似た男を見かけていた。もっと偵察してあいつがどんな車に乗っていたか調べるつもりだったが、急に戻るはめになったから」

「戻る羽目になったって、どういうこと？」

「今夜中に病院に戻れとマーガレットから命令された」

「マーガレットはどうしてそんなことを――」

〝一応、対策は講じてあるから、気がまぎれると思うけど〟

「マーガレットったら、よけいなことをして」ジェーンは体を起こそうとした。「付き添ってくれなくていいわ、ケイレブ。気をまぎらす必要なんかない」そう言うと、笑い出したケイレブをにらんだ。「何がおかしいのよ？」

「おれの役目はきみの気をまぎらすことだったのか。マーガレットの狙いはそれだったんだな」ケイレブは小首を傾げた。「だが、人の気をまぎらすのは得意だ」

「そんなことをしてる場合じゃないわ」

「物は考えようだろう？」

「退院許可が出るまであなたとぼんやりしてるなんて、まっぴらよ。マーガレットはわたしのためにあなたを呼んだんだろうけど、大きなお世話」

「とにかくおれは役目を果たすだけさ」ケイレブは電気を消すと、部屋の隅の椅子に戻った。「マーガレットに選ばれて光栄だ。マーク・トレヴァーが選ばれても不思議はなかった。きみはあいつと何年もつき合っていたんだから。もうじきアトランタに着くんだろう？」

「ええ。でも、彼にもいてもらわなくていい。わたしは早くここを出て、イヴを見つけたいだけ」

「きっと見つけられる」ケイレブは請け合った。「そのための協力は惜しまない。まだきみに教えたことのない方法がいくつかあるんだ。サンファンの病院で、きみに輸血用の血を提供しただろう？　おかげで選択肢が広がった」

ジェーンはいぶかしげにケイレブを見た。「どういう意味？」

「警戒しなくていい」ケイレブは笑みを浮かべた。「おれが変わった才能——というか特技の持ち主なのは知っているね」そう言うと、笑みが消えた。「きみは吸血鬼の夢を見ることはあるかい？」

「妙なことを言わないで」ジェーンはぴしゃりと言った。「あなたは吸血鬼なんかじゃないわ。たしかに、血流をコントロールできるなんて、理屈で説明のつかないことだけど」

説明がつかないどころではないと、ジェーンはケイレブの顔を見ながら思った。どうやって他人の血流をコントロールするのだろう？

初めてケイレブに出会ったときのことを思い出した。当時、ケイレブは妹を殺した男を捜していて、男を見つけ出すと血流を操作し、これ以上ないほどの苦痛を与えて死に至らしめた。それでも変死の痕跡はなく検死官は病死と断定した。のちにケイレブがジェーンに語ったところでは、死を招くことすらできるこの能力は、何世紀も前から代々一族に伝わっているのだそうだ。

「それに、あなたの夢なんか見たこともないわ」そう言ったが、これは嘘だった。妙に生々しい夢を何度か見たことがある。あれもケイレブの仕業ではないかしら？　他人の血流を変えられるのなら、その人間の心理や本能にも影響を及ぼすことができるだろう。

「ほんとかな？」ケイレブは意味ありげに笑いかけた。「おれはきみの夢を見るよ。これからも見続ける。新しい方法を試してみる気はないか？」

「ないわ」

「わかった」ケイレブは椅子に座ったまま壁にもたれかかった。「きみがその気になるまで待とう。無理強いしたりしないから、安心してほしい。今夜はここに泊まるが、明日からはちゃんと面会時間内に来るようにするからね」

「付き添う必要はないと言ったでしょ」

「だが、マーガレットの命令には従わないと。さあ、もう眠ったほうがいい」

「あなたがいたら眠れない。あなたがいると――」

「気になる？　うれしいことを言ってくれるね。おれも初めて会ったときから、ずっときみのことが気になっている。思いきって一線を越えたら、そのもやもやから解放されると思ったことはない？」

「いいえ、あなたと関わりを持ちたいなんて考えたこともない。力を貸してもらったことには感謝しているけど、みすみす逆巻く渦に飛び込む気はないわ。あなたは何をしでかすか予測のつかない人だもの」

「否定する気はないよ。だが、いつも明るい道ばかり歩いていないで、たまには暗闇を歩くのも悪くないだろう？」

ジェーンは答えなかった。

「マーク・トレヴァーは、たとえるなら、見晴らしのいい一本道だ。きみは彼との関係を解消した」ケイレブは一呼吸おいた。「彼をまたきみの人生に関わらせたくないんだ」

「わたしの人生よ。あなたにそんな権利はないわ」

「たしかに。だが、ひとつの行動が思いがけない行動を引き起こす場合もある」ケイレブは含み笑いをした。「きみの行動は、おれにとてつもなく大きな影響を及ぼすんだ。トレヴァーが来るのは楽しみだよ。面白いことになりそうだ」

ジェーンはうんざりしてきた。これ以上ケイレブと話したくなかった。

「ゲームじゃないのよ、ケイレブ」ジェーンは疲れた声を出した。「あなたやトレヴァーが何を求めていても、わたしにはどうだっていい。イヴがこんなことになっているときに、そんなことは考えられない」

「悲しんでいるきみを見るのはつらい」ケイレブは真剣な表情でジェーンを見つめた。「きみはとても強い女性だから、傷つくこともあるのを忘れそうになる。だが、弱い一面を見ても、勝った気がしないんだ」そう言うと、首を振った。「トレヴァーなら、きみの手を握って、慰めの言葉をささやくだろうが、おれにはできない」ケイレブはしばらく黙っていた。「だが、きみの痛みをやわらげることはできる。わかっているよ、痛みに耐えているのは」

「耐えているというか……疲れたわ」

「眠ったほうがいい」ケイレブがナイトスタンドも消したので、病室は闇に包まれた。

「眠ってしまえば、おれがそばにいるのも忘れられる」

「そうかしら」

「夢を見るなら、イヴの夢を見るといい。きみにとってイヴほど大切な存在はほかにないから」

「それは皮肉？」

「とんでもない。さっきも言ったが、悲しんでいるきみを見るのはつらい。この先おれたちがどんな関係になるとしても、きみにつらい思いをさせないように気をつける」ケイレブは一呼吸おいた。「と言っても、欲望に負けそうになるときもあるが」そう言うと、苦笑した。「いや、しょっちゅうかな。できるだけ自制するよ」

「あなたの口から出た言葉とは思えないわ。マーガレットが、あなたは獲物を狙うみたいにわたしにつきまとっていると言っていた」

「彼女は直感的な人間だからね」ケイレブは穏やかな声で応じた。「さあ、もう話をやめてお休み。おれもイヴが好きだ。彼女の身に悪いことが起こらないように祈っている。イヴと過ごした楽しい時間を夢に見るといい。すばらしい時間をたくさん共有してきたんだろう？」

「ええ」ジェーンは目を閉じた。「すばらしい時間や、銀色に輝く朝や……」

「銀色に輝く朝?」

イヴと二人でポーチのブランコに揺られている光景が目に浮かんだ。ジェーンは十歳のときにイヴに命を救われ、その後、養女として育てられた。イヴは愛情と友情をたっぷり注いでくれた。松の匂いの漂うポーチに座って、湖面を渡る風を頬に感じたのをなつかしく思い出す。イヴはそばにいた。いつもそばにいてくれた。

「なんだい、銀色に輝く朝って?」ケイレブがまた言った。

「なんでもない」簡単に説明などできない。

愛。温《ぬく》もり。銀色に輝く朝を色あせさせたくない。

イヴ……。

コロラド州　リオグランデ・フォレスト

もっと速く歩こう。そうすれば、血のめぐりがよくなって、それほど寒さを感じずにすむ。

今はそれが精いっぱいだ。震えが止まらない。また風が出てきて、身が切られるように寒い。ダッフルバッグを隠してある場所に戻って、ありったけの服と毛布にくるまっていたいと何度も考えた。

でも、その前にしなくてはいけないことがある。一度だけドーンに連れ出されたときに通った道路がまだ見つけられないのだ。岩だらけのがたがた道を通って、あの道路に出たはずなのに。あの道路はたぶん町に通じているのだろう。とにかく、人のいるところまで逃げなければ。あの道路に出ることさえできたら、まだ希望はある。

かといって、いたずらに体力を消耗したら、ますますドーンに有利になる。

悪いほうに考えるのはよそう。弱音を吐いていないで、この難局を乗りきらなければ。監禁されていたログハウスは、ここからもうひとつ丘を越えたところにある。崖の縁に立ったら、ログハウスから道路に続く道が見えるかもしれない。

でも、あの崖の下にはケヴィンの頭蓋骨がある。

殺してやる。火の中に投げ込んでやる。

そんな言葉が聞こえるのは気のせいだ。頭蓋骨を投げ込んだときのことを思い出しただけ。

あの復顔像が転がっている谷底をのぞいてはだめ。

イヴは丘の頂上に立ってログハウスを見おろした。ドーンはあそこにいるだろうか？日が昇っていたから、窓の明かりで判断することはできなかった。最後に追いかけてきたあとログハウスに戻って、今は休んでいるかもしれない。

といっても、確証はない。へたに動いたら命取りになる。

岩だらけの道が見える。家の前から裏手に続いているが、その先は坂になっていた。この角度からは見えないが、崖に近づいたら坂の向こうが見えるかもしれない。イヴは小道から離れて崖に近づいた。

殺してやる。火の中に投げ込んでやる。

不安に押しつぶされそうになったが、こんなことではいけないと気を奮い立たせた。崖の縁に立って、坂を見おろした。ここからでもその先は見えない。さらに一歩崖の縁に近づいた。

見えた。

道路は丘から谷にまっすぐ続いているらしい。

そして、その先に屋根がいくつも見えた。

町だろうか？

そうだといいけれど。

薄暗いし、遠すぎてよくわからない。この角度からは一群の屋根が見えるだけだ。

もう少し崖に近づいてみようか。

いいえ、やめたほうがいい。これ以上近づいたら転がり落ちてしまう。

思いきってあの道路に出て、屋根の見える場所に向かってみよう。

でも、まずはちゃんと計画を立ててからだ。道路に出たら、ドーンはトラックで追跡してくるだろう。とにかくダッフルバッグを取りに戻って、しばらく休憩しよう。逃亡を再開したら、ドーンを道路と反対側におびき寄せておいてから、引き返してくればいい。

希望が湧いてきた。イヴは坂をのぼって小道に戻り始めた。

殺してやる。火の中に投げ込んでやる。

ぎくりとしたが、もう谷底に目は向けなかった。

あなたの声なんか聞こえないわ、ケヴィン。

聞こえているはずだ。早くおれを谷から連れ戻せ。

ケヴィンのことを考えてはだめ。小道に戻ると、イヴは走り出した。何かほかのことを考えよう。なんでもいいから。

銀色に輝く朝と……。

どこからこんなことを思いついたのかしら?

そうだ、この言葉を聞いたときのことを思い出した。

ジェーンが教えてくれたのだ。

ジェーンはまだ大学生で、スコットランドから戻ったばかりだった。二千年近く前、ベスビオ火山の爆発で死んだと言われている女優シーラの謎を探るためにスコットランドに行ったのだ。ジェーンは十七歳のときから、シーラの夢に取り憑《つ》かれるようになった。そして、スコットランドでシーラが書いた手紙を発見して、ようやくその理由を理解したのだった。

妹のピアにあてられたその手紙の中で、シーラは〝ベルベットのような夜と、銀色に輝く朝を探すように〟と書き残していた。その謎めいた言葉にジェーンは心を惹《ひ》かれた。そして、あの夜、湖畔のコテージのポーチに座って、イヴにその話をしてくれた。

「イヴはわたしが味わってきた思いをすべてわかってくれたでしょう?」ジェーンはポーチの階段に腰かけてイヴを見上げた。「だから、ほかの人には話せないことも話せるの」

イヴはしばらく黙っていた。「マーク・トレヴァーにも話せないこと?」

ジェーンはうなずいた。「つき合い始めて間がないし、まだお互いに探り合っている感じ。彼といると頭がくらくらしてきて、関係を冷静に見きわめられないの」ジェーンは少しためらったあとで、考えながら続けた。「シーラの手紙の中に、ベルベットのような夜と銀色に輝く朝という言葉があった。ベルベットのような夜は恋人と過ごす夜を意味しているけど、銀色に輝く朝は少し違う意味らしいの。ずっとその意味を考えてる。彼女の物の見方を変えさせた誰かがいたのかしら?」ジェーンは首を振った。「でも、わからない。わたしは現実的な人間だから。そんなふうに感じられるまでに長い時間がかかりそうな気がする」

「長い、長い時間がね」それがジェーンに対する答えなのか、自分の経験を言っているのか、イヴにはよくわからなかった。

「結局、そんなふうには感じられないのかもしれない。でも、シーラはそれを探してほしいとピアに言っているの」

「銀色に輝く朝……」イヴは持っていたカップをポーチの手すりに置いて、ジェーンのそばに腰をおろした。「すてきな言葉ね」そう言うと、ジェーンの肩に腕を回した。「闇の世界に新しい明るい光が差し込んできたみたいで。あなたもいつかそんな朝を見つけられるといいわね」

「もう見つけたわ」ジェーンはイヴにほほ笑みかけた。「イヴから毎日もらってる。落ち込んだときは励ましてくれるし、わけがわからなくなったときは、考えを整理してくれる。この世界に愛なんて存在しないと思ったときには、イヴと過ごした日々を思い出すの」

イヴは低い声で笑った。「シーラはそういう意味でその言葉を使ったんじゃないような気がするけど」

「かもしれない。彼女にはイヴ・ダンカンのような人がそばにいなかったから、銀色に輝く朝は恋人同士に限ったことじゃないと気づかなかったんじゃないかしら。相手は両親でもきょうだいでも、親友でも……」ジェーンは満足そうにイヴの肩に頭をのせた。湖を渡ってくる風は冷たかったけれど、松の匂いを運んできて、これまでにイヴとポーチで過ごした時間がよみがえってくる。「そうよ、親友なら相手の世界観を変えることができるわ」

「そうね」

二人は長い間黙って湖を見つめていた。かなり経ってから、ようやくイヴがため息をついて言った。

ジェーンは首を振った。「もう遅いわ。「いつも分別ある自分でいるのにちょっとうんざりしてきた。気まぐれを起こさなかったせいで、すごくたくさんのものを失ってきたような気がするの。ルームメートのパットがよく言ってたわ。大地にしっかり足をつけていたら、踊ることなんてできないって」そう言うと、イヴに笑いかけた。「今夜は眠らないことにしない？　夜明けまで起きていて、本当に銀色に輝くか見てみたい」

結局、二人は一睡もせずに朝を迎えた。夜通し話し合って、絆《きずな》をいっそう深められたような気がする。

銀色に輝く朝。

ジェーンはあのとき話していた喜びを人生の一部にすることはできなかった。そう思うと、イヴは急に悲しくなった。マーク・トレヴァーがジェーンの心を開いてくれるのではないかとひそかに期待していた。だが、恋人同士になっても、ジェーンがトレヴァーに完全に心を開くことはなかった。

　急に強風にあおられてイヴははっとした。気温はどんどん下がっている。間に合わせのシェルターに戻ったほうがよさそうだ。歩調を速め、谷底は見ないようにした。ジェーンとの思い出のおかげで、さっきまでの恐怖を感じなくなっていた。ジェーンや家族や愛のことを考える余裕ができた。その気になれば、絶望の底からも希望は見いだせるのだ。銀色に輝く朝がきっと来る。

グイネット病院

「また熱が出たのか？　ガタガタ震えているじゃないか」

　ケイレブの声だ。

　ジェーンは目を開けた。ケイレブがそばに立っている。「すごく寒くて」

　ケイレブが額に手を当てた。「熱はないようだね」いぶかしそうに目を細めてジェーンを眺めた。「それに、もう震えていない。まだ寒いかい？」

　ジェーンは首を振ると、ベッドの上に起き上がろうとした。「寒いのはわたしじゃないの。イヴよ。とても寒がっていた。そして、彼に怯《おび》えてはだめだと自分に言い聞かせていた」

「彼？　ドーンのことか？」

「いいえ、ケヴィンよ。イヴは、ドーンとケヴィンが一心同体だと思っているらしいの」ジェーンは深く息をついた。「不思議な夢だったわ。何もかも夢とは思えないほど鮮明で……」

「その夢のことを話してみて」ケイレブはベッドに腰かけた。「気が楽になるかもしれない」

「イヴが道路を見おろしていた。森の中で、とても寒くて。走っていると吐く息が白く見えるくらい。寒さに耐えられなくなってきて、逃げ道を探していた」ジェーンは身震いした。イヴの感じた寒さを自分も感じたような気がして、イヴを寒さから守りたいと願った。

「それだけ。とりとめのない夢だけど、とても現実味があった」

「きみは精神的に落ち込むような夢をよく見るタイプかな?」ケイレブはにやりとした。

「おれの夢を見ればいいのに」

「めったに夢は見ないほう」ジェーンはそう言うと、サイドテーブルに置いた水のボトルに手を伸ばした。「昔は彼女の夢を見たけど」

「彼女って?」

うっかり口を滑らせてしまったが、ケイレブに話してもだいじょうぶだろう。「十七歳のとき、遠い昔ヘルクラネウムで暮らしていた女性の夢を見るようになったの。女優で、シーラという名前だった。まるで続き物みたいに、彼女の暮らしぶりや恋人のことが次々と夢に出てきて」ごくりと水を飲んだ。「現実味がありすぎて頭が変になりそうだったから、そんな女性が実際にいたのか調べることにしたの」

「実在の女性だったのか？」

「そう。その女性が妹に宛てた手紙の中で〝銀色に輝く朝〟のことを書いていたの」

「なるほど。だが、夢に見たことを調べたなんてきみらしくないな。きみほど現実的な人間はいないのに。理屈で説明がつかないことだからショックだっただろうね」

「ある程度の説明はつくの」ジェーンはまた水を飲んだ。「彼女の彫像がいくつか残っているんだけど、どれもわたしによく似ていた。わたしは祖先のことは知らないけど、祖先から記憶が伝わっているのかもしれないと言う人もいたわ」

「ちょっと無理があるんじゃないか？」

「もともと夢の話だから」

「それでも、きみはいちばん受け入れやすい結論にとびついたわけだね」

「かもしれない」ジェーンは水を飲み干して、ボトルをサイドテーブルに置いた。「明かりを消して。もうだいじょうぶだから」

「いや、もう少し訊いてみたい。きみにこういう一面があったとは意外だよ」

「あなたのように超常現象を引き起こす力があるという意味？」ジェーンは首を振った。

「たしかに、若い頃は奇妙な夢を何度も見たけど、もう何年も見ていないわ」

「だが、今夜は見たんだろう？」

そう言われれば、あのイヴの夢はシーラの夢に似ていた。鮮明で、まるでその場にイヴといっしょにいるような臨場感があった。

「まあ、そうね。もともとイヴはその種のことを信じているの。わたしはイヴを尊敬しているけど、イヴとは違う。それに、ただの夢よ。もうこの話はやめて」

「あと、二、三質問してからだ。シーラのことを調べていたとき、夢で見たことを参考にして答えを見つけたわけだね？」

ジェーンはすぐには答えなかった。「ええ」

「だが、それを認めたくなかった」

「さっき言ったように、たぶん先祖の記憶じゃないかしら」

「具体的な情景も夢に現れていた？」

「たいていは」

「興味深いな。さっき見たイヴの夢でも情景を覚えているかい？」

「たぶん。思い出そうとすれば」

「じゃあ、思い出してごらん」

「なぜ？」

「やってみて損はないよ」ケイレブはサイドテーブルの引き出しからメモ用紙と筆記具を

取り出した。「夢に出てきた光景を話してほしい。イヴが何を見ていたか、何を考えていたか――なんでもいいから、思い出してほしい」

「なぜそんなことを？」

「シーラのことを調べたときには、夢を参考にしてうまくいったんだろう？　もしかしたら、イヴが今どこにいるか突き止められるかもしれない」

「でも、夢の話だから」

ケイレブは無言で見つめただけだった。

「それに、イヴに関しては記憶が伝わってくるなんてあり得ない。イヴとは血のつながりはないから」

「だが、強い絆で結ばれている」ケイレブは穏やかな口調で続けた。「信念は山をも動かすと言うだろう。愛も山を動かせる。急に〝銀色に輝く朝〟のことを思い出したのも何か理由があるのかもしれない」

「ずいぶん感傷的なことを言うのね。あなたらしくもない」

ケイレブはほほ笑んだ。「ちょっと思いついたことがあるんだ。この病院で二、三日きみを見守っているだけではつまらない。イヴを捜すのに役立ちそうなことを教えてくれたら、おれも動きやすくなる」

ジェーンは表情を変えずにケイレブを見つめた。「何が言いたいの？」

「どうやってシーラを見つけた？」

「インターネットで調べたり、心霊現象を扱った本を読んだり、つてをたどってその方面の専門家に電話して訊いたり」ジェーンは一拍おいた。「同じことをして、夢の中でイヴがどこにいたか調べ出そうというの？」

「あるいは、彼女が考えていたことがなんらかの手がかりになる可能性もある」

ジェーンは黙り込んでいた。「本気？」

「やってみて損はないと言っただろう」

へたに希望を抱いて、落胆することを恐れているのだろう。ジェーンは自分の心を見つめた。藁《わら》にもすがる思いでやってみても、結局、絶望するだけだとしたら……。でも、最終的にシーラは見つかった。諦めなかったから、答えにたどりつけた。でも、あのときとは条件が違う。うまくいかない確率はあのときより高い。それでも、少しでも可能性があるならどんなことでも試してみて、イヴにたどり着く道を見つけたい。

「切り立った高い山に囲まれていた。ロッキー山脈じゃないかしら」

「メモをとって」

「それはあと」ジェーンは体を起こした。「それより、クローゼットからスケッチブックを持ってきて」

「わかった」ケイレブはスケッチブックを取ってきた。「きみは画家だからね。だが、その前に少し眠ったらどうだ？」

「夢に見たことを忘れてしまったらどうするの。わたしのことはいいから、あなたはできるだけたくさんガイドブックを集めてきて」

「新しい役目ができたようだな」

「それから、インターネットであの一帯のことを調べてほしいの。わたしはその時間がないし、あなたならわたしが見つけられなかったことを見つけられるかもしれない」ジェーンはスケッチブックを開いた。「さあ、静かにして集中させて。イヴは谷を見おろしていないときはずっと動いていた。きっと逃げているのよ。何枚か描いてみる、見落としたものがないように」

「今さらだけど、ここにいる間は安静にしているはずじゃなかったかな」

「こんな途方もないことを言い出したのはあなたよ。今さら止めても無駄」

「止められるなんて思っていないさ。少なくとも、ここにいれば過労で倒れてもすぐ治療を受けられる」ケイレブは椅子にもたれかかった。「それに、仕事をしているきみを見ているのは楽しい。尾を引いて流れる彗星《すいせい》みたいに迫力がある」

ジェーンは返事をせずに、眉をひそめてせっせと鉛筆を動かした。

しばらくすると、ケイレブが声をかけた。「ずっとシーラのことを考えていたんだが、きみの言うとおり、彼女がきみの先祖だとしたら――」

「そんなことは言ってない。そういう説明の仕方もあるというだけ」

「あるいは、きみはシーラの生まれ変わりとも考えられる。認めたくないだろうが、そう思ったことはないか？」

「ないわ」

「おれの先祖は代々超常的な能力を持っていたが、子孫はその厄介な能力を根絶やしにしようと努力してきた。まだ力を持っているおれは先祖の生まれ変わりだと考えると、犯してきた罪は自分のせいだけじゃないという言い訳になる」

「わたしは自分の罪を正当化する言い訳なんかいらない」

「おれの罪にくらべたら、きみの罪なんか物の数じゃないからね」ケイレブは小首を傾げた。「シーラには愛人がいたと言ったね。名前はわかる？」

「アントーニオ」

「アントーニオはきみが知っている誰かに似ていないかい？」

ジェーンは体をこわばらせた。「そんなことどうだっていいでしょ。その話はしたくない」

「きっと誰かを連想したはずだよ。そうだ、その頃、マーク・トレヴァーとつき合っていたね」

「ええ」

「シーラの愛人はトレヴァーに似ていなかった?」

ジェーンは返事をしなかった。

「そうだろう、ジェーン」ケイレブが穏やかな口調で訊いた。

ジェーンは肩をすくめると、スケッチブックに目を落としたまま答えた。「ええ」

ケイレブの顔は見なかったが、ため息が聞こえた。

「そんなことだろうと思っていたよ」

5

コロラド州　リオグランデ・フォレスト

年代物の赤いトラックがとまっている。ドーンが盗んだものだろう。

ザンダーはベナブルの報告書を思い出した。

それにこの古いログハウスは、ドーンの電話してきた基地局のエリア内だ。グーグルマップで調べたかぎり、この荒野に建物らしい建物はほとんどない。下の渓谷にそれらしきものを見つけたが、ざっと見て選択肢から除外した。山をのぼってきて、地図に示されていたログハウスに目をとめたのだった。こちらのほうが可能性は高そうだ。狩猟者も観光客もこんな山奥まではめったにやってこないだろう。

監禁場所には理想的だ。確かめてみよう。

一通り偵察したが、今は無人らしい。ザンダーはトラックのロックを解除して、ガソリンのレシートなど、ドーンに結びつくものを探した。

助手席に折りたたんだ黒い布があった。手に取って鼻に近づけてみる。かすかな匂いがする。目隠しに使ったらしい。これは女性の匂いだ。

グローブボックスを調べてみると、探していたレシートが二枚見つかった。クレジットカードは使っていなかったが、一枚はコロラド州のバーミンガム、もう一枚はミズーリ州の小さな町のガソリンスタンドが発行したものだ。どちらも同じ日だった。

これで足取りはつかめた。

改めてログハウスを観察した。おそらくドアを開けたとたん、なんらかの仕掛けが作動するはずだ。ドーンの息子は陸軍特殊部隊にいたし、アルカイダでも訓練を受けているから、やり方を父親に教えたのだろう。ここでドーンを待ち伏せするのが作戦としては望ましいが、仕掛けを解除するには時間がかかりそうだ。

それにしても、ドーンもイヴ・ダンカンもどこにいるんだ？　トラックが置いてあるということは、イヴはここで復顔作業に当たらされていたのだろう。それなのに、どちらもいない。

ドーンはすばやく周辺のタイヤの跡を調べた。

ブリックが来た気配はなかった。彼の車でどこかに行ったわけでもない。

ドーンがしびれを切らせて、とうとうイヴを殺してしまったのだろうか？

いや、それは最後の手段だ。イヴをわたしの目の前で殺すことが最大の復讐《ふくしゅう》になるとドーンは思い込んでいるのだから。

ということは、ひとつ興味深い可能性が残っている。

「逃亡をはかったのか、イヴ?」ザンダーはつぶやいた。「ドーンをそこまでてこずらせるとは、たいしたものだ」ザンダーは荒野に向かってのびた小道を見た。「おかげで、こっちの仕事が面白くなったよ」

ハンターを狩るわけだ。獲物を狩るよりずっとやりがいがある。優位に立っているつもりのハンターは、自分が狙われるとは夢にも思っていない。

ザンダーは踵《きびす》を返して岩だらけの道に向かった。ログハウスから一キロほど離れたところにとめたジープから武器と装備を取ってきて、徒歩で追うことにしよう。

にわかに緊張が高まり、追跡のスリルに胸が躍った。

イヴは誰にも守ってもらおうなんて思っていないと電話で言ってのけだ。だが、わたしがドーンを追いつめるまで持ちこたえられたら、助かる可能性はある。

無意識のうちに歩調が速くなっているのに気づいて、ザンダーははっとした。まさかイヴを救うために、一刻も早くドーンを始末しようとしているのか? がむしゃらに突き進むことなど、もう二度とないと思っていたのに。

その種の情熱を失ったときのことは今でもよく覚えている。

焦らずじっくりやろう。失敗でもしたら取り返しがつかない。それで間に合うようなら、イヴを助ければいい。

もし間に合わなかったら、そのときはイヴが自分でなんとかするしかないだろう。

湖畔のコテージ

東の空がくすんだオレンジ色に染まり輝き始めた頃、ジョーはコテージに帰り着いた。キッチンのテーブルについていたケンドラが出迎えた。「ジェーンはどう?」

「不機嫌きわまりない。二、三日入院することになった。感染症治療のために大量の抗生物質を投与したが、それで効果がなかったら、再手術になるそうだ」

「不機嫌なのも無理ないわ。ジェーンは人の何倍もがんばり屋だから。イヴにそっくり」

「ああ、こんなときに病院に閉じ込められるなんて本人もつらいだろう。もしかしたら先回りして家に帰ってるんじゃないかと、半ば本気で心配したよ」

「ドーンの車のことは聞いた?」

ジョーは渋い顔でうなずいた。「途中でベナブルに電話を入れた。ベナブルが農場に知らせに行ったはずだ。遺体のほかにも何か見つけたそうだね」

「手がかりにはなるかどうかわからないけれど」ケンドラは車のトランクのへこみと、助手席の裂けたシート、カーラジオにセットされていた放送局から、おおよその潜伏場所を特定したことを告げた。そして、アイパッドの画面に一帯の地図を表示した。

ジョーは地図を見つめた。「コロラド州のミネラル郡。どんなところだ?」

「全米でもっとも辺鄙《へんぴ》な一帯よ。大陸分水嶺《ぶんすいれい》が通っていて、山と森のほかには何もない」

ジョーは改めて地図を眺めた。「ベナブルはこのことを知っているのか？」

ケンドラはうなずいた。「ええ、あの一帯にドーンの共犯者がいないか調べてみると言っていた。それから、ミネラル郡についても少し調べておいた」

「ありがとう」

ケンドラはキッチンテーブルからメモを取り上げた。「ここに書いておいたから。わたしはこれからコロラド州に行くわ」

ジョーはぎょっとした。「冗談だろう？」

「ここにいても、これ以上することがないから」

「少し休んだらどうだ。ろくろく眠っていないだろう」

「イヴが誘拐されたとわかってから、あなたは何時間眠った？」ジョーが答えないとわかると、ケンドラは肩をすくめた。「わたしに電話してきたのは、捜査の役に立つと思ったからでしょう。その期待には応えられると思う。だけど、漫然と捜査方法を検討している余裕はないわ。とにかく、思いついたことをやってみて、何か引っかかってくるのを祈るしかない。頭のおかしな男にイヴが捕まって生命の危機にさらされている以上、できるのはそれだけよ」

ジョーは顎に力を入れて、目をそらせた。「そんなことはわかっている」

「だったら、行かせて。飛行機の中で眠るから。ゴールドフォークのドーンの隠れ家から始めようと思う。わたしが立ち入れるようにできる？」

「ああ」

「お願いね。イヴを拉致した場所を示す手がかりが見つかるかもしれない」

「ここ数年間にＣＩＡがあの家を数回捜索した。ドーンが家を出てからは、二十四時間態勢で監視している。それでも何も見つけられない」

ケンドラは不満そうに鼻に皺《しわ》を寄せた。「犯罪現場に何ひとつ手がかりがないなんて、ありえない」

「だからこそ、きみに協力を求めたんだ。きみはただ見るのではなく、五感を研ぎ澄ませる。だが、大陸を西から東に横断したあとすぐ、またコロラドへ行ってもらうのは……」

「ここは調べ尽くした気がするの。ドーンの隠れ家を調べて収穫がなかったら、戻ってくるかもしれないし、別の場所に行くかもしれない」ケンドラはいたずらっぽい笑みを浮かべた。「少しでも見込みがあるなら、わたしが地獄とここを往復したってかまわないと思ってるんじゃない？」

ジョーはうなずいた。「恩に着るよ、ケンドラ」

「もうひとつ知っておいてほしいことがあるの」ケンドラはコーヒーテーブルの上のガラスのコップを指した。コップの底にカプセル型の小さな物体が四つ沈んでいた。四つとも下から細いリード線が尻尾のように伸びている。

ジョーはコップを凝視すると、小声で悪態をついた。「あれは――」

「盗聴器。無効化するために水に浸《つ》けておいた。逆探知できる可能性もゼロではないから、壊さないほうがいいと思って。この家は盗聴されていたのよ」

ジョーはコーヒーテーブルに近づいて、コップから盗聴器をひとつ取り出した。「どこに仕掛けられていたんだ？」

「ひとつはキッチンで、ひとつは主寝室。あとの二つはこのリビング。ドーンは盗聴器を仕掛けて、イヴを誘拐するチャンスを狙っていたようね。いつひとりになるか知っていたのよ」

ジョーは盗聴器を握ったまま、がっくりとソファに座り込んだ。「連れ去ったあとも盗聴し続けていたら、我々がどこまで知っているかは全部ばれている。警察やＦＢＩやＣＩＡとのやりとりも筒抜けに……」そう言うと、顔を上げた。「どうやって見つけた？」

「プロが設置していたら、わたしにも見つけられなかったわ。どうやら、ドーンは息子ほどこの種のことが得意じゃないみたい。探すまでもなかったわ」

「探さずにどうやって見つけた？」

「ヒントは壁の削りカス。ほんの少しだけど、削りカスが残っていた。ドーンはドアの枠の壁に三カ所、壁にかけた鏡に一カ所、ドリルで小さな空洞をつくって、そこにワイヤーアンテナとマイクを差し込んだ。どれも小さな穴で、たいていの人の目線より高いところにあったわ」

「きみの目線よりも高い」

「ええ。穴を見つけたわけじゃない。壁の削りカスが裾板に残っていたの。ほかの三カ所よりあとで穴を開けたようね。だから、まだ削りカスが残っていた。イヴを誘拐する時期が近づいて、もっと盗聴器を仕掛ける必要があると判断したのね」

ジョーは首を振った。「捜査関係者が山のように出入りしていたのに、誰ひとり気づかなかった」

「何も見ていないから。探そうとしないからよ」

「きみだって探そうとしたわけじゃないだろう」ジョーは言った。「だが、きみはよく言っていたね。先入観にとらわれずに見ることができるって」

ケンドラは肩をすくめた。「二十年闇の世界で生きていたら、誰だってそうなるわ。少なくとも、普通の人より細かいところまで見えるようになる。ベナブルがこの盗聴器をどこの家電量販店で買ったか突き止めてくれるかもしれないわ」

「調査を依頼しておく」ジョーは盗聴器をコップの中に戻した。「だが、信じられないな。この数週間、家でどんな会話を交わしたか思い出しているが。あいつに聞かれていたと思うと――」

「イヴを連れ去られたことにくらべたら、些細《ささい》なことよ」ケンドラは腕時計に目をやった。

「そろそろ出ないと」

「待ってくれ、コロラド行きの件だが――」

「何も言わないで。言いたいことは察しはつくけど、もう決めたことなの」ケンドラは唇を舐《な》めた。「わたしには親しくしている人がそれほどいない。自覚しているけれど、決してつき合いやすい人間じゃないもの。イヴはわたしの数少ない友達。いっしょにいてもいらいらしないし、言うべきことははっきり言ってくれるし。わたしを特別視しないで、ひとりの人間として尊重してくれているのがよくわかるの。だから、ぜったい諦めない。逆の立場だったら、イヴも命がけでわたしを捜してくれるはずよ」

「言いたいのはそれだけか?」

「そう」

「それなら、きみがコロラドに行くのを止めることはできないな。そこまでイヴのことを思ってくれているとは。だが、ひとりで行かせるのは気が進まない」ジョーはポケットから電話を取り出した。「同行してくれる人間に電話する」

「誰?」

「アトランタ市警やFBIの元同僚で、警護の仕事をしている人間が何人かいるんだ」

ケンドラは笑い出した。「わたしにボディーガードをつけるつもり?」

「笑い事じゃないだろう」

「電話をしまって。わたしはひとりで平気。でも、あなたらしいわね、真っ先にまわりのことを考えるなんて」

「ぼくとイヴにとって大切な人だけだ」

「わたしのことは心配しないで。マッチョな元警官と旅に出るなんてまっぴらよ」

「元警官も筋肉も役に立つだろう」

「冗談よ。でも、電話はかけないで。わたしはだいじょうぶだから」

「それを祈るばかりだ。あとで後悔しても手遅れだからね」ジョーは一呼吸おいた。「きみの決心が固いのはわかった。だが、もし気が変わって、ボディーガードが必要になったら、すぐ知らせてほしい。ぼくが駆けつけられないとしても、誰かをいちばん早い飛行機で行かせるから」

「覚えておくわ」ケンドラはジョーに近づくと、ぎこちなく腕に手をのせた。「イヴと同じように、あなたにも尊重してもらえてうれしいわ、クイン。きっとうまくいくと断言するほど楽天的じゃないけれど、全力を尽くすと約束する」そう言うと、感情に引きずられるのを拒絶するかのように背を向けてドアに向かった。「進展があったら、どんな些細なことでもいいから知らせてね。分散してイヴを捜すのは悪い方法じゃないと思うの。情報を共有しているかぎり、パズルのピースはおさまるべきところにおさまっていくはずよ。

そのためにも、あらゆる可能性を網羅しなくちゃ。また電話するわ」

玄関のドアが閉まり、数分後には遠ざかる車の音がした。

ジョーはまたソファに座って、コップの中の盗聴器を見つめた。

ドーンがイヴを拉致するために費やした時間と労力を、この盗聴器が象徴している。

それなのに、何も気づいていなかった。

時間が経《た》つにつれて、怒りが募り、無力感が深まっていく。こんなことをしていて、本当にイヴを救えるのだろうか？

だが、ケンドラなら、何か手がかりを見つけてくれるかもしれない。

それに期待するしかない。

電話が鳴り出した。セス・ケイレブからだ。

ケイレブから電話をもらうとは意外だった。「クインだ、何かあったのか？」

「今ジェーンと病院にいるんだが、退屈したんで、ホールから電話してみた。ジェーンもあとで電話すると言っている。今は忙しいらしいから」

「安静にしているはずだろう？」

「いや、少しうとうとしていたが、今はばっちり仕事モードだ」

「仕事モードだと？　退院なんかさせたら、ただじゃおかないからな」

「それはないだろう。おれだってジェーンのことは心配している。何よりも、マーガレットの命令は守らないとね。マーガレットはきみなんかよりずっと怖い。だが、ジェーンを入院させておくことに関しては、珍しくきみと意見が一致したようだ」

「とにかく、安静を守らせてくれ」

「ご心配なく。仕事といっても病室でやっているから、ドクターの目も届く」

「何をしてるんだ?」

「昔やったのと関係していることらしい。十代の頃、何度もシーラの夢を見て――」

「シーラだって?」

「今度はイヴの夢を見たそうだ、人里離れた山奥にいるところを。夢に見た風景があまりにも鮮明だったから、今、それがどこかネットで調べている」ケイレブは一拍おいてから続けた。「夢に出てきた光景が実在するという保証はない。だが、シーラは実在したと主張して、しゃかりきになって調べている」

「今でも、ジェーンはシーラの夢を見た理由を知りたがっているからね。超常現象をあっさり信じる性格じゃない」ジョーは疲れた声で言った。「だが、今はほんの少しでも可能性があるなら、何にでもすがりたい」

「きみまでそんなことを? シーラの話を無条件に信じているなんて」

「そうじゃない。それに、ジェーンがイヴの夢を見たからといって、必ずしも捜索に役立つとは思っていない。だが、生きた時代も場所もまったく異なる女性の夢を見て、その人物にたどり着いたのは確かだ。ぼくもジェーンと同様、徹底した現実主義者だったよ。しかし最近では、理屈で説明のつかないこともあるんじゃないかと思うようになった。しょっちゅうそういうことに出くわすから」

「驚いたな、きみの口からそんなことを聞くとは」

「どう思われたってかまわない。それに、あんただって、理屈では説明がつかないことをしてるじゃないか。他人の血流を操作できるなんて」

ケイレブは一呼吸おいた。「ジェーンに発破をかけておく。収穫がないともかぎらないし、少なくとも、調べている間はおとなしくしているはずだ。一応、知らせておいたほうがいいと思って。見込みがありそうなら、ジェーンが電話するだろう」そう言うと、ケイレブは電話を切った。

ジョーも終話ボタンを押した。できることなら見込みのありそうな話を聞きたい。だめだったとしても、ジェーンは回復するまで病院にいてくれるだろう。

ジェーンが夢に見た場所を探すのをやめる可能性も思い浮かんだが、ジェーンにかぎってそんなことはありえない。いったんこうと思ったら、ぜったいに諦めない粘り強さがあるし、イヴのためなら取り憑《つ》かれたように突き進むだろう。ジェーンの夢が手がかりになって捜査が進展すればこんなにうれしいことはない。しかし、先ほどケイレブに言ったことは必ずしも本心ではなかった。理屈で説明のつかないことにはいまだに違和感を覚える。

「ケンドラの車が出ていったようだが」振り返ると、ベナブルが玄関の前に立っていた。

「どこへ行った？」

「空港だ」ジョーは唇をゆがめた。「ゴールドフォークのドーンの家を調べに行くそうだ。警備に当たっているCIA捜査官に彼女を歓迎するよう言っておいてくれ」

「伝えておこう」ベナブルは家に入ってきた。「頭の切れる女性だな。一筋縄ではいかない。あれだけ家宅捜索したのに手がかりを見落としたはずはないが、まあ、お手並み拝見といこう」そう言うと、キッチンに向かった。「コーヒーをもらっていいかな？　今夜は疲れたよ」

ジョーはコーヒーテーブルの上のコップのほうに顎をしゃくってみせた。「ケンドラが見つけてくれた。ドーンには何もかも筒抜けらしい」

ベナブルはコップの中の盗聴器を見つめた。「やられたな」

「ああ。車のトランクに残っていた金属片の分析結果はいつ出る？」

「ラボの連中を急《せ》かしているが、限度があるからな」ベナブルはコーヒーメーカーの下からカップを取り出して、コーヒーを飲んだ。「ケンドラにはわかり次第電話すると言ってある」そう言うと、顔をしかめた。「そうでもしないと、ラボに乗り込んでせっつくだろうから」

「ああ、ケンドラならやりかねない」ジョーは応じた。「思いついたことはすぐやってみて、結果を出そうとするのが彼女のやり方だ。あの金属片も手がかりのひとつなんだろう」そう言うと、カプセル型の盗聴器を見おろした。「ケンドラはここにいてもこれ以上することはないと言っていた。ぼくも同じだ。ここにいても何もできない」

「だから？」

「分散してイヴを捜したほうがいいとケンドラが考えている。ぼくもそう思う。ここではドーンの車を発見し、なんらかの手がかりも見つけた。次はゴールドフォークのドーンの隠れ家だとケンドラは考えたが、もうひとつ候補地がある。ドーンの最終的な目的は、息子のケヴィンを亡き者にしようとしたターサー将軍と、実際に手をくだしたリー・ザンダーを殺すことだ。現に、きみは将軍を守ろうとしたじゃないか」

「ああ。結局、将軍は殺害されたが」

「だが、我々が知るかぎりでは、ザンダーはまだ生きている」ジョーは唇をゆがめた。「あの男を調べたら、きっと手がかりが見つかる」

「ザンダーはきみが想像している以上に手ごわい相手だ」ベナブルはジョーの顔を見つめた。「へたに動いたら命取りになるぞ」

「ただの殺し屋じゃないか。なぜザンダーのことを隠すんだ？　ザンダーと将軍の関係もなかなか教えてくれなかった」

「きみを死なせたくないからだ」ベナブルは意を決したように続けた。「五年前、ドーンを保護すると決めたとき、ザンダーに約束したんだ。ドーンを殺さないという条件を守れば、ザンダーがケヴィンの殺害に関わったことは誰にも明かさないと。それ以来、約束を守ってきた。わたしがザンダーとやりとりするべきだった」

「ザンダーの居所を教えてくれ」ジョーは迫った。「頼む」

「無謀なまねをするな、クイン。わたしに任せてくれ」

「何もせずにここで待っていろと言うのか？　ゴールドフォークに向かったケンドラのように、行動を起こすことが大事なんだ。これまでに何ができた？　イヴがかけてきた電話の基地局も突き止められない。将軍は護衛がついていたのに撃ち殺された。行動しているのはドーンだけだ。このへんで流れを変えたい」

「ザンダーはもう家にいない確率が高い」

「だが、誰かいるだろう？」

「スタングがいるかもしれない。ザンダーの会計士兼個人秘書だ」

「それなら、その男からザンダーの居場所を聞き出せばいい。ザンダーに会って、ドーンがイヴを監禁している場所を知らないか訊《き》いてみる」ジョーは厳しい表情で続けた。「それに、ドーンがザンダーを狙っているなら、ザンダーといれば、ドーンを捕まえられる」

「ジェーンはどうするんだ？」

「水を差すようなことを言わないでくれ。セス・ケイレブが付き添っている。ジェーンが病院を抜け出したりしないように、病室でできる仕事を与えたそうだ」ジョーは顔をしかめた。「ケイレブの言うことだから、手放しで安心できないがね。それに、マーク・トレヴァーからジェーンに電話があって、近いうちにこちらに来るそうだ。だから、ジェーンの付き添い役には事欠かない。ザンダーの住所を教えてくれ」

ベナブルはためらっていた。

「頼む」

ベナブルはポケットから電話を取り出すと、ザンダーの情報を画面に出した。「きみの携帯電話に転送するよ」

「助かる」そう言うと、ジョーは背を向けた。

「クイン、くれぐれも気をつけろよ」ベナブルはまだためらっていた。「やっぱり、この話をせずに送り出すわけにはいかない。これで状況が一変するかもしれない」

「なんの話だ?」

「ドーンがイヴを誘拐した理由についてだ」

「復顔をさせるためだろう」

「違う」ベナブルは眉をひそめた。「イヴは……ザンダーの娘だ」

ジョーは息を止めた。「なんだって? 嘘だろう」

「嘘じゃない。ドーンはそれを知っている。だいたい、息子の復顔をさせるためにイヴを誘拐したなんて、話が単純すぎる」

「嘘に決まっている。イヴ自身、父親が誰か知らない。母親も知らないはずだ」

「わたしだってザンダーから直接教えられなかったら信じなかった。五年ほど前だ。ザンダーはいずれドーンに狙われると見越して、ドーンに握られそうな弱みがないか考えた。そして、イヴに思い当たったんだ。ドーンがイヴ・ダンカンに関心を持っている様子はないかと探りを入れてきた」

　ジョーはベナブルから聞かされたことを理解しようとしたが、まだ半信半疑だった。

「五年も前から知っていたのに、イヴに教えなかったのか？　ぼくたちとは長いつき合いなのに」

「教えずにすむものなら、そのほうがいいと思ったんだ。イヴは必死に生きてきた。最強の暗殺者が父親だなんて知る必要はない。どんなにショックを受けることか……」

「そんな心配は無用だ。イヴはそんなことでショックを受けたりするはずがない」

「きみはどうなんだ？」

「何を言い出すんだ？　もしそれが事実だとしても――とてもそうは思えないが――イヴはイヴだ」ジョーは荒い息をついた。「しかし、イヴが娘だと知っているなら、ザンダーはイヴを助けようとするかもしれない」

　ベナブルは首を振った。「ザンダーはそんな男じゃない。それとなく持ちかけてみたが、突っぱねられた。あれほど情のない男は見たことがない」

「それならかえってやりやすい」ジョーは言った。「まあ見ていろ」

「きみがそうなるのが心配だったんだ。ザンダーとイヴの関係は、なんと言ったらいいか……こみ入っているからな。ザンダーがどう出るかはっきりするまで、軽はずみなまねはしないほうがいい」

「あいつがどう出るかに関心はない。イヴを救うのに利用できさえすれば」ジョーはポーチの階段をおり始めた。「ベナブル、飛行機がバンクーバーに着くまでにきみはあの基地局を突き止めてくれ」

コロラド州　リオグランデ・フォレスト

脅威を感じる。危険だ。

眠りを破られて、イヴはぱっと目を開けた。

ドーンが来る！

ゆっくりと森の中を忍び寄ってきて、不意をつく気だったのだ。二、三時間眠って体力を回復するはずだったのに、寝込んでしまった。

ドーンとの距離は五メートルもないだろう。逃げなくては！

跳ね起きると、イヴは走り出した。

だが、ドーンからすぐに肩をつかまれた。

「無駄な抵抗はよせ。逃げられっこないんだから――」

イヴは肘を思いきり後ろに引いて、ドーンの腹に肘打ちを食らわせた。

ドーンがうなり声をあげて身をかがめた。

肩をつかんでいた手から力が抜けた。

すかさずドーンの手を振りほどくと、イヴはまた走り出した。

ドーンは執拗《しつよう》に追ってくる。

荒い息遣いがすぐ近くで聞こえる。

走り続けよう。きっと、なんとかなる。森に逃げ込んだときも生き延びられた。生きる意欲と、そして、ボニーのおかげで。そして、今も危機一髪というときに目が覚めた。失敗ばかりしているようだが、ちゃんとそこから学んでいる。

最初に森に逃げ込んだときとは違う。今のわたしの心身には、生きる意志と決意がみなぎっているのだ。二度とドーンには捕まらない。

「いつまで持ちこたえられるかな?」からかうようなドーンの声が背後から聞こえた。

「ゆうべだって、捕まえようと思ったら捕まえられた。宝物の入ったダッフルバッグもちゃんと手に入れたぞ」

イヴは走る速度を上げた。

今はダッフルバッグのことは考えないようにしよう。置いてくるしかなかったのだ。毛布も、木の枝でつくった槍《やり》も生き延びるための宝物だった。あの槍を振り回してドーンの注意をそらすことができたら、隙に乗じて銃を奪うつもりだった。

素手でも、強烈な空手チョップを食らわせたら、殺せるかもしれない。

イヴはドーンを殺すことを考えている自分に気づいてはっとした。人を殺そうと考えたのは初めてだった。殺すのはあくまで自己防衛のため、最後の手段だ。

だが、最後の手段に訴えるしかないときが近づいている。

また捕まって、わたしを地獄への道連れにしようとしている頭蓋骨に触れたくない。

走り続けよう。たしか、この先に蔓《つる》に覆われた谷があったはず。あそこに逃げ込めば、鬱蒼《うっそう》とした木々の間に隠れられる。

ドーンは、追いかければわたしを消耗させられると思い込んでいる。

それは間違いだ。執拗に追いかけられれば追いかけられるほど、負けたくないという気持ちが強くなった。動きが敏捷《びんしょう》になり、体中の筋肉が引き締まって、五感が研ぎ澄まされた。木の実や野草だけでも、なんとか体力を維持している。何よりつらかったのは寒さと朝霜だが、それにも耐えられた。ダッフルバッグを奪われて、状況はさらに厳しくなったけれど、きっと生き延びられる。

生き延びて、そして、明日も追われ続けるの？　そう思うと、腹の底から怒りが湧き上がってきた。

追われるのはもうたくさん。こっちが追う立場になろう。また木の枝を見つけて武器をつくろう。そして、チャンスをうかがおう。

わたしは負けない。そのためにドーンを殺すことになっても。

6

コロラド州　ゴールドフォーク

　夕日が沈みかけた頃、ケンドラは郊外の小さな家の前に車を止めた。その一画には同じような家が並んでいる。デンバー空港からゴールドフォークまでは、アトランタからデンバーまでの飛行時間と同じくらいかかった。コロラドは自然豊かな州として有名だが、ゴールドフォークは北に一時間も走ればワイオミング州に入るという田園地帯に位置している。静かな町で、通りを歩く人びともゆったりした感じがする。典型的なアメリカの田舎町だ。

　ドーンはここで五年間ひっそり暮らしていたというが、実際、目の前の家は隠れ家と呼ぶのにふさわしい建物だった。この目立たない家で、ドーンはカメレオンのように周囲に溶け込んでいたのだろう。凶悪な変質者の顔を隠して、善良な市民のふりをしながら。

　家の前にとまった金と白のパトカーに若い警官が寄りかかっていた。ケンドラの車に気づくと、手を振って砂利を敷きつめた一画に誘導した。家宅捜索に来た捜査機関の駐車スペースとして使われていたようだ。ケンドラはレンタカーからおりると、大きく息を吸い込んだ。高地の森林特有の匂いがする。

「ご用件をうかがっていいですか？」警官が近づいてきた。

「ケンドラ・マイケルズよ。話は通してあるはずだけれど」

「バッジか身分証明書を見せてもらえますか？」

ケンドラはカリフォルニア州発行の運転免許証を見せた。「これしか持ってないの」

警官は免許証の氏名を手帳に記したリストと照らし合わせた。「けっこうです。話は聞いています」笑顔になると、ほかの歯よりやや茶色っぽい前歯が見えた。「ゴールドフォーク署のティム・ロリンズです。便宜をはかるようにと指示されています」

「CIAが捜査しているのかと思っていたわ」

「地元警察も現場の警備に協力しているんです」

「捜査関係者がずいぶん押しかけてきたでしょう？」

「はい、あちこちの機関から、法医学専門家や爆弾処理班や警察犬やらいろいろ」

「何か見つかった？」

「たぶん何も。まったくの無駄足だったとぼやいている捜査官が何人もいましたから」

「がっかりだわ。八時間もかけて来たのに」

「幸運を祈ってますよ」ロリンズは薄いゴム手袋と使い捨てのシューズカバーを差し出し

た。「これを。現場保護のためです」

「ありがとう」ケンドラは靴の上からシューズカバーを履きながら、ロリンズに笑顔を向けた。「男の子？　女の子？」

「はあ？」

「赤ちゃんよ。どっち？」

ロリンズは一瞬ためらってから答えた。「男です。今、五カ月で」

「おめでとう。オーガニックの離乳食はちゃんと食べてくれてる？」

「あれは妻が言い出したんで、ぼくは別に……」ロリンズは眉をひそめた。「あの、なんでわかったんですか？」

「ベルトのバックルについた鮮やかなオレンジの染みで。その色と質感は、〈ガーバー〉の〝オーガニック・キャロット〟よ。人工着色料も人工香料も使っていないし、澱粉《でんぷん》も塩も加えていないから、ほかの離乳食とは見た目も匂いも違うの。それから、今朝赤ちゃんを抱いたとき、左肩に吐かれたでしょう」

ロリンズは制服の肩を引っ張った。「ちゃんと拭いたと思っていたのにな」

「きれいにぬぐってあるわ。染みもついていない」

「それなら、どうして――」

「匂いよ。でも、心配しないで。たいていの人にはわからないから。左肩の跡も離乳食なのは間違いないけれど、ブランド名まではわからなかった」

「〈ペアレンツチョイス〉です」

「覚えておくわ」彼に近づいたときから、その匂いが気になってしかたがなかった。赤ちゃんのことを話題にしたのはそのためだ。ふだんは、捜査に関係のない質問をしたりしないのだけれど。

ロリンズはかすかな笑みを浮かべた。「そんなことまで覚えておく必要があるんですか？」

「第二の天性みたいなものよ」

ケンドラは手袋をはめると、敷石を踏んで、こんもりと木々に覆われた二階家に向かった。

暗い家というのが第一印象だった。家中の照明がつけてあったが、鬱蒼《うっそう》と茂った木々のせいで戸外から光が差し込まないうえ、ダークブラウンの壁紙が光の反射を最小限に抑え、黒い縞《しま》の入った褐色の床材が光を吸収している。

アトランタ空港で飛行機を待っている間に、ドーンの事件簿には目を通してあった。一人暮らしだということだが、実際、家具や置いてある日用品を眺めたかぎりでは、この家で複数の人間が暮らしていた形跡は見当たらない。

引き出しが半開きになっていたり、家具の配置がずれているのは、最近何度も家宅捜索されたからだろう。それを別にすると、家の中は整然としていた。

整然としすぎているほどだ。引き出しを調べてみたが、郵便物や文書の類いは入っていなかった。要するに、この家の住人の身元を示すものはいっさい残されていない。ドーンはふだんから身辺整理をしていたのだろうか？　あるいは、意図的に足跡を消していったのだろうか？

狭い木の階段をのぼって二階に行ってみた。寝室が二つとバスルーム、それに二階全体を見渡せるロフト。ロフトを仕事部屋として使っていたようで、机とキーボード、プリンターにコピー機、そして、ノートパソコンをのせていたらしいサイドテーブルがあった。ノートパソコンはドーンが持っていったのでなければ、ＣＩＡの科学捜査班がハードディスクを調べるためにラボに運んだのだろう。

ケンドラは主寝室に入った。ベッドと整理ダンス、ほかにはテレビキャビネットがあるだけだ。テレビキャビネットの扉を開けてのぞいてみた。

テレビはなかった。別のものが入っている。

扉を大きく開いて、よく見た。テレビの代わりに入っていたのは〝聖廟《せいびょう》〟だった。祭壇の中央に大きな肖像写真が飾ってある。若い男で、整った顔立ちだが、ぞっとするほど冷ややかな目をしている。ドーンの息子のケヴィンにちがいない。軍隊時代の写真のようだ。写真のまわりに新聞の切り抜きや階級章や賞状が飾ってある。ハイスクール時代のものもあった。

　輝くような笑顔を眺めていると、背筋が寒くなってきた。大きな青い目には氷のような傲慢さが浮かんでいる。ケヴィンが幼女連続殺人犯だと知らなかったとしても、この顔や表情を見たら、邪悪なものを感じたにちがいない。

　だめ、先入観にとらわれては。

　これまで何度も捜査に関わってきたから、世にも恐ろしいことを平然とやってのける人間を何人も見てきた。それでもケヴィンに対しては、写真を見ただけで、言いようのない嫌悪感を覚えた。

　なぜなのかはわからない。唯一の慰めは、もはや幼い子どもたちと親に苦痛や悲しみを与えられない世界へケヴィンが行ったことだった。

　といっても、ドーンがイヴを監禁しているかぎり、ケヴィンが残した負の遺産が消えることはないだろう。

　頭をからっぽにして。よく見て。分析して。

　ケンドラは写真のまわりに飾られたものをひとつひとつ眺めながら、頭に浮かんでくる父と息子のイメージをとらえようとした。ケヴィンは左利きで、父親も同じ。二人は少なくとも三度ソルトレークシティで、そして、二度どこかの過疎地で休暇を過ごしている。

　ケヴィンは国産車にしか乗らない。ドーンは大工、農場主、自動車整備工として働いてきた。ケヴィンは音楽が趣味で、ギターを弾いていた。たぶん、独学で身に着けたのだろう。コードを押さえる手つきを見るかぎり、あまりうまくなかったようだ。二人とも狩猟と釣りが好きで、銃器を使い慣れていた。息子は拳銃、父親はライフルを好んで使った。そこまで考えてから、ケンドラは改めて〝聖廟〟を眺めた。まだ何か引っかかるものがある。新聞記事かスナップ写真にヒントになりそうなことが……。

いや、引っかかるのはこのキャビネットだ。ドーンのお手製らしい。ケヴィンの誕生祝いにドーンが贈ったコーヒーテーブルの写真もあったが、それと造りもスタイルもよく似ている。そして、コーヒーテーブルにもキャビネットにも、隅に螺旋《らせん》模様が刻まれていた。ドーンの署名代わりのロゴマークだ。

このキャビネットは比較的新しそうだが、ドーンはどこでつくったのだろう？　ガレージに作業場はなかった。家以外のどこかに作業場を借りているのだろうか？

ケンドラはキャビネットの扉を閉めた。ケヴィンの顔が視界から消えたときには、安堵《あんど》のため息が出そうになった。次に主寝室に付属したクローゼットに入る。埃《ほこり》だらけの床に残っていた跡から、小型のスーツケースがあったのがわかった。クローゼットの衣服を見回して、何もかかっていないハンガーを数えてみた。どうやら、最低限の衣類をスーツケースに詰めていったようだ。

主寝室を出て階段をおりかけたが、家の裏手に面した高い窓の前で立ち止まった。

遠くに道具小屋のような小さな建物が見える。

あそこでドーンは家具をつくっていたのかもしれない。階段をおりると、ケンドラは急いで裏口から外に出た。フェンスをめぐらせていない裏庭を横切って小屋に近づくと、思っていたより大きかった。車一台分のガレージくらいの広さがあるが、ガレージとして使うには前の道がでこぼこすぎる。

ケンドラは立ち止まった。小屋の掛け金が壊されて、ドアが少し開いている。CIAが壊した可能性もなくはないが、おそらく違うだろう。CIAならもっと手際がいいはずだ。掛け金についている南京錠《なんきんじょう》を切ればすむのに、掛け金ごと壊している。

ドアを押し開けると、風雨にさらされた蝶番《ちょうつがい》がきしんだ。

ケンドラは腕を伸ばして壁のスイッチを探った。スイッチを入れたが、電気がつかない。電気が来ていないのか、それとも、電球が切れているのか。

かまわない。暗闇には慣れているし、かえってそのほうが落ち着く。それに、携帯電話を懐中電灯代わりに使える。

携帯電話の画面の光で、一メートルほど先まではなんとか見えた。やけに足音が響くから、小屋の中には工具があるだけで、がらんどうなのかもしれない。

前方に何かの影が見えた。右側だ。よく見ると、大型の丸鋸《テーブルソー》だった。そばに短い材木の山がある。

目を凝らすと、ハンガーボードにさまざまな大きさの鋸の刃がかけられていた。
そのとき、隅で何かが動いた。
ネズミ？　いえ、ネズミにしては大きい。
息遣いが聞こえる。低い、規則的な息遣いが。
動物ではない。
人間だ。
ケンドラは携帯電話をオフにして、急いで数歩、右に寄った。
また何かが動いた。足音も聞こえる。
こちらに向かってくる。
「誰、そこにいるのは？」
足音がさらに近づいてきた。
ケンドラは手近にあった木製の大釘《おおくぎ》をつかんだ。「止まらないと、刺し殺すわ」
足音が止まった。浅い静かな息遣いがはっきり聞こえる。
ケンドラは大釘を握り締めた。「誰なの？　ここで何をしてるの？」
「ケンドラ」穏やかな女性の声だった。
ケンドラは答えなかった。この声は……どこかで聞いた覚えがある。
「ケンドラ・マイケルズね？」

ケンドラは釘を握っていた手をおろした。そして一瞬ためらってから、携帯電話をオンにして前方に突き出した。

輝くような笑顔が目に飛び込んできた。

「どういうこと？　マーガレット・ダグラスじゃないの」

マーガレットはうなずいた。

ケンドラは唖然《あぜん》として首を振ると、呼吸を整えながら携帯電話をしまった。「どうしてこんなところにいるの？」

「理由はあなたと同じ。ジェーンに約束したの、入院している間、わたしが代わりに動くって」マーガレットは笑い出した。「刺し殺すって、その釘で？」

「はったりよ。追い払えるかもしれないと思って」

「相手によっては成功したかもしれないけど」そう言うと、マーガレットは面白くてたまらないという表情になった。「今のあなたの顔を見せてあげたいわ。ちょっとやそっとで驚く人じゃないと思っていたけど、わたしの勘違いだったみたいね」

「何が言いたいの？　そんなにひどい顔をしてる？」

マーガレットは道具小屋の隅に向かった。「携帯電話をこっちに向けて。スイッチがあるの」

言われたとおりにすると、マーガレットは長い作業台のそばのスイッチを入れた。作業台の上の蛍光灯がついた。

マーガレットが振り向いた。「さっきまで明かりをつけていたけど、あなたが来る気配がして消したの。警察かＣＩＡかもしれないと思って」

「ドーンの車が湖に沈んでいると予言したことはともかくとして、あなたの正体はまだ謎だらけよ」ケンドラは皮肉な口調で続けた。「少なくとも、サマーアイランドに流れ着く前のことは誰も知らないし、ジェーンとはたまたま島で知り合っただけ。あなたを信用するわけにいかないわ。ジョー・クインはあれほど頭の切れる人なのに、あなたを信頼しているみたいだけれど」

「とりあえず信じることにしただけよ。まあ、信頼されないよりはましか」

「ジェーンの信頼も勝ち取ったようね。だけど、わたしはあなたを信用なんかしてないから」

「いいの。それでもやっていける」

「どういう意味？」

「わたしたちは同じ目標のためにがんばっているんだから、信頼関係があってもなくてもかまわない。それに、うさんくさい目で見られるのは慣れてるし、そう判断したあなたの理性を尊重するわ。そのうち敬意に値する人間だと証明してみせる」マーガレットはにやりとした。「たぶん、証明してみせてもあなたは認めようとしないだろうけど」

「当然でしょう。動物と交信できるなんて信じられるわけがないわ」ケンドラは一呼吸おいた。「さっきの質問にまだ答えてもらってないわ。どうしてここにいるの？　ドーンの車が沈んでいる場所を教えてくれた動物の友達に訊《き》いたの？」

「動物が番地まで教えられると思う？」

「こっちが訊きたいわ」

「漠然としたイメージは伝わってくるけど、動物によって物の見方はそれぞれで、記憶は個体によって微妙に変わってくる。判別できるようになるまでに時間がかかったわ。言っておくけど、動物は番号に興味なんかないから、番地は教えられない」

ケンドラは納得しそうになった。マーガレットの説明は具体的で嘘がなさそうだし、何よりも天真爛漫《てんしんらんまん》な人柄に惹《ひ》かれた。ケンドラは頭を振って気合いを入れようとした。騙《だま》す気だとしたら、なんて手の込んだことをするのだろう。

それとも、単に頭が変なだけかもしれない。

「第二段階に進んだみたいね」思いをめぐらせるケンドラの様子を眺めながら、マーガレットが言った。「半信半疑になって、わたしの頭がおかしいんじゃないかと思っているでしょ？」

「第三段階まで進むとどうなるの？」

「信じられなくても、受け入れようという気になってくるわ」マーガレットはまた輝くような笑顔になった。「あなたはわたしが好きだし。わたしたち、きっといいコンビになれるわ」

「いいコンビって、あなたとわたしが？」ケンドラははっと気づいた。「まさか、あなたはクインが言っていたボディーガードじゃないわよね？」

「わたしがボディーガード？」マーガレットは笑い出した。「ずいぶんいろんなものに間違われたけど、ボディーガードは初めて」

「クインに言われて来たわけじゃないのね？」

「どうしてクインがそんなことをするの？」

「わたしひとりじゃ危ないと思い込んでいるから」

「だとしても、ボディーガードにわたしを抜擢《ばってき》すると思う？　わたしがここにいるのを知ってるのはあなただけよ」

「ここに何をしに来たの？」

「さっき言ったでしょ、ジェーンに替わってイヴを見つけるためだって。イヴが誘拐されたとわかったのは、ジェーンとサマーアイランドにいたとき。ジェーンがどんなに心を痛めているかはよく知ってるわ。わたしの身代わりになって撃たれたジェーンに恩返しするためには、イヴを見つけるしかない。アトランタにいてもこれ以上できることはないと思ったから、ここに来たの」

「ほんとにそれだけね？」

マーガレットはうなずいた。

「急にここまで来るにはお金がかかったでしょう？」

マーガレットは少し考えてから答えた。「ジェーンは気にしないわ」

「え？」

「あなたは知らないほうがいいかも」

「なんの話？」

「お見舞いに行ったとき、サイドテーブルに置いてあったジェーンのＩＤとクレジットカードをちょっとだけ借りたの。入院中は使わないだろうし」

「盗んだの？」

「ちょっと借りただけだってば。次に会うときにちゃんと返すわ。ゆっくり考えている暇がなかったの。直接ジェーンに頼もうかと思ったけど、止められるのはわかっていたし。どっちにしても、ジェーンのためだもの。彼女だって、病院で何もできないままイヴの身を案じていたくはないはず」

「そのＩＤでよく飛行機に乗れたわね。あなたはジェーンとちっとも似ていないのに」

「ＩＤの写真はちょっとぼやけているし、わたしの髪は結ぶと黒っぽく見えるから。念のために、空港の保安職員がＩＤを調べている間中せっせと話しかけていたの。人の気をそらすのは得意なのよ」

「気をそらせて、保安職員からもお金を盗んだの？」

「とんでもない。わたしだって少しぐらいお金は持ってるし、どこにいてもお金を稼ぐ方法はあるわ。でも、早くここに来たかったから」

法に触れる行為が話題になっているというのに、ケンドラは責めることができなかった。おそらく、マーガレットが生まれながらに持っている優雅さのせいだろう。

「お金がなくなったら、銀行強盗でもする気だったの？」ケンドラはからかったが、そんなマーガレットを守るのが、なぜか自分の務めのような気がしてきた。

「まさか。わたしは根はまじめな人間よ。場合によって、何を優先するかが変わるだけ。泥棒なんかしなくたって、お金を手に入れる方法はいくらでもある。現に、これまでなんとかやってきたし」

「知らない町で、どうやってお金を手に入れるつもりだったの？」

「お金が必要になったら考えるわ」

ケンドラは首を振った。マーガレットの生き方を詮索したってしかたがないし、わたしには関係のないことだ。「いつアトランタを発《た》ったの？」

「今朝いちばんの飛行機で。ここに着いたのは二時間ほど前。家の前で警察官が見張っていて、入れてもらえそうにないから、裏庭に回ってみたの」

「それで、何か収穫はあった？」

「まあね」マーガレットは道具小屋を見渡した。「ここにヒントがありそう。近所の人にはうまく隠していたけど、ドーンの心の中はいつも怒りに燃えていた。ただ、ここで家具づくりに励んでいる間は穏やかな気持ちになれたみたい。隣の家の男の子がたまに来る以外、訪ねてくる人はいなかった。でも、監視されていたようね。丘の上の小道からいつも誰かが見張っていた」

「誰に聞いたの？」ケンドラはそう言ってから、自分の推理にいつも同じことを言われるのを思い出した。

でも、わたしとマーガレットでは事情が違う。

「何が言いたいかはわかるわ」マーガレットは苦笑した。「教えてくれたのは、丘の木に住んでいる鳥たちよ。鳥は人間の感情を敏感に察するの。縄張り意識が強くて、同じところにずっと住んでいるから、近くにいる人間の行動パターンを知っている」

ケンドラはうなずいた。マーガレットの説明は、自分が推理を説明するときと同じように明快で無理がなかった。無条件に信用するわけにはいかないが、かといって、頭から否定する気にもなれなかった。

「そういうことだったの」ケンドラはからかうような口調で続けた。「それで、鳥たちはドーンがどこにいるか心当たりはあるって？」

「残念ながら」マーガレットは笑い出した。「鳥の脳はそれほど大きくないから。教えてくれたのは監視されていたことだけ。たぶんベナブルが送り込んだ捜査官よ。だけど、それ以外のことはカーリーから聞いたの」

「カーリーって?」

「雌のジャーマンシェパード。隣の家に住んでいるマットという十代の男の子の愛犬で、おとなしくて人懐こい子よ。マットはときどきドーンの家に来て、ドーンに車の修理を手伝ってもらったりしていたんだけど、たいていカーリーもついてきたの」マーガレットは肩をすくめた。「ドーンは、マットといっしょのときはカーリーにも優しかった。でも、カーリーだけが裏庭に入り込んだりすると、人が変わったように大声を出して追い払ったそうよ」

「ドーンは人目があると、犬にまで演技していたの?」

「動物好きの人はペットが邪慳《じゃけん》にされたら覚えてるもの。その時が来るまで、ドーンは誰からも疑惑を向けられないように細心の注意を払っていたんでしょうね。善良な市民を演じていた」

「カーリーには見抜かれたみたいだけれど」

「マットがいるときといないときで態度が変わるから、カーリーは混乱してしまったの。それで、隣の家の裏庭からドーンの様子をうかがっていた。ドーンがこの小屋で何時間も過ごしていたことを知っていたのはそのせいよ」

「こっちに誰か訪ねてくることはなかった？」そう言ってから、ケンドラはすっかりマーガレットのペースにはまってしまった自分に腹を立てた。「いいの、今言ったことは忘れて」

「あなたみたいに論理的に考える人には、受け入れられないでしょうね」マーガレットは同情するような口ぶりで言った。「これまでのような目で動物を見られなくなるもの」

「わたしはそうならない」

「どうかしら。ああ、さっきの質問に答えるわ。小屋には誰も来なかったけど、ドーンが森に入って、何時間も帰ってこないことが何度かあったそうよ」マーガレットは考えながら続けた。「誰かが車で来て、ドーンといっしょにどこかに行ったみたいね」

「ブリックかもしれない」

「共犯者の？　彼なら自由に動き回れるから、あり得ない話じゃないわね。ドーンはブリックに車を持ってこさせて、その車でどこかに行ったのかもしれない」

「ということは、ドーンは道具小屋に来るふりをして、こっそり森に入っていたわけ？」

ケンドラは肩をすくめた。「でも、推測にすぎないし、そもそもジャーマンシェパードの証言を信じるなんて……」

「どうして？　利己的な下心がない分、人間より信用できるわ」マーガレットは手を上げて、何か言いかけたケンドラを制した。「訊かれたから答えただけよ。あなたが受け入れられないことを話題にするのはもうやめる。あなたに納得できる方法で調べるといい」そう言うと、さっと周囲を身振りで示した。「ほら、遠慮しないで」

「あなたの許可はいらない」ケンドラはそう言い返すと、背を向けて道具小屋を見渡した。

作業台の周辺を別にすると小屋の中は陰になっていたが、壁にかかったたくさんのステンレス製丸鋸刃《まるのこば》が蛍光灯の光を淡く反射している。一角は木工具の置き場になっていて、テーブルソーのルーターや旋盤、ケンドラには名前のわからない木工機械が並んでいた。機械の形をじっくり眺めてみたが、ドーンの車に残っていたへこみと一致しそうなものはなかった。

「ドーンは先週ぐらいまで、ここで何かつくっていた」ケンドラは床のおがくずの中に残った大きな足跡を指さした。

「だけど、そのあといろんな人がこの小屋を捜索したはずよ」

「ええ、ほかの足跡もたくさん残ってる。でも、この足跡は大きさも形も、さっきクローゼットで見つけたドーンのブーツのものよ。そして、これは桜材のおがくず。桜材は香りが強いの。ほら、匂いがするでしょ?」

マーガレットはうなずいた。「ええ、小屋中に漂ってるわ」

「ということは、一週間以上経《た》っているとは考えられない」

ケンドラは小型の旋盤のそばの棚に近づいて、そこに置いてある金属のプレートを指でなぞった。

マーガレットもプレートをひとつ手に取った。「これは何?」

「旋盤に取りつけて型をつくる道具。木材に装飾をほどこすために使うの。あなたが持っているのはクローバー型」

マーガレットは不思議そうにプレートを眺めた。「クローバーの形なんかしてないけど」

「旋盤のピンがガイド役をして、材木をカッターの上で正確に動かして型をつくるの」ケンドラはほかのプレートを指した。「それぞれ違う型ができる。目が見えなかった頃、彫刻を指でなぞって、手触りや細部の形を楽しむのが好きだったわ。今でも、木工細工の品質を確かめるには指でなぞるのがいちばん確実だと思ってる。目で美しさはある程度わかるけれど、ひとつひとつのカットが全体をどう形づくっているかは触れてみないとわからない」そう言うと、旋盤を見おろした。まだガイドプレートがついたままだ。「これがドーンの最新の作品というわけね」

マーガレットがのぞき込んだ。「どんな型?」

ケンドラはプレートをよく見ようと身をかがめた。「わからない。幾何学模様みたいだけど。この感じは、ひょっとしたら――」次の瞬間、言葉を失った。

この模様を見たことがある。

ドーンがつくったテレビキャビネットではなくて、ほかのものにもこの模様が……。

そうだったのか。

ケンドラはくるりと背を向けると、急いでドアに向かった。

「どこへ行くの？」マーガレットが驚いて訊いた。

ケンドラは答えなかった。

「ついていっていい？」

捜査はひとりでしたいし、マーガレットは足手まといになりそうだ。

だからといって、ひとり残していくのも気になる。例の保護本能が目覚めたらしい。

「いいわ」ケンドラは勢いよくドアを開けた。「さあ、急いで」

7

グイネット病院

「『ナショナルジオグラフィック』の、ユタ州南部に関する記事を見つけてくれた？」ジェーンは病室に戻ってきたケイレブに訊《き》いた。「ワイオミング州は空振りだった」

「きみの主治医を説得するのに忙しくてね。病室で調べものをするのも禁じたら、かえって病状が悪化すると脅しておいた」ケイレブは腰をおろすと、パソコンを開いた。「すぐ出すよ。コロラド州は調べてみたかい？　ドーンが暮らしていたのはコロラド州だ」

「隠れ家のあったゴールドフォーク周辺はざっと調べたけど、見覚えのある光景はなかった」ジェーンはイヴの夢の記憶をたどって描いた数枚のスケッチを見おろした。「といっても、現実にどこかで見た覚えはないんだけど。夢に出てきたのは山の中の小道のようだった。片っ端から調べたら、見つかるかもしれないと思って」そう言うと、眉をひそめた。「小道のそばにある木、あまり見かけない木ね。なんの木かしら？」

ケイレブは携帯電話でスケッチの写真を撮った。「調べてみるよ」

「重要なヒントかもしれないし、急いで――」ジェーンは言葉を切った。「ごめんなさい、ケイレブ。あなたはよくしてくれているのに、こんなことまでさせて」

「やけに弱気じゃないか」ケイレブは笑いかけた。「気を遣わなくていい。イヴのために協力したいのはもちろんだが、きみのために何かできるのがうれしいんだ。敵ではなく仲間と認めてもらえるからね」

「あなたを敵だなんて思ったことないわ。ただ――」

「いいんだ、言いたいことはわかる。責めているわけじゃない」ケイレブはパソコンのスクリーンに視線を落とした。「きみは深読みしすぎるよ。ときどき、きみに近づいてはいけないのかもしれないと思うことがある。きみを傷つけることになったら、おれだって傷つくだろうから」そう言うと、視線を上げてにやりとした。「だが、自己中心的な人間だから、やっぱりきみを諦められない。だから、それだけは伝えておいたほうがいいと思って」

ジェーンは取り合わないことにして、ケイレブから目をそらせた。「ユタ州の写真はまだ？」

「十分待って」ケイレブはスクリーンに視線を戻した。「サイトは見つけたから――」

「なぜ連絡してくれなかったんだ、ジェーン」

ジェーンははっとして病室の入り口に目を向けた。マーク・トレヴァーが見るからに不機嫌な顔で立っていた。

「入院したこと？　わざわざ知らせるまでもないと思って。それでなくても、いろんな人に指図されてうんざりしてるの」

「湖畔のコテージに行ったら、きみがまた入院したとベナブルに教えられた」トレヴァーはベッドに近づいた。「完治するまでサンフアンの病院にいればよかったんだ」そう言うと、ちらりとケイレブを見た。「やあ、ケイレブ。きみがついていて、こんなことになるとは思わなかったよ」

「あんたとその話はしたくない」ケイレブは立ち上がった。「わかっているはずだ。ジェーンが必要としたとき、おれは運よくその場にいた。だが、あんたはいなかった」

「だが、今はこの場にいる。ゆうべは病室に泊まったそうだな。今夜は帰っていいぞ。ぼくが付き添う」

二人の間で目に見えない火花が散った。

ジェーンはうんざりした。「二人ともいいかげんにして。トレヴァー、あなたに付き添いを頼んだ覚えはないわ。悪いけど、今、忙しいの」そう言うと、ケイレブを見上げた。

「ユタ州の写真はどうなってるの？」

トレヴァーは何か言いかけたが、肩をすくめた。「わかったよ。邪魔するつもりはない。だが、きみたちが何をしているのか教えてくれ」そう言うと、開いたままのスケッチブックを眺めた。「これは?」

「夢の光景だ」ケイレブが答えた。「ゆうべジェーンはイヴの夢を見たんだが、シーラの夢を見たときによく似ていると言うんだ」そう言うと、唇をゆがめた。「これ以上説明はいらないだろう。あんたはその頃ジェーンといっしょにいたんだから」

「そのとおりだ。気になるようだな」

「ああ。だが、気持ちの整理はつけられるさ」

トレヴァーはスケッチに目を戻した。「細かいところまで描いている。シーラのときのように、目印になる建物や景色を見つけようとしたんだね。それで、何かわかった?」

「今のところ、ロッキー山脈のどこからしいということだけ」ジェーンは顔をしかめた。「シーラの夢を繰り返し見ていた頃も半信半疑だったけど、結局、彼女は実在していた。だから、イヴの夢も同じかもしれないという思いが捨てきれないの。ただの願望かもしれないけど」

「気持ちはわかるよ」トレヴァーはジェーンの手を取った。「シーラのことを調べていたときには、普通では考えられないようなことが次々と起こった。ぼくは現実的な人間だが、あのときは常識を根底から覆されたよ」ジェーンの目を見つめた。「きみと出会ったときもそうだったけどね。たしかに、シーラは現実だった。きみにとっても、ぼくにとっても」そう言うと、ジェーンにほほ笑みかけた。「願望を抱くのは悪いことじゃない。最近では、ぼくもそうすることにしている」

ジェーンはトレヴァーから目をそらすことができなかった。魅力的な容貌に魅入られたわけではない。そんな時期はとっくに終わった。人生でいちばん多感な時期を共に過ごして、彼のさまざまな表情を見てきた。でも、今のトレヴァーの顔には、情熱とは別の一途《いちず》さがあるような気がして……。

「きみと過ごした時間も現実だった」トレヴァーがささやいた。「そして、今のぼくたちも」そう言うと、ジェーンの手にキスした。「きみもそう思うだろう？」

ジェーンはとまどった。断崖に立って谷底を見おろしているような息苦しさを覚える。トレヴァーにはさまざまな感情を抱いてきたけれど、こんな気持ちは初めてだ。

空恐ろしくなって、ジェーンは手を引っ込めた。「わたしたちは終わったのよ。同じことを繰り返したくない」ようやく視線をそらせて、パソコンの画面を見た。「今のわたしの関心は、現実と無関係かもしれない夢になんらかの意味を見つけることだけ」

トレヴァーはしばらく黙っていた。「わかった、この話はもうやめよう」そう言うと、もう一度スケッチを眺めた。「ぼくにできることを教えてほしい。近くの図書館に行って、これに似た風景を探してきてもいい。それとも、パソコンで検索して――」

「あんたにしてもらうことはない」ケイレブが言った。

ジェーンはふっと息をついて、ケイレブに目を向けた。闇の中で激しく燃えている炎を思わせる。

「きみに訊いたんじゃない」トレヴァーが言い返した。「ジェーンの意見が聞きたい」

「あなたは黙ってて」ジェーンはケイレブに言った。「今は誰の力でも借りたいし、トレヴァーには昔、助けてもらったことがあるから」

「シーラのことだね。そして、愛人のアントーニオか」ケイレブは言った。「わかったよ。きみたちの過去の経験には、どうがんばったって勝てない。だが、未来のことはわからないから」そしてトレヴァーと目を合わせた。「ここでなりゆきを見守るといい。面白いことになりそうだ」

「きみの許可が得られて光栄だ」トレヴァーが皮肉な口調で応じた。「図書館に行ってこようか、ジェーン？　それともパソコンで検索する？」

まるで光と闇だ。トレヴァーとケイレブを眺めながら、ジェーンはつくづくそう思った。その対比がこれまで以上に際立って見える。そして、ふだんは抑えている互いへの敵意を隠そうともしない。このまま二人をいっしょにしておきたくなかった。

「図書館で調べてきて。ネットのデータベースに入っていないような古い本が見つかるかもしれない。シーラのことを調べていたとき、そんな本を見つけたことがあった」

「そうだったね」トレヴァーはスケッチの写真を二、三枚撮ると、ドアに向かった。「収穫があったら、すぐ戻ってくる。きみが見たイヴの夢を裏づける証拠が見つけられるかどうかは約束できないが」そう言うと、ドアの前で振り返った。「ぼくは現実で、ぼくの感じていることも現実だ。それを忘れないでほしい」

ドアが閉まった。

「見てはいけないものを見たような気がするよ」ケイレブが嘆いた。「のぞき魔になった気分だ。それなりの刺激はあったがね」

「見たくなかったら、部屋を出ればよかったのに」

「出ていったら、トレヴァーににらみをきかせられなくなるじゃないか」ケイレブは肩をすくめた。「だが、あまり効果はなかったようだな。あいつはほしいものはなんとしてでも手に入れようとする。他人のことなんか気にしない。おれもそうだ。その点では似ているよ」

「似ているのはそこだけよ」ジェーンは言った。「あとはまったく正反対」

「たしかに。あいつにはおれにはない何かがある」

「何かって?」

「騎士道精神と言えばいいかな。タフなのに、どことなく軟弱なところがある。だからもてるんだろうな」

「軟弱な人じゃないわ」

「あいつの話はもうしたくない。追い払ってせいせいした」

「自分で出ていったのよ」

「きみをそっとしておきたかったからだろう。おれにはまねできないな、きみのすぐそばにいられるチャンスをふいにするなんて」ケイレブはにやりとした。「だから、もてないんだ」そう言うと、小首を傾《かし》げた。「今夜はここに泊まらないことにするよ。時と場合によってはけじめをつけられることを証明するためにね」ケイレブの顔から笑みが消えた。「さっきひとつ気づいたことがある。トレヴァーは思った以上に危険だ。きみもそう感じただろう？」

ジェーンははっとした。断崖に立って谷底を見おろしているような息苦しさを思い出したからだ。

「彼の話はしたくないんじゃなかった？　それより、ユタ州の写真を早く見つけて」

「きみだって、あいつの話題を避けているじゃないか。それ自体が怪しい」ケイレブはパソコンのスクリーンを見おろした。「もうすぐだよ。今、ユタ州のスキー場周辺の森を調べているところだ」

コロラド州　リオグランデ・フォレスト

イヴはまだ殺されていない。

ザンダーは小道にかがみ込んで、足跡から状況を読もうとした。小さいほうの足跡は最初は歩いていて、やがて走り出した。追っ手が迫っているのに気づいたのだろう。大きいほうの足跡は、歩幅も広く、急いでいる様子はない。すぐに追いつけると確信している。それほど本気になっていなかったのだろう。捕まえてとどめを刺す前に翻弄するつもりだったのかもしれない。

それとも、イヴは山奥に逃げ込んだあとも、予想以上にしたたかだったのか。それなら、ドーンを消耗させた可能性もある。

いずれにしても、イヴをなんとかしなければならない。そうしないと足手まといになる。いや、イヴを利用して、ドーンをおびき出すという手もある。

ドーンはイヴをおとりにして、わたしをおびき寄せようとした。自分が息子を溺愛しているから、子どもに関心のない父親がいるなんて想像もつかないのだ。大切なおとりに逃げられて、躍起になって取り戻そうとしているにちがいない。

ザンダーはもう一度イヴの足跡を眺めた。足跡を消そうとはしていない。ドーンは小手先でごまかせるような相手ではないと気づいて、無駄な時間はかけなかったのだろう。それとも疲れ果ててその気力もなかったのか。たぶん前者だ。入手した情報からすると、イヴは簡単に諦める性格ではない。といっても、疲労困憊《ひろうこんぱい》していたのは確かだ。ここ数時間のイヴの足取りを見るかぎり、森で暮らした経験はないようだ。知恵と勘だけで逃げ続けたのだろう。これだけ長い間ドーンに捕まらなかったのはたいしたものだ。

おとりを失ったら、立てたばかりの計画がだいなしになってしまう。

がんばれよ、イヴ。捕まるんじゃないぞ。あいつは優秀なハンターのはずなのに、この最後の八キロほどで三度もおまえに逃げられている。

だが、わたしはおまえを逃がしたりしない。

ザンダーは腰を上げた。そして、ドーンの足跡は無視して、イヴの足跡を追い始めた。

コロラド州　リオグランデ・フォレスト

寒い。

足を止めてはいけない。

二時間ほど前に太陽が沈むと、急激に気温が下がった。でも、これはまだほんの序の口ここ二時間ほどドーンを見かけなかった。たぶん、帰って一休みしているのだろう。いつものパターンだ。さんざん追い回して疲れさせたら、帰って休む。

ドーンが暖かいところで過ごしていると思うと、いっそう腹立たしくなった。

だめだ。頭を冷やさなくては。

冷やすという言葉を思い浮かべただけでも、寒さが身にしみた。

足を止めてはだめ。血のめぐりをよくすれば、少しは体温が上がるはず。

イヴはドーンが森に入るときに通る小道に向かった。かつて鋳造所だったログハウスからもそれほど離れていない。待ち伏せするには理想的だ。まだ体力があるうちにドーンを始末しよう。武器代わりになりそうな木の枝も用意した。隙を狙って思いきり殴りつけたら、気絶させられるかもしれない。あとはジョーから習った空手で……。

本当にそんなことで殺せるだろうか？　そもそも、わたしに人が殺せるとは思えない。

でも、今は考えないでおこう。いざとなったら本能に従えばいい。

とにかくあの小道の近くまで歩き続けて、そこで夜を過ごす場所を探そう。

足が鉛のように重い。ちょっと立ち止まってマッサージしないと、凍傷になりそうだ。

いいえ、それよりも走ろう。

足元で木の枝がみしみし鳴って、遠くでフクロウの声がした。こういう自然界の音には慣れたから、いちいちぎょっとしなくなった。怖いのは得体の知れない音だ。そんな音がすると、心臓が止まりそうになって血が凍る。

いけない、また寒々しい言葉を使ってしまった。早く体を休められる場所に行って――

次の瞬間、本当に血が凍った。視線を感じたのだ。

走る速度ががくんと落ちた。

心臓が早鐘を打っている。誰かに見られているなんて気のせい？

ひょっとしたら、ドーンは帰ったと見せかけて、どこかに潜んでいたのだろうか。

それとも、猛獣が藪《やぶ》に潜んでいるとしたら――

人間だろうが動物だろうが、何かいるのは間違いない。気配をはっきり感じる。イヴは振り返った。闇の中で姿を探しても無駄だ。動きを感じ取るしかない。

背後には何もいないようだ。

突然、前方から闇が迫ってきた。

闇はイヴを組み伏せて地面に押し倒した。

そして、息の根を止めようと喉をつかみ……。

グイネット病院

自分の悲鳴で目が覚めた。

「どうした、ジェーン?」トレヴァーが廊下から駆け込んできて、壁のスイッチを探った。とたんに病室に光があふれた。「だいじょうぶか?」トレヴァーはベッドに腰かけてジェーンを抱き締めた。「耐えられないほど痛みがひどいなら——」

「わたしじゃないの」ジェーンは喘《あえ》ぎながら言った。心臓が痛いほど脈打っている。「イヴよ。イヴがひどい目に遭わされて」

「また夢を見たのか?」

「夢とは思えない」ジェーンはトレヴァーの胸に顔をうずめた。「イヴの痛みをはっきり感じた。疲れ果てて寒さに震えているところへ、あの男が来た。今夜はもう来ないと思っていたのに。地面に押し倒されて、今にも殺されるんじゃないかと――」

「もういい」トレヴァーはジェーンの背中をさすった。「それで、その男はイヴを殺したのかい？」

「わからない」震えが止まらなかった。「殺されたのか、気を失ったのか。突然、目の前が真っ暗になった」

「わからないなら、早まった結論を出さないほうがいい」

「無理よ」ジェーンはトレヴァーを押しやった。「無事かどうか確かめなくちゃ」そう言うと、ベッドの上で体を起こした。「殺されかけていたんだから」

トレヴァーは座り直した。「シーラの夢を見たときと同じだね」

「どうかしら。夢とは思えないほどリアルなところは同じだけど」

「イヴは死んだわけじゃないんだから」

「イヴ自身は殺されると思っていた」ジェーンは目を閉じて考えた。「でも、殺されてはいない。もしもイヴが死んだら、わたしにわかったはずよ。心にぽっかりと穴があいたような気分になったと思う」そう言うと、目を開けた。「一刻も早くイヴを見つけなくちゃ。スケッチブックを取って」

トレヴァーはため息をつくと、スケッチブックを差し出した。「こんなに手が震えていたら、鉛筆を握れないだろう」

「手の震えぐらい、どうにでもできる。記憶が新しいうちに、イヴが伝えようとしたことをひとつ残らず書き留めておかなくちゃ。わたしのことはよく知っているでしょう？　手で触れられないものは信じない現実的な人間よ。でも、さっきはイヴと同じ場所にいて、同じことを考えていた。ログハウスから森に入る小道のことを」ジェーンは眉をひそめた。

「いいえ、ログハウスとは言っていなかったわ。鋳造所と呼んでいた」

「鋳造所？　山奥に？」

「最初に見た夢では、風景以外のものは漠然としていた。でも、さっき見た夢はぜんぜん違っていたの。イヴの痛みも考えていることも手に取るように伝わってきて――」ジェーンは首を振った。「あれは最初の夢の続きよ。シーラの夢を繰り返し見たときもそうだったわ。夢の中で話がどんどん展開していった」そう言うと、こめかみをこすった。「シーラの場合は二千年前の出来事だったけど、これは今進行していることなの。わたしの頭がおかしくなったのかもしれない。イヴを見つけたいと願うあまり、手で触れることのできないものをつかもうとしているのかしら？」

「そうだとしたら、ぼくもつかんでみたい」トレヴァーはほほ笑んだ。「そして、きみをしっかりつかんでおきたい。半信半疑のような口ぶりだが、きみは心の奥でその逃走劇を信じている。その証拠に、こうしてぼくやケイレブに調べさせているじゃないか」

「まだ成果は何ひとつ出てない。でも、あなたの言うとおりよ、トレヴァー。夢に見ただけで大騒ぎするのはどうかとも思ったけど、こうなったら徹底的に調べてみる」ジェーンは大きく息をついた。「きっとイヴはドーンから逃げたのよ。そして、ドーンに追われながら孤立無援で闘っている。逃げ出せたのはすごいことだし、まだチャンスはある」そう言うと、唇を舐《な》めた。「今夜、ドーンに捕まらないかぎりは」

「もし捕まっても、殺されるとはかぎらない」トレヴァーはジェーンの手を取った。「それに、最悪の場合はきみにもわかるはずだ。そう言っていたじゃないか」

そのとおりでありますように。「ええ、きっとそう」ジェーンはスケッチを描き始めた。「少し静かにしてて。イヴが考えていたことを思い出せるかぎり描いてみる。今気づいたんだけど、イヴは襲ってきたのが誰かよくわからなかったみたい。途方もない闇が迫ってくると感じていただけで」

「闇か」トレヴァーは考え込みながら立ち上がった。「まるで悪魔の化身だな」

「ドーンにぴったり」ジェーンはせっせと手を動かした。わたしも今できることを精いっぱいやろう。イヴは寒さにも孤独にも負けなかったのだから。

「それにしても、さっきの悲鳴はすごかった。看護師が様子を見に来るだろう。安静にしていないと叱られるよ」

「そこはあなたの出番でしょ。あなたが魅力を振りまいたら、逆らえる女性なんていない」

「それは皮肉？」

「そんなつもりで言ったんじゃないわ。持って生まれた強みは活用しなくちゃ。今だから言うけど、初めて会ったときにはわたしもぼうっとなったのよ」

「きみはまだ十七歳だったからね。十代の女の子に本気で恋をしないでいるのには苦労したよ。別れたときはつらかった」

「でも、また会うようになった」

「きみも大人になっていたし――」

「いいの。昔のことを蒸し返す気はない。すんだことよ」

トレヴァーと過ごした日々がよみがえってくるのは、いっしょに調べたシーラのことを話題にしたせいだろう。それとも、二人きりでいると、あの輝かしい日々を思い出さずにいられないのだろうか。

「看護師さんにはうまく言っておいてね。ケンドラ・マイケルズに電話したいから」

「ベナブルから彼女のことは聞いた。なかなか興味深い人物だね」

「並はずれて頭がいいの。ゴールドフォークに行ったとジョーから聞いたから、向こうで調べてもらいたいことが――」

「寝ていないとだめじゃありませんか、ミズ・マグワイア」赤いチェックの上着の胸にJ・ラディンと名札をつけた看護師が、ドアのそばに立っていた。「痛みがひどいんですか？　鎮静剤を使います？」

「いいえ、痛みはないけど、ちょっと――」

「ちょっと困ったことになって」トレヴァーはあとを続けると、看護師に近づいた。「いいところに来てくれたよ」にこやかに笑いかける。「教えてもらいたいことがあるんだ、ラディン看護師さん。ジェーンは薬に頼りたくないと言っているが、情緒的にも心理的にもきわめて不安定でね。どうかな、廊下に出て相談に乗ってもらえないだろうか？」

「あなたは？　患者さんとはどういう――」看護師はそう言いかけたが、トレヴァーに笑顔を返した。トレヴァーの前では、女性たちはいつもこうなる。「いいですよ。わたしで役に立つことなら」

「あなたなら頼りになると思った」トレヴァーはすばやく看護師を廊下に連れ出した。たいしたものだ。トレヴァーはさりげなく女性をとりこにしてしまう。彼の魅力に抵抗できる女性はまずいないだろう。わたしも身に覚えがある。

　トレヴァーに夢中になっていた頃は何もかも捧《ささ》げようとした。でも、ある日そんな自分が急に怖くなってきて、結局彼とは別れた。彼を失うことが怖いとは思わなかった。イヴを失うかもしれないと思うまで、失う恐怖がどんなものかは知らなかった。自分のすべてを捧げたり、無条件に信頼したりしないかぎり、誰からも影響は受けないはずだった。

　でも、イヴだけは別。子どもの頃からイヴとは強い絆《きずな》で結ばれている。時間が経《た》つにつれて、恐怖は募るばかりだ。トレヴァーを失うのとは次元が違う。

こんなときにわたしは何を考えているのだろう？　ジェーンは我に返った。

きっとイヴは無事だ。今はそれ以外のことは考えないようにしよう。

早くケンドラに電話しなくては。ボイスメールになっているだろうが、そのほうがかえって事情を伝えやすい。

「ジェーン？」二度目の呼び出し音でケンドラが出た。「具合はどう？　今どこ？」

「まだ病院だけど、もうだいじょうぶよ。退院が待ち遠しいくらい」

「まだ報告できるようなことはないの。がっかりさせて悪いけれど」ケンドラは早口で続けた。「今、取り込み中。できるだけ早くかけ直す」

「聞くだけ聞いて。簡単に言うから」ジェーンはいったん言葉を切ると、一気に話した。

「わたしの描いたスケッチをあなたの携帯電話に送る。正確な場所を突き止めたいの。どこかの山奥だと思う。推測にすぎないけど」

「なんの話？」

「スケッチに描いた場所を探して」

「なんのために？」

「イヴがそこにいる可能性があるから。イヴはドーンから逃げ出して――」ジェーンははっとした。無言の不信感が電話越しに伝わってくる。ケンドラが変に思うのも無理はない。

「うまく説明できないけど、お願いだからスケッチを見て」

「ジェーン、まだ熱があるんじゃないの？」

「よく聞いて。ログハウスがあるの。イヴは鋳造所と呼んでるけど。山奥に鋳造所があるなんて、それだけで調べる価値があると思わない？」

「話はそれだけ？」

「急いで。イヴに何かあったのは確かだから」もう電話を切ろう。言うべきことは伝えた。熱に浮かされたうわごとだと思われないのを祈るだけだ。「お願いだから、聞き流さないで。頭の片隅に入れておいてほしい。もう切るわ。忙しいところをごめんなさい」

「待って。こんな中途半端なまま切らないで。いったいどこからそんなことを思いついたの？」

そう訊かれるのは覚悟していた。立場が逆だったら、わたしも同じことを言うだろう。

「言ってもわかってもらえないと思う。自分でも信じられないぐらいだから。でも、手がかりはこれだけ」ジェーンは一呼吸おいてから、言葉を絞り出した。「夢を見たの。夢に出てきたのよ」そう言うと、電話を切った。

ケンドラがかけ直してくるのを半ば期待していたが、かかってこなかった。本気にしてくれなかったのだろう。ジョーに電話して、ジェーンが妙なことを言ってきたけれど容体が悪化したのかと訊くかもしれない。ジョーなら状況をわかってくれるだろうから、ケンドラに話してもらうという手もある。理屈は抜きにして、ジェーンが提供した情報を考慮してほしい、と。

ケンドラがなんと答えるかわからないが、種は蒔《ま》いておいたのだから、実を結ばないともかぎらない。

あともうひと押し。とにかく、写真を送っておこう。

ジェーンは携帯電話でスケッチの写真を撮ると、すぐケンドラの携帯電話に送った。

「お願いだから、無視しないで」思わずつぶやいた。「わたしがそっちに行けたら、調べられるのに」

「できないことは考えないほうがいいよ」いつのまにかトレヴァーが戻っていた。「あの親切な看護師さんは、きみに鎮静剤の注射をして、寝つくまで付き添うつもりだったそうだ」

「思いとどまらせてくれてありがとう」ジェーンはまたスケッチを描き始めた。「あなたが相手じゃ勝ち目はないわ」

「別に勝負してるわけじゃない」トレヴァーは椅子に腰かけた。「それで、ケンドラは信じてくれた?」

「たぶん、だめ。ケンドラに反論される前に電話を切った。彼女がわたしの思っているような人で、信憑性《しんぴょうせい》がなくても調べてくれることを祈るだけ。彼女はすべてを心にとどめておいて、いざというときに取り出せる人だと思う」

「効率的だな。大半の人間は自分に関心のあることしか心にとどめないのに」トレヴァーは椅子にもたれかかって、スケッチを眺めた。「きみもイヴのすべてを心にとどめているようだけど、ぼくのことはどう？」

熱い情熱と楽しい思い出。トレヴァーとは輝くような日々を過ごした。

「すべてとは言わないわ」

「たぶん、ぼくが心にとどめておいてほしいこととは違うだろうな」トレヴァーはにやりとした。「愛し合うことはすばらしいが、性的欲望に引きずられることもある。だからこそ、セス・ケイレブの存在には不安を感じるんだ。きみの体はあいつに反応しすぎる。もちろん、向こうがそう仕向けるからだが」

ジェーンは答えなかった。

「ぼくは負けないからね、ジェーン。ぼくたち二人なら、もっといろいろなことができる」トレヴァーはノートパソコンを開いた。「手始めに二人で仕事をしよう。昨日は図書館で収穫がなかったから、きみのスケッチの写真について、森林にくわしい友人に訊いてみることにした」

「そんな友達もいるの？　顔が広いのね」

「友人が多いほど、人生は充実する。ぼくはたいていの人間は好きになれるんだ。どうしても好意を抱けない相手は無視するしかないが」トレヴァーは顔を上げてほほ笑みかけた。
「愛するようになった相手は、心の中の特別の場所にとどめる」そう言うと、ジェーンが何も言わないうちに画面を見おろした。「ジョゼフ・ハンセンという男だが、優秀な森林学者でね。妻とベッドで過ごすよりずっと多くの時間を森で過ごしている。そのせいで、妻には疎まれているが、教えている大学では学生に人気がある。彼に連絡をとってみるよ」

コロラド州　リオグランデ・フォレスト

火だ。オレンジと青白い光。
静まり返った森に薪《まき》がはぜるパチパチという音が響いた。
森の中？
イヴははっとして、焚《た》き火《び》の周囲に目を向けた。
地面に押し倒されたところまでは覚えている。
息が止まって、殺されると思った。
でも、そうではなかった。闇に吸い込まれて気を失ったのだ。
ドーンはどこにいるのだろう？
イヴは体を起こそうとした。

動けない。両手を縛られていた。

ドーンは前にもわたしを縛った。縛っておいて、どこかに行ったのだろうか？

背後から声がした。近づいてくる姿が目の隅に見える。

「やあ、イヴ」

見たとたん、体がこわばって息ができなくなった。

ドーンではなかった。

引き締まった体つきの男が、大股で近づいてくる。ジーンズもウールのジャケットも黒ずくめ。彫りの深い顔の中で目が輝いている。短く刈り込んだ白髪からすると六十代くらいに見えるが、もっと若いような気もする。身のこなしはきびきびしていた。

「思ったより早く意識が戻ったな」男は焚き火をはさんで、イヴと向き合う形で地面に座った。「手首を縛ったのは、火を起こす間おとなしくしてほしかったからだ。ぎりぎり間に合ってよかった」

「あなたは誰？」

「予想していた人物ではなかったようだな。見られているのには気づいていたんだろう？」

「ええ」

「偵察は得意だ。音を立てるようなへまはしない」

「今もそうだった。気配は感じたけれど」

「生存本能だ。ありがたいものだよ。ドーンから逃げ続けられたのもそのおかげだ。足取りを観察したかぎりでは、何度も間違いを犯しているが、生存本能が助けてくれたんだろう」

「誰なの？　なぜドーンのことを知ってるの？」

男は笑みを浮かべた。「自分で考えることだ」

「推測ゲームは好きじゃないわ」イヴは男を見つめた。堂々として落ち着き払っている。からかうような好奇心に満ちた表情をしていた。「こんなふうに縛られているのも気に入らない」そう言うと、縛られた両手を上げて首筋を触った。「空手の心得があるのね。頸《けい》動脈《どうみゃく》を圧迫して気絶させたんでしょ。それも気に入らないわ」

「抵抗されて、一生残るような傷を与えたくなかったからな」

「ドーンの共犯者？」

「ブリックと同類にされるとは心外だ」

イヴは男から目をそらせて焚き火を見つめた。「ドーンの味方じゃないのなら、焚き火を消したほうがいいわ。煙を見て駆けつけてくる」

男はまた笑みを浮かべた。「望むところだよ」

その瞬間、イヴは男が誰かわかった。

8

イヴは唖然《あぜん》として男を見つめた。

「やっとわかったようだな」男は小枝で火をかき立てた。「もっと早く気づくかと思っていたよ。迷うほど相手はいないだろう」

「顔を合わせるなんて思っていなかったから。声を聞いたことはあるけれど」イヴは唇を舐《な》めた。「リー・ザンダーね」

「そうだ」

「ドーンが仕掛けた罠《わな》にははまらないと電話では言っていたのに」

「今もそのつもりだ。こちらが仕掛けた罠にはめる。だが、あいつが来るのを待っているのも退屈だからな。早くけりをつけたほうがいい」

「それで、そっちからやってきたわけ？」

「ああ」ザンダーはにやりとした。「来てみたら、興味深い状況になっていた。よくあいつから逃げたな」

「興味なんかないくせに」イヴは手首を縛ったロープを見おろした。「縛らなくてもいいでしょ。危害を加えるとでも思った？　わたしはトラに捕まった子ヤギそのものよ」

ザンダーは声をあげて笑った。「それは謙遜というものだ。おまえは子ヤギみたいに無力じゃない。それに、ドーンにトラは立派すぎる。どちらかというと爬虫類《はちゅうるい》だ」

たしかに、トラを連想させるのはザンダーのほうだとイヴは思った。それも、希少なホワイトタイガー。筋肉質で、パワフルで、きわめて危険。ゆったりと肩の力を抜いているように見えるが、何かあったら豹変《ひょうへん》するにちがいない。「どうだっていいことだけれど。わたしを餌にしてドーンをおびき寄せるつもりなんでしょう？」

「そうしようとしたのはあいつだ。だから、餌を盗んで、こっちからおびき寄せてやろうと思いついた」

「思いつきで命を狙われるほうはたまらないわ。わたしから見れば、二人の悪党が一切れの肉を奪い合っているようにしか思えない」そう言うと、イヴは炎を見つめた。「火を起こしたらドーンに見つかるに決まっているのに。わたしを餌にするまでもないんじゃないの？」

「どうかな」ザンダーは小首を傾《かし》げた。「思いついたときはいい考えだと思ったが、別の選択肢も考慮したほうがいいかもしれない。おまえを見ているうちにそんな気がしてきた」そう言うと、肩をそびやかした。「認めるのは癪《しゃく》だがね。わたしはこうと決めたら、ターゲットに向かってまっすぐ進む。いったん決めたら、後戻りはしない」

「ご立派ね」イヴは皮肉な口調になった。「自分をそこまで信じられるなんて。自分は完璧な人間だと思っているの？」

「わたしを完璧な人間と言うやつはいないだろう」ザンダーは一呼吸おいた。「仕事に関しては、かぎりなく完璧に近いと自負しているが」

「殺人は仕事と呼べないわ」イヴは吐き捨てるように言った。「ドーンと同じよ」

「そのことは電話で話しただろう。わたしはドーンやケヴィンのように、罪もない子どもを殺したりしない。わたしが暗殺者なら、あいつらはただの素人だ」

「人殺しは人殺しよ」

ザンダーはうなずいた。「否定はしないが、残忍な殺人鬼と同等に見られるのは心外だ」

「どんな名前で呼ぼうとも、命を奪う点は同じよ」イヴは一呼吸おいた。「わたしを殺すつもり？」

「ターゲットはおまえじゃない」

「直接手を下さなくても、ドーンが現れる前にわたしを解放しなければ、わたしが殺される現場を目撃することになる」イヴは唇をゆがめた。「プロの暗殺者は目撃者を生かしておかないんじゃないの？　始末したほうが賢明よ」

「からかっているのか？」ザンダーは不思議そうにイヴの顔を見つめた。「わたしを怖がっていないらしいな」

「ケチな殺し屋を怖がる理由なんかないわ。逃げたり反撃したりできるなら、ためらいなくそうする」

「たいていの人間は死に直面すると怖くなる」ザンダーは考えながら続けた。「だが、おまえは例外らしい。電話で話したときもそう感じた。なぜ死を恐れない？」

イヴはザンダーの目を見つめた。「わたしを逃がして。静かに姿を消すわ。あなたがドーンを殺したってなんとも思わない。もともと自分で殺すつもりだった」

ザンダーは眉を上げた。「死者の生前の顔を復元するのが仕事なのに」

イヴは答えなかった。「逃がして」

「逃がしてやったら、背後から忍び寄って殺す気だろう？　おまえならやりかねない」

「あなたこそ、わたしをからかって面白がってるんでしょう。わたしは家に帰っていつもの生活が送りたいだけ。あなたが何をしようと関心はない」イヴは縛られた手首を上げた。「せめてこのロープをはずして。むざむざドーンやケヴィンに殺されるのはいや。反撃できるようにしてくれたら、ドーンを殺す手間を省いてあげられるかもしれないわ」

「あいつを殺すぐらい、手間でもなんでもない。だが、ケヴィンの名が出てくるとは思わなかったよ。五年以上前にわたしが始末したのを知っているだろう？」

「ぼんやりしてたみたい」

　ザンダーはイヴを見つめた。「そうとは思えない」

「好きなように考えて」

「言われなくても、そうしている」ザンダーは言った。「腹が減っているんじゃないか？」

「いいえ」

「最後に食べたのはいつだ？」

「覚えていない」

「何を食べた？」

「木の実」

「腹の足しにはならないだろう」ザンダーは上着のポケットから革の小袋を取り出した。

「ビーフジャーキーを食べるか？」

「最後の晩餐《ばんさん》というわけ？」

「体力をつけさせたいからだ。連れて逃げることになったら、足手まといにならないように」

「あなたはそんな手間をかけたりする人じゃない」

「そうだな」ザンダーは立ち上がると、焚《た》き火《び》を回って近づいてきた。「だが、捕虜には食事を与えるべきだ。ジュネーブ条約にそう書いてある」そう言うと、イヴの前で膝をついた。「食べさせてやろうか？」

「大きなお世話よ」イヴは縛られた手を上げてジャーキーを一枚受け取ると、口元に運んだ。

「大胆だな。毒が入っていたらどうする？」ザンダーは指を鳴らした。「ああ、脅しても無駄だったな」

「殺す気なら、わたしが気を失っている間に殺したはずよ」イヴはジャーキーをかじった。「木の実もありがたかったけど、栄養のあるものはお腹にたまりそう」ちらりとザンダーを見上げた。「たとえあなたにもらったものでも」

ザンダーは地面に腰をおろして、イヴがジャーキーを食べるのを眺めていた。「命がけで逃げ回ったんだな。どこもかしこも汚れて傷だらけだ」手を伸ばしてイヴの髪に触れた。

「まるで干し草だ」

イヴは体をこわばらせた。「触らないで」

「知らない男に触られるのがいやなのか？」ザンダーは目を細めて見つめた。「知っているんだろう？　ドーンから聞いたはずだ」

イヴは答えなかった。

「あいつはとっておきのサプライズとして、タイミングを狙っていたんじゃないか？　いつ聞かされた？」

「わたしがケヴィンの頭蓋骨を崖から投げ捨てたあと」

「なんだって?」ザンダーは笑い出した。「よくもまあそんなことを」

「ドーンは妄想狂よ。嘘に決まってる」イヴはザンダーから目をそらせた。「子どもを奪われた苦しみをあなたにも味わわせたかった。それで、わたしがあなたの子どもだなんていう妄想を抱くようになった」

「筋は通っているな」

「あの異常な執念は、そう考えないと説明がつかないわ」

「いや、話はもっと簡単だ」ザンダーは笑みを浮かべた。「イヴ、わたしはおまえの父親だ」

イヴは息を呑《の》んだ。「……わたしに父親はいない」

「ばかばかしい。サンドラは聖母マリアじゃない」

「母のことを話題にしないで」イヴは激しい口調で言った。「あなたにそんな権利はない。何もかもでたらめよ」

「ずいぶんサンドラをかばうんだな」ザンダーは肩をすくめた。「事実を言っているだけだ。彼女を悪く言うつもりはない。初めて会った頃、サンドラは若くてきれいで、人生の楽しみに飢えていた。それが悪いとは言わない。人間として当然のことだ」そう言うと、一呼吸おいた。「しかし、子ども時代の話を聞いたかぎりでは、かばい立てするほどの母親だったわけではなさそうだ。ドラッグに溺れて、ろくろく面倒も見なかったそうじゃないか」

「あなたには関係のないことよ。母はわたしがボニーを身ごもったあと、ドラッグからきっぱり足を洗った。ボニーの世話もしてくれた」イヴはザンダーにもらったジャーキーを地面に捨てた。「あなたとドーンが何をたくらんでいるか知らないけれど、わたしを巻き込まないで。母ですらわたしの父を知らないんだから」

「サンドラは知っている」

「あなたの言うことなんか信じない。突然現れて、父親だと言われたって。証拠でもあるの？」イヴは首を振りながら、燃える目を向けた。「母は世界一いい母親じゃなかったかもしれないけれど、ずっとそばにいてくれた。たとえあなたの言うことを信じたとしても、答えは同じ。わたしに父親はいない」

「証拠を示せと言うなら、納得させられる証拠を用意できるが……」ザンダーはほほ笑んだ。「納得はしてくれないだろう。科学的に証明できても、わたしのような人間に父親の資格はないと言われるのは当然だ」

「わたしがどう思おうと関係ないでしょう。わたしはドーンを引き寄せるためのおとりなんだから」

「そのつもりだったが、別の方法もあるような気がしてきた」

「わたしは逃がしてほしいだけ」イヴは森を眺めた。「ドーンはすぐそばまで来ているかも」

「いや、火の勢いを調節してあるから、煙はそれほど高くのぼらない。ドーンが煙や匂いに気づくには時間がかかるはずだ」

「どうしてそんなことを？　早くけりをつけたいんでしょう？　だから、ドーンに襲われる前に攻撃しようと思ってここに来た。そう言わなかった？」

「ああ、それがここに来た最大の理由だ。わたしはプロだからな」

「プロの暗殺者」

「ああ、そのとおりだ。決めた仕事は遂行する」

「最大の理由はわかった」イヴはいらだたしげに続けた。「ほかにも理由があるわけ？」

「好奇心かな？　いや、退屈だったからかもしれない。稼ぐ必要はもうないし、何年も前から仕事にやりがいを求めなくなった。やりがいを失ったら、この仕事を続けるのは危険だ。もともと好奇心の強い人間だから、生きる意味を持ち続けるためには刺激が必要だと気づいたんだ」ザンダーは唇をゆがめた。「人生の大半を死と向かい合って過ごしてきた。人生の最後に別のものを求めてみたい」

「チベットの僧院にでも行ってみたら？」

「昔、チベットの山の中の僧院で過ごしたことがある。時間の無駄だったよ。精神的な刺激は受けたが、それだけのことだ」

イヴは目を見開いた。当てつけで言ったことに、こんな答えが返ってくるとは思っていなかった。「それで、またもとの仕事に舞い戻ったわけね」

「仕事を辞めたことは一度もない。僧院に行ったのは、チベットに政情不安を引き起こしたツェリン・ドルジェという僧侶を暗殺するためだ」

「殺したの？」

「いや、僧院で暮らすうちにその気がなくなった」ザンダーは肩をすくめた。「もともと政治家からの仕事はしたくなかった。信用できない連中ばかりだ」

「契約を守らなかったのは、プロとして失格ね」

「金だけもらって逃げたのならプロ失格だが、そんなまねはしなかった。わたしの評判は無瑕《むきず》だ」ザンダーは一呼吸おいた。「いずれにしても、あの僧侶に未来はなかった」

「その後はどうなったの？」

「六カ月後、別の人間が僧院に送られた。わたしほど腕の立つやつではなかったが、役目は果たした」

「後悔しなかった？」

「ベナブルはわたしを、人間らしい感情のない冷徹な男だと言うが、これでもたまには心が騒ぐこともある」ザンダーは薄い笑みを浮かべた。「あの僧侶は信仰のために死ぬ覚悟をしていた。愚かなやつだが、どこかに拉致して改宗させてもいいと思った。しかし、人間は決められた運命を生きるしかない。だから、わたしは山をおりて、彼に運命をまっとうさせた」

「死なせたわけね」

「ああ」ザンダーは焚き火を見つめた。「人間は誰でも死ぬ。悪人も善人も、罪人も罪のない人間も。おまえだって経験から知っているだろう。おまえのボニーはいい子で、なんの落ち度もなかった」

「あなたにボニーのことなんかわかりっこない。特別な子だった。とてもきれいで、あんなにきれいな子は――」

イヴはザンダーに視線を向けた。もし彼の言うことが事実だとすれば、ザンダーはボニーの祖父なのだ。無意識のうちに、二人が似ていないか確かめようとしていた。ザンダーのくっきりと整った顔立ちには、ボニーとの共通点は見当たらなかった。

焚き火を見つめていたザンダーが顔を上げた。「ボニーがわたしに似ていなくてほっとしただろう」

イヴは内心を読まれたことにいらだった。「似ているわけないわ。あなたはわたしの父親じゃないから。ボニーがどんな顔をしているか、なぜ知っているの？」

「ボニーはおまえの中で大きな部分を占めている。わたしは好奇心の強い人間だと言っただろう。おまえのことを調べたとき、ボニーのことも徹底的に調べた」

「なぜわたしのことを調べたりしたの?」

ザンダーは笑いだした。「怪しげな父親が突然目の前に現れて、よほどショックだったんだな。認めたくないんだろう。汚れた遺伝子を受け継いでいるのが怖いのか?」

「その質問は無意味よ。父親と認めていないから」

「だが、気になるだろう?」

「どんな親から生まれたとしても、わたしはわたしよ。自分なりの理想を持って生きてきた。わたしにとって大切なのは、どんな経験を積んで、どんな人と過ごしてきたかよ」イヴはいったん言葉を切った。「人間には魂があるわ。ほかの人より美しい魂を持っている人もいる。わたしのボニーは……あの子は宇宙を照らすことのできる魂の持ち主だった。どんな遺伝子を受け継いでいたって、あの子が地上で過ごした短い年月の間、まわりのみんなに与えてくれたものは変わらない」

「信じてもらえないだろうがね、イヴ。わたしが感傷的な人間だったら、見捨てた娘に許されたと勘違いしたかもしれない」ザンダーはそう言うと、顔をしかめた。「だが、あいにく感傷のかけらも持ち合わせていないんでね。人生のどこかで捨てざるを得なかった」

「そんなつらい経験をしたようには見えないけれど」

「嘘だよ。同情を引こうとしただけだ」

「感傷も嘘もいらない。わたしの望みはただひとつ」イヴは縛られた手首を上げた。「逃がして」

ザンダーはしばらく黙っていた。「おとりを逃がすからには、その見返りがほしい。ドーンを始末するのが最大の目的だから、おまえを逃がすとなると――」そう言うと、一呼吸おいた。「考えさせてほしい」

「どうせ、からかっているだけでしょう」イヴは手首をおろした。一瞬湧き上がった希望は、すぐ絶望と怒りに変わった。「泣きつく気なんかないから」

「わかっているさ。おまえはそんなことをする人間じゃない。しっかりした価値観を持つのはいいことだ」

「あなたとは相容《あいい》れないけれど」

ザンダーはまた笑いだした。「もう少し互いを理解したほうがよさそうだな」そう言うと、しばらく黙っていた。「逃がしてほしいんだろう？」

「もう頼まない」

「頼む？　そんな態度には見えなかったが」

「わたしがいなくても目的は達せるわ。いずれにせよ、ドーンは煙に気づいてここに来るから、待ち伏せすればいい」

「それもひとつの方法だが、その場合、見返りはどうなる？」

「身の代金を払えと？　いくら出せばいいの？」

「おまえには払いきれない。クインに頼むという手はあるだろうが。あの男は両親から莫《ばく》大《だい》な遺産を相続したから」

「ジョーを巻き込まないで。これはあなたとわたしの問題よ」

「そうだな」ザンダーはつぶやいた。「たしかに、これはおまえとわたしの問題だ」

イヴはぎくりとした。「それはどういう意味？」

「この山奥までやってきて気づいたんだ、ドーンを始末する以外にも来る理由があったことに」

「わたしをドーンから救うために来たとでも？」イヴは皮肉な口調で言い返した。

「いや、それはわたしの主義に反する。だが、知恵を働かせながら命がけで逃げているとわかって、おまえのことを知りたくなった」ザンダーは眉を上げた。「自分でも意外だ。おまえがこの世に存在していることは知っていたし、五年前に調査報告書を取り寄せてからは毎日のように写真を眺めていたが、こんな気持ちになったことは一度もなかった」

「だから？」

「自分に裏切られた気分だ」

「感傷のかけらも持ち合わせていないんじゃなかった？」

「好奇心が強すぎるんだろう。そうとしか思えない」ザンダーはイヴの目を見つめた。

「信じてくれなくても、おまえの父親であることに変わりはない。どうやら、急にその事実が頭から離れなくなったようだ。おまえを理解できたら、自分を納得させられる気がするんだ。そうすればおまえの前から消えることができる」

ザンダーの立場は圧倒的に上だし、何かを奪おうとしているわけでもないから、わたしに嘘をつく理由はないだろう。「父親でもそうでなくても、どうだっていい。今すぐわたしの前から消えていいわ」

「ああ」ザンダーは苦笑した。「おまえもわたしのことを忘れる。その前に質問に答えてくれないか？　好奇心を満足させてくれたら、ロープを切って逃がしてやろう。わたしはここでドーンを待つ」

「質問？」イヴはとまどった。

「何が訊《き》きたいの？」

「クインとの性生活を根掘り葉掘り訊くとでも思ったのか？　その方面に関心はない」

「どんな逃亡生活を送っていたか。どんな子ども時代を過ごしたか。復顔作業中に何を考えているか。それから、ジェーン・マグワイアやボニーのことが知りたい」

「個人的なことばかりね」

「人に話せないようなことじゃないだろう」

「それはそうだけれど――」

「見返りがほしいと言っただろう。高い代償ではないはずだ」

イヴは縛られた手首を見おろした。

ザンダーは革の小袋を取り出して、またビーフジャーキーを差し出した。地面に寝そべって焚き火越しにイヴを眺める。「質問に答えるのは食べてからでいい」

「わたしにも訊きたいことがあるわ」イヴはジャーキーにかじりついた。「本当に逃がしてくれると信じる根拠は？」

「わたしは約束を守る。それがプロだ」

イヴはゆっくりとジャーキーを噛《か》んだ。「居間のカウチに寝そべって、好きなテレビ番組が始まるのを待っているみたいね」

「まさにそのとおりだよ。おまえが質問に答えるのを眺めていたい」

「汚れて傷だらけだと馬鹿にしたくせに」

「汚れや傷が内面の美しさを引き立たせる場合もある。最初見たときは、挑むような目つきと身構えた姿勢しか見ていなかった。それでもおまえは輝いていたよ。いつのまにか、ほかのことは目に入らなくなった」ザンダーは言葉を続けた。「おまえのいろんな表情を見てみたい」

「期待に応える気はないと言ったら？」

「決めるのはおまえだ。だが、チャンスを逃がすのはいい選択ではないな」

「騙《だま》されているだけかもしれないし」

「決定権を握っているのはわたしだ。素直にチャンスをつかんだらどうだ？」

「わたしを理解したいというだけでチャンスをくれるのね」イヴはザンダーを見つめた。

「わたしを娘だと信じているのはわかった」そう言うと、首を振った。「でも、どこか変。信じられない」

「信じなくてもいいから、この状況を利用してみる気になれないか？　質問に答えてわたしを納得させたら、自由になれるんだ。わたしはおまえを心から締め出して、自分の道を進める。ドーンはわたしが始末するから、もう逃げまどわなくてすむ」ザンダーは一呼吸おいた。「緊急事態に備えて用意しておいた予備の電話と武器の場所を教えてもいい。自由への切符が手に入るんだぞ」

イヴは目を見開いた。「電話があれば、わたしはすぐ人を呼ぶわ」

「近くに隠してあるわけじゃない。おまえが通報する前にドーンを連れてここを離れる」

イヴは考え込んだ。「でも、ここにいたと知られたら面倒なことになる。ベナブルはあなたを知っているんでしょう？」

「ベナブルとは少々特殊な関係だ。それに、わたしを味方に引き入れたがる政府関係者がいくらでもいる。それも面倒と言えば面倒だが」ザンダーはにやりとした。「だから、地元警察や州警察が群れをなしておまえの救出に駆けつけたときには、遠く離れたところにいることにする」

「嘘をついているようには見えないけれど」イヴは探るような目でザンダーを見た。「好き好んで追われる立場にならなくても……」

「それも計算ずみだ。過去を語ることでおまえは傷つくにちがいない。だが、わたしたちが対等の立場だと思えば、正直に質問に答える気になってくれるだろう」

「対等の立場？」イヴは縛られた手首を見た。「冗談でしょう」

ザンダーは笑みを浮かべたまま、焚き火越しに無言で見つめている。

待っているのだ。

イヴは炎を眺めた。

ザンダーはひとつ勘違いしている。どんな人生を送ってきたか知られても、わたしは傷ついたりしない。もう過去にとらわれることはない。いいことも悪いことも受け入れて、折り合いをつけることを覚えたから。

ゲームだと思えばいいのだ。こんな山奥では、ほかに時間を潰す方法もない。それなら、話に乗ってみよう。騙されたとわかったら、そのとき対応策を考えればいい。

イヴは視線を上げてザンダーの顔を見た。「質問していいわ」

ザンダーはうなずいた。「生い立ちをたどっていこうか。ボニーのことから訊きたい気持ちもあるが」

「どうして？」

「おまえがあの子のことを話すときは、まだそこにいるような言い方をするからね。だが、しばらく我慢しよう。育った場所の話をしてほしい」

「報告書に書いてあったはずよ」

「おまえの口から聞きたいんだ。何もかも」

イヴは肩をすくめた。「アトランタのスラム街にあるピードモント公営団地」

「どんなところだ？」

「普通のスラム街よ。子どもは環境に適応するのがうまいから、どんなところでも楽しみや慰めを見つける。わたしもそう。もちろん、楽しいことばかりじゃなかったけれど」

「サンドラが薬物依存症になったのはいつだ？」

イヴは体をこわばらせた。「虐待を受けたことはないわ。母にも悩みがあったのよ」

「母親を愛していたんだね」

「ええ、基本的には」イヴは一呼吸おいた。「母のことは話したくない。ほかの質問をして」

「団地のことを話してくれ。どんな部屋に住んでいた？　友達はいたのか？」

イヴは少し肩の力を抜いた。ザンダーがあっさり話題をそらしてくれたのは意外だった。

「四階の狭い部屋。公営団地としては、特別ひどい部屋じゃなかった。ほんの子どもの頃から、わたしは部屋を掃除して、明るい色のシーツやタオルを使うようにしていた。くすんだ色は嫌いだった」

「友達は？」

「小さいときは近所の子と遊んでいたけれど、学校へ行くようになってからは、遊ぶ暇がなくなった。スラムから抜け出すには、優秀な成績をとるか、ドラッグの売人になるか、体を売るかしかないとわかっていたから、わたしにできる方法を選んだ。ドラッグの怖さは身にしみていたし」

「学校のことを話してくれ」

「特に話すようなことも……」

イヴははっとして言葉を切った。ザンダーが訊きたがることを話せばいい。どんな退屈な話題でも、わたし自身や母のことを訊かれるよりはましだ。肩の力がまた抜けた。

「学校の壁は薄茶色で、トイレは落書きだらけだった。どの先生もやる気がなくて、よその学区に異動したがっていた。低学年のときには、子どもが好きで、スラムの子を救おうとしている先生もいたけれど、学年が上がると、先生にもそんな余裕がなくなってしまった。非行少年やギャングのチンピラを相手にするわけだから。先生も生徒も、生き残るために闘わなければならなかった」突然、古い記憶がよみがえってきた。「でも、ひとり楽しい先生がいたの。ミセス・ガービーという先生で、ジョークを連発して笑わせてくれた」無意識のうちに笑みを浮かべていた。「美術は得意だったけれど、算数は苦手で。それで、ガービー先生は朝早く来て、補習授業をしてくれたの。うれしくて……張りきって勉強した」

ひとつ思い出すと、次々と思い出がよみがえってくる。不思議だった。あの頃のことは長い間思い出すこともなかったのに。過去を消し去ることなどできないのだろう。いつも心の奥で、脳裏に浮かぶ機会を待っている。イヴは次第に夢中になって、ザンダーがその場にいることも忘れかけた。

「ガービー先生は、ハロウィーンになると、衣装やお菓子を用意してくれた。お金がないから、シーツを使ってお化けの仮装をしたり……」

9

コロラド州　ゴールドフォーク

「どうかしてるわ」ジェーンとの通話を切ると、ケンドラは電話をポケットに突っ込んだ。そして道具小屋のドアをバタンと閉め、ドーンの家に向かった。「わけがわからない」

「わからないって何が？」マーガレットが追いかけてきた。「ジェーンと話してたんでしょ？　よくなったって？」

ケンドラは首を振った。「薬漬けで朦朧《もうろう》としていたみたい」

「容体が悪化したのかしら？」

「そんな感じでもなかったけれど。イヴの夢を見たから、夢に出てきた風景を描いたスケッチを送るって。それが捜査のヒントになると思い込んでるの」ケンドラは顔をしかめた。

「ジェーンはそんなことを信じる人じゃないと思ってた。イヴを心配しすぎて、頭がおかしくなったのかも」

「話を聞いてあげたほうがいいわ。誰だって夢を見るし、動物も夢を見る。心が解放されると、真理が見えるようになると言う人もいる。夢だからって――」

「今、あなたと夢の話をする気はないわ」ケンドラは歩調を速めてドーンの家に向かった。

「せっかく送ってくれたから、一応スケッチは見てみるけれど――」

「どんな夢だったの？」

「くわしいことは言ってなかった。今思うと、ジェーンも半信半疑だったのかもしれない。冷静になろうとしていたような気がする」

「だったら、なおさらちゃんと聞いてあげなくちゃ。頭が変になったと思われるのを覚悟で電話してきたのなら、ジェーンにはとても重要なことなのよ」

「それはそうだろうけど」

「ジェーンはわたしに電話すればよかったのに。わたしならわかってあげられた」マーガレットは早足になってケンドラと歩調を合わせた。「なぜ家に戻るの？　小屋で何か見つけたの？」

「説明している暇はないわ」ケンドラは家を眺めた。「余裕ができたら説明してあげられるかもしれない」

「今言ってくれたら、わたしも力になれるわ」マーガレットは静かな口調で言った。「そんなにいらいらしなくてもいいのに」

　いらいらして当然だとケンドラは思った。ジェーンからわけのわからない電話がかかってくるし、マーガレットはのらりくらりとして真意がつかめないし。

「あなたに言われたくない。気を静めようとしているけれど、あなたは隣の犬から情報提供されたと言うし、ジェーンは夢の話をするし、異次元に迷い込んだ気分。捜査には一定の手続きがある。こんなふうに進めるものじゃないわ」

「それって本心？」

目を向けると、マーガレットは笑いをこらえていた。ケンドラははっとした。融通のきかないＣＩＡ捜査官のようなことを言ってしまった。正規の手続きにこだわって、一目瞭然の事実を認めようとしない彼らにはいつも悩まされていた。そして、彼らにとってはわたしも理解不能な存在だ。

でも、それとこれとは話が違う。

「気にしないで」マーガレットが慰めようとした。「動揺させるようなことを言ったわたしも悪いの。あなたは自分にも腹を立ててるわ。自分の知っている世界にわたしを引き入れられなくて」そう言うと、にっこりした。「でも、わたしが好きだから、ますます困っている」

マーガレットに好意を持っているのは事実だが、こんなふうに見透かされるのは気分のいいものではなかった。「あなたと話していると、しゃべるジャーマンシェパードになったような気がする。なんて名前だっけ？　ケリー？」

「カーリーよ」マーガレットは笑い出した。「実際にしゃべるわけじゃないわ。漠然としたイメージが伝わってくると言ったでしょ。あら――」家の前にいる若い警官に気づいたのだ。「面倒なことにならないかしら?」

「わたしに任せて」ケンドラは言った。「あなたは黙っていてよ」

「わかった。彼、人がよさそうね。わたしにも扱えるかも」

「だめ」ケンドラはマーガレットを制して、ロリンズ巡査に近づいた。「こちらはマーガレット・ダグラスよ」笑顔で紹介する。「わたしの友達。捜査はもう少しで終わるわ」

ロリンズはうなずいた。「身分を証明するものを見せてもらえますか?」

そう言われて、マーガレットはポケットに手を入れた。

ジェーンの顔写真のついたパスポートを見せるつもりなのだ。ケンドラはひやりとした。

マーガレットは笑顔でパスポートを差し出した。「アメリカに来たばかりで、これしかないの。FBIのコンサルタントとして招かれたのよ」

「アメリカは気に入りましたか?」

「ええ、なかでもコロラドは最高」マーガレットは満面の笑みを浮かべた。「いいところに住んでいるわね」

ロリンズはちらりとパスポートを見おろした。「世界一ですよ」そう言うと、パスポートを返した。「ようこそ、ゴールドフォークへ」視線をケンドラに戻して、ケンドラが道具小屋から持ってきたバールを見つめた。「何か手伝うことはありませんか？」

「助けが必要になったらお願いするわ」

「おわかりでしょうが、室内を荒らさないでください」

「鑑識がさんざん荒らし回ったんじゃないの？」

「ええ、まあ。そのバールは何に使うんですか？」

「まだわからない。でも心配しないで。修復できないほど壊したりしないから」

ロリンズ巡査は曖昧な笑みを浮かべて、ケンドラとマーガレットが裏口から家に入るのを見送った。

大股でどんどん進んでいくケンドラに置いていかれないように、マーガレットは小走りに居間を駆け抜けた。「あの警官、バールを何に使うか気にしてたわ」

「そうね」

「わたしも気になるんだけれど……何をするつもり？」

「この家の一部を壊すことになるかも」

「やっぱり」マーガレットは周囲を見回した。「どこを壊すか決めてる？」

「ええ」ケンドラはマーガレットを促して階段をのぼると、踊り場で止まった。そして、壁下五十センチほどを覆っている四枚の飾り板を指さした。「このうちのどれか」

「こんなにきれいな飾り板を？　どうして？」

「少なくとも一枚は、ドーンが最近、小屋で見た旋盤を使ってつくったものだから。CIAはさんざん家宅捜索しても何も発見できなかったけれど、壁に埋め込んであったら、簡単には見つけられない」

　マーガレットは四枚の飾り板の前にしゃがんだ。「どれも同じに見える」

「そう見えるというだけ。見かけがすべてじゃないわ」ケンドラは飾り板を指でなぞると、三枚目で手を止めた。それから四枚目をなぞって、また三枚目に指を戻した。「これよ」

「間違いない？」

「ええ。ニスが新しくて、ほかの飾り板と手触りが違う。ほかの三枚は表面が堅くなっているけど、これだけは少しねばついている」

　マーガレットは四枚の飾り板を指でなぞった。「わたしには違いがわからないわ」

「信用して。間違いないから」ケンドラは飾り板に施された彫刻をあちこち指先で押した。「秘密の留め具を押したら飾り板が開くなんて、まるで中世の仕掛け家具みたい。ドーンに木工技術があったのは確かね」

　マーガレットは飾り板を押した。「ちょっと押してみたけど、開かない」

「やみくもに押してもだめよ。一晩中やっているわけにはいかないし」

「だから、バールを持ってきたのね」マーガレットはにっこりした。「最初の一撃はわたしに任せて」

ケンドラはマーガレットを見つめた。やってみたくてうずうずしている。「別にいいけど」

「修復できないほど壊さないって、あの警官に約束したでしょ。わたしは約束してない」

マーガレットはケンドラの手からバールを奪った。「ジム・ドーンほど卑劣なやつはいない。イヴを誘拐して、ジェーンを撃たせただけじゃなくて、あんなにたくさんの子どもたちを殺させて平気だった。このバールは正義の鉄槌《てっつい》」そう言うと、飾り板に目を戻した。「ドーンがせっせとつくったものを壊したら、スカッとするわ。汚れた魂が生み出したものには価値はない。見かけがどんなに美しくても」

ケンドラは無言でマーガレットを見つめた。太陽のように明るくて屈託のない娘だと思い込んでいたが、目の前にいるのはしたたかで強い女性だ。

「それなら、あなたの好きなようにして」

マーガレットはバールを握った手を後ろに上げると、力任せに振りおろした。


こんな田舎町で暮らすぐらいなら死んだほうがましだ。

ブリックはそう思いつつ、ジム・ドーンの家から少し離れた道路に車をとめた。ひっきりなしにミニバンやSUVが通り過ぎていく。どの車の後部座席にも子どもが乗っていて、ビデオモニターの光が顔を照らしている。ずっとこの町にいたら、今ごろどんな仕事をしていただろう？　銃のセールスマンか、建設現場の監督か、警察官か？　ケチな仕事ばかりだ。ケヴィンと出会わなかったら、ここでそんな人生を送っていたはずだ。ケヴィンに目をかけてもらったおかげで、それまで知らなかった贅沢《ぜいたく》な暮らしができるようになった。

ケヴィンはどうして死んでしまったんだ？　ケヴィンが殺されたときの悔しさと悲しみを思い出すと、今でも涙がにじんでくる。

くよくよしていてもしょうがない。それより、仕事だ。子どもの使い走りみたいな仕事で、ケヴィンに仕込まれた男のする仕事じゃないが。ドーンは隣の男の子に電話して、あの箱を取ってこさせればよかったんだ。家の前には見たところ、武器を構えた兵士も、警察犬も、連邦機関の職員もいない。さえない田舎警官がひとり、所在なげに携帯電話を眺めているだけだ。フェイスブックを見ているか、つまらないゲームでもしているんだろう。

ブリックは車をおりると、ジャケットのポケットに忍ばせた煙草《たばこ》の箱くらいの電波妨害機のスイッチを入れた。家に近づきながら警官に笑いかける。「こんばんは」

警官が携帯電話から目を上げた。「ここに何か？」

「ＡＴＦのゲーリー・ディーコンだが」ブリックはそう言うと、バッジを見せた。「午前中に着くはずだったのに、思ったより時間がかかってしまって。家の中をざっと見せてもらえばすぐに――」

「ちょっと待ってください」警官はバッジを眺めた。「ＡＴＦ――アルコール・煙草・火器および爆発物取締局ですね。リストにはありません」

「さっきも言ったように、午前中に来るはずだったんだ」ブリックは警官がシャツにつけているバッジを確かめた。「すまないな、ロリンズ巡査」

「時間はいいんですが、リストに載ってない以上――」

「勘違いかな。予定では昨日か一昨日に来るはずだったかもしれない。ほかにリストはないのか?」

ロリンズは手帳を開いて調べた。「いや、ATFから来たのはあなたが初めてです」

ブリックは舌打ちした。「なあ、遠くからわざわざやってきたんだ。ちょっと見せてくれたっていいだろう。長居はしない」

「待ってください。署に問い合わせてみます」ロリンズはメール画面を開いた。〝ネットワークに接続できません〟という表示が現れた。「おかしいな。朝からメールが四件届いていたのに」

「おれの携帯を使ってみたらいい」ブリックは自分の電話を取り出して、画面を見つめた。「だめだ。おれのもつながらない」そう言うと、ため息をついた。「明日午後の早い便でワシントンに帰らなくちゃいけないんだ。なんなら、いっしょに家に入ったらいい。ちょっと見回して、武器を隠匿している形跡はなかったと上司に報告できればいいんだ」

「武器隠匿ですか?」

「ああ、ドーンに関する報告書に書いてあった。よその機関は知らないらしい。ざっと見て、けりをつけたい。十分でいいから」

ロリンズはためらっていたが、携帯の画面をしばらく眺めてから顔を上げた。「申し訳ありませんが、例外は認められないんで」

ブリックはうなずいた。「しかたないな。規則は規則だ」電話をジャケットの内ポケットにしまった。「許可してくれても、数分先になっただけだが」そう言うと、抵抗する隙を与えず胸に銃口を突きつけた。

そして、二度引き金を引いた。


ケンドラははっとして顔を上げた。「今の音、聞いた？」

マーガレットは踊り場に膝をついて飾り板の破片をかき集めていた。「パンという音がしたけど、なんの音かしら？」

「玄関のほうから聞こえた」なんの音かケンドラにはわかっていたが、マーガレットには言わなかった。携帯電話の画面の光を砕いた飾り板に向けた。「中をのぞいてみて。壁の中に何かない？」

「もうちょっと左に当てて」マーガレットは壁の穴をのぞいた。「あるとしたら、たぶんこっちだと――あった！」手を差し込んで、輪ゴムをかけたボロボロの小さな段ボール箱を取り出した。「今にも崩れそう。支えているから、箱を開けてみて」

「その暇はない。早く裏口から逃げないと――」

突然、踊り場の大きな窓に懐中電灯の光が反射して、ケンドラとマーガレットを照らした。

そして、マーガレットが持っている箱も。

「急いで！」ケンドラは小声で言った。「さっき聞こえたのは銃声。サイレンサー付きピストルの」

二人は階段を駆けおりたが、下に着かないうちに、玄関ポーチからまた同じ音が聞こえた。

二階に戻ろう。外には逃げられない。

引き返している間にも立て続けに銃声が響く。

「止まれ！」男の声が叫んだ。

それでも階段をのぼってこない。二人が警官かＣＩＡ捜査官で、武器を携帯していると思い込んでいるのだろう。

銃さえあれば。

「こっちよ」ケンドラはマーガレットを促して階段をのぼりきった。

男の正確な位置を把握しなければ。

目を閉じて。集中して。

階下から押し殺した息遣いが聞こえる。呼吸は規則的だ。銃にも、人を殺すことにも慣れた男にちがいない。

たぶんロリンズを殺したのだろう。あの若い巡査は妻と赤ちゃんのもとに二度と帰ることはできない。

ケンドラはマーガレットに顔を向けた。

マーガレットは落ち着いていた。涙も見せず、真剣な顔で集中している。

よかった。これなら、だいじょうぶ。

ケンドラはそっとポケットから携帯電話を取り出して、画面を見た。

〝ネットワークに接続できません〟

やられた！

「あいにくだな。おりてきたらどうだ？　話し合おう」階下から声がした。ケンドラの電話のかすかな作動音に気づいたのだ。

わたしに劣らないほど聴覚の鋭い男だ。

頭に入れておかなくては。

「電話はつながらない。固定電話回線も切ってある」

マーガレットは自分の携帯電話をケンドラに見せながら首を振った。画面にはケンドラの電話と同じ表示が出ていた。

あの男の仕業だ。電波妨害機を使ったにちがいない。

「言っておくが、その窓から飛びおりたら確実に死ぬぞ」

突然、マーガレットが階段から身を乗り出して叫んだ。「さっさと上がってきたらどう？　頭を吹っ飛ばしてやる」

凄《すご》みのある声にケンドラは驚いた。ふだんのマーガレットとぜんぜん違う。こんな非常時でなかったら、きっと面白がっていただろう。

それなりの効果はあったようだ。階下で物音がしなくなった。

でも、こんな脅しがいつまでも通用するわけがない。ケンドラは壁に寄りかかって、神経を集中しようとした。この家の間取りを思い出す。どこかに隠れられる場所か、逃げ出す出口があるはず。

足音が近づいてきた。一歩、そして、さらに二歩。わたしたちが武器を持っていないことに気づくのは時間の問題だ。

「箱をこっちに投げろ」男が言った。「そしたら黙って出ていく。それで終わりだ」

ケンドラはマーガレットが持っている箱を見おろした。一瞬、男の要求を呑《の》もうかと思ったが、それはできなかった。イヴを見つける手がかりが入っているかもしれない。

「何が入ってるかも知らないんだろう？　さっさと渡せ」

「パキスタンの潜入捜査官のリストを記したディスクでしょう?」

「はずれだ」男は含み笑いをすると、また二歩進んだ。「中身も知らないのに命がけで守ることなんかないだろ」

ケンドラは言い返せなかった。

「おまえたちは何者だ? CIAか? 上の連中はおまえたちが死んだってなんとも思わない。狙いは箱だけだ。命を粗末にするな」

ケンドラは靴を脱ぐと、動かないようマーガレットに合図してから、足音を忍ばせて奥の主寝室に向かった。

「あがいても無駄だ」男が言った。「いくら探したって、隠れる場所なんかない」

やっぱり極端に聴覚が鋭い。

ケンドラは主寝室に入って、ガス暖炉に近づいた。そして、暖炉のつまみを目いっぱい時計まわりに回した。マントルピースの上にあった長いピストル型ライターをつかむと、ケンドラは急いで廊下に引き返した。

また三歩、近づいてくる足音が聞こえた。

ケンドラは頭の中で集計した。一歩、二歩、そして三歩。全部で八歩。ということは、階段を半分のぼっている。

これ以上近づけてはだめ。ガスが充満するまで時間稼ぎをしなくては。

「この箱には何が入ってるの？」ケンドラは大声で訊いた。

「知らないほうが身のためだ」

「知りたい」

「悪いことは言わない。素直に渡せ」

「そんなに急《せ》かさなくてもいいでしょう。危害を加える気はないし、加えられる気もない」

「話がわかってきたらしいな。こっちに投げろ」

「ちょっと待って」ケンドラはマーガレットを振り返った。

マーガレットは箱をとめた輪ゴムをはずして蓋を開けると、中をのぞいてから、ケンドラが差し出した手の上で箱を逆さまにした。風雨にさらされた〈モレスキン〉の手帳が転がり落ちた。

ケンドラはすばやく調べた。ひょっとしたらと期待していたが、データディスクははさまっていなかった。ページを繰ってみたが、名簿などはどこにもなく、日記か何かのようにぞんざいな走り書きがしてあるだけ。

いいえ、間違いなく日記帳だ。誰が書いたのだろう？

「いつまで待たせるんだ？」男が叫んだ。

ケンドラは日記帳をウエストポーチにしまうと、上からシャツをかぶせた。急いで箱に輪ゴムをかける。「今、渡すから」

「やっと観念したか。さあ投げろ」

ケンドラは廊下の突き当たりの主寝室にちらりと目を向けた。タイミングを少しでも間違ったら、わたしもマーガレットも殺されてしまう。

ミスは許されない。

ケンドラは階段に近づくと、箱を放り投げた。箱は踊り場の壁にぶつかってから、階段を下まで転がっていった。

「よし、いい子だ」

男が箱を引き裂く気配がした。あと数秒稼がなくては。

ケンドラは階段に近いほうの客用寝室に入って、本棚から小さな木製の置物を三つ取ってきた。

あとは待つだけ。

「くそっ！」男が大声で悪態をついた。

それが合図だった。ケンドラは階段に向かって置物をひとつ投げた。そして、もうひとつ。それから、マーガレットを促して客用寝室に隠れた。

どうかうまくいきますように。

男が階段を駆け上がってきた。猛烈な勢いで最後の数段をのぼりきると、ケンドラとマーガレットがいる客用寝室の前を通り過ぎて、主寝室に向かった。

今だ！

ケンドラはライターの引き金を引くと、ひとつ残っていた置物をトリガーガードにはさんで炎が消えないようにした。

立ち上がってライターを男の背後に投げる。ライターはくるくる回りながら、まるでスローモーションのように転がっていった。

主寝室にいた男が振り向いて、銃を構えた。

その瞬間、充満していたガスに火がついた。

大きな爆音。

ケンドラはとっさにマーガレットに覆いかぶさって、頭の上に降ってくる破片から守ろうとした。

しばらくして顔を上げると、黒い煙が廊下まで広がり、無数の炎がちらちら燃えている。主寝室から走り出してくる男の姿はなかった。だが、まだ安全が確保されたわけではない。

「早く」ケンドラは言った。「外へ！」

ケンドラとマーガレットはまっしぐらに階段に向かった。

ブリックはよろよろと立ち上がった。生きているのが信じられない。煙がしみて目が痛い。相当煙を吸い込んでしまったらしい。

どれぐらい気を失っていたのだろう？　おそらく、ほんの数秒だ。それ以上だったら煙に巻かれて死んでいたはずだ。

耳がガンガンして、顔面の左側にうずくような痛みを感じた。そっと頬に手を当ててみると、冷たくてねばねばしている。

血だ。

耳鳴りがしてよく聞こえないが、階段で足音がしたような気がする。あの女たちだ。

これから追いかけても捕まえられないだろう。今回は見逃してやる。

それより、生きてここから出ることを考えたほうがいい。やっとの思いで主寝室から廊下に出て、階段にたどり着いた。

ここまで来ると、煙はそれほどひどくない。

一段一段、慎重におりた。ようやく一階に着くと、玄関のドアは開け放たれている。

女たちがドアの向こう側で待ち伏せしているのだろうか？

まさかとは思うが、その可能性もなくはない。爆風の中で銃をなくしてしまった。ふらつきながら、アンクルホルスターにおさめた予備のベレッタを取り出した。顔の前に構えて、恐る恐る玄関を出た。外には誰もいなかった。

家の前の道を女が二人、遠ざかっていく。小柄なほうの女に見覚えがあった。目を凝らしたとたん、視野が曇った。傷口から血が滴ってきたのだ。ブリックはシャツの袖で血をぬぐった。

あれは誰だ？　おれをこんな目に遭わせて、あの日記帳を盗んだやつは？

思い出した。島だ。サマーアイランドでジェーン・マグワイアを撃ったとき、あの女はそばにいた。調べれば、すぐ誰かわかる。

だが、今夜いっしょにいたのはジェーン・マグワイアではなかった。いったい誰だ？

ブリックはパトカーに近づいた。ロリンズ巡査の業務日誌がまだボンネットの上にのっていた。ぱらぱらとページをめくると、血のついた指紋が残った。かまうもんか。知りたいことを突き止めたら、すぐここを離れる。爆発に気づいた付近の住人が道路に出てきた。もうじきパトカーが来るだろう。やっと日誌の最後のページまでめくった。最新の訪問者の名前が記されていた。

これが、もうひとりの女の名前にちがいない。

ドクター・ケンドラ・マイケルズ。

レンタカーで州道23号線を進みながら、ケンドラはバックミラーをちらりと見た。「ちゃんと見張っていてよ」

「さっきから何度も見てるけど」助手席に座っているマーガレットが体をくねらせて後ろを見た。「何を見張ればいいの？　あいつがどんな車に乗っているかわからないのに。追ってくると思う？」

「追いかけてはこないと思うけれど、用心に越したことはないから」

「でも、もしかしたら……」マーガレットは最後まで言わなかった。

「死んだ？」

マーガレットはうなずいた。「あの爆風の感じだとそれはないと思う。腕の一本ぐらいはなくしたかもしれないけど」

命からがら逃げ出してから、まだ十分と経《た》っていない。ケンドラはまだ動悸《どうき》がおさまっていなかった。ドーンの家の前の舗道には、不運な巡査の遺体が横たわっていた。そばの芝生に足跡が残っていたから、犯人は冷酷にも遺体をまたいで家に入ったようだ。消防車が二台、回転灯をつけサイレンを鳴らしながら、対向車線を通り過ぎていった。

マーガレットは座り直した。「爆風で吹っ飛べばよかったのに。あの気のいい警察官を殺すなんて。あいつの声、大嫌い。あんな声、聞いたことある？」

「ええ、何度か」

「ジェーンを撃ったぐらいだから、卑劣なやつなのは知ってたけど」

ケンドラははっとしてマーガレットに視線を向けた。「どういうこと？」

「テレンス・ブリックよ。寝室に駆け込んでいったときに見ただけだけど、あの赤毛とそばかすに見覚えがある」

「それは確か？」

「間違いないわ。サマーアイランドの防犯カメラの映像をジョーに見せてもらったから」

「早く教えてくれればよかったのに」

「逃げるのに必死だったもの。それに、わたしが教えなくても、あなたなら突き止めたはずよ。あんなことをするのはドーンの共犯者以外にいない」

「友達のジャーマンシェパードに訊いてみたら？」

マーガレットは笑い出した。「今度会ったら訊いてみる」そう言うと、真顔になった。

「ブリックはわたしたちを殺す気だったわね」

ケンドラはウエストポーチから古びた〈モレスキン〉の手帳を取り出した。「わたしたちを殺してでもこれを手に入れたかったのは確か」

マーガレットはぱらぱらとページをめくった。「ＣＩＡが捜していたのはこれなの？」

「ディスクだと聞いたけれど」ケンドラは車を路肩に寄せて、街灯の光が当たる場所につけた。「さっきちらりと見た感じでは、とりとめもない走り書きや、青臭い詩だけだった」

「わたしが日記を書いたらこんな感じかも」

「わたしも十代の頃はこんなことを書いていた。誰だってそういう時期があるのよ」

「でも、日記を奪われたぐらいで人を殺そうとする？」マーガレットはしばらく日記帳を見つめていた。「ケヴィンよ。これはケヴィンの日記帳だわ」

「わたしもそう思う」

「パキスタンに潜入している捜査官の名前が、どこかに暗号で記されているとか？」

ケンドラは日記帳をめくった。「ブリックの言ったことを信用するわけじゃないけれど、ディスクより重要なものだと言ってる感じがしなかった？」

マーガレットはうなずいた。「なんて言ってかしら。中身も知らないくせに命がけで守ることなんかないとか――」

「日記を手に入れたらわたしたちを殺す気でいたから、出まかせだったのかもしれない」

ケンドラはまた日記帳に目を向けた。「でも重要なものだとしたら、その理由を突き止めたい」そう言うと、開いたページに目をとめて、ぎょっとしたように見つめた。「これは自分が殺した被害者に宛てた手紙だわ。殺したことで永遠の純潔を与えてやったと書いてある」

「ひどい」

「それに、ここには警察を振り回してやったと得意気に書いてある」ケンドラは顔を上げた。「たしかに、青春の悩みを記した日記じゃないわね。ほかにまだ何かあるはずよ」

「ベナブルに渡したほうがいいんじゃないの？」

「最終的にはそうするけど、今はだめ」

「どうして？」

「CIAとわたしたちの関心は必ずしも一致しないから」

マーガレットは問いかけるような目を向けた。

「ベナブルはディスクのことをクインに教えても、日記帳の存在を隠していた。それが引っかかるの」

「ベナブルも日記帳のことは知らなかったのかも」

「あれだけ優秀な捜査官が五年もかけて捜していたのよ。知らないとは考えられない」

「何が言いたいの？」

「わたしたちはイヴを無事に取り戻すことを最優先している。これまでの経験から言うと、CIAに限らず、どの捜査機関にもそれぞれの思惑がある。外部に出したくない秘密とか官僚主義とか」

「言いたいのはそれだけじゃないでしょ」マーガレットは穏やかな口調で問いつめた。

「はっきり言って」

「ベナブルがそうするとはかぎらないけれど」ケンドラは前方を見つめた。「政府関係者が平然と被害者を犠牲にするのを何度か見てきた」

「イヴを犠牲にするというの？　まさか……」

「大義名分を掲げて、不運にも巻き添えになってしまったと説明する可能性がなくはないということ」ケンドラは口元を引き締めた。「わたしはイヴとジョーのためにこの調査をしている。潜入捜査官に関心はないわ」そう言うと、日記帳を手に取った。「ここから必要な情報を引き出すまで、渡す気はない。納得してくれた？」

「納得できないわ」

「どうして？」

「何もかもひとりでやってるような言い方をするのが気に入らないから。わたしもいるのに」マーガレットは一呼吸おいた。「ところで、これからどうするつもり？」

ケンドラは少し考えた。「ゴールドフォークではもうすることがないから、南に向かう」

「南？」

「ミネラル郡よ。ドーンの車のカーラジオが、あの一帯の放送局の周波数に合わせてあった。最近、あそこにいた可能性がある。ここから三、四時間で行けるし」

「それはいいとして」マーガレットはフロントガラス越しに前方を見つめていた。「わたしはどうなるの？」

「どうなるって？」

「言ったばかりよ。何もかもひとりでやろうとしないで。わたしの協力が必要よ」

「好奇心から訊くけれど、どういう点で？」

「わたしは動物だけじゃなくて人間の扱いもうまいの。たいていの人はわたしを好きになってくれる」

ケンドラはうなずいた。「自分では意識してないのかと思ってた」

「これでも、ずっとひとりで生きてきたのよ。自分の力を最大限に活用してね」マーガレットはほほ笑んだ。「あなたに守ってもらわなくてもひとりでやれる。いっしょにやりたくないと言うなら、それでもいいわ。でも、この先何度も顔を合わせることになるでしょうね」

マーガレットに別の顔があるのはわかったが、それでもケンドラは心配だった。ここで別れたら、気がかりでしかたがないだろう。

「それなら、もうしばらくいっしょにいてもいいわ」

マーガレットはこぼれそうな笑顔になった。「いい選択ね」

ケンドラは車を発進させた。「あなたに言われると、いい選択とは思えなくなってきた」

10

コロラド州　リオグランデ・フォレスト

「どうした?」ザンダーが促した。「先を続けてくれ」

「話し疲れた」イヴは言った。「もう一時間以上、質問に答え続けてるもの。もういいでしょう。わたしは特に興味を引く人間じゃないわ。平凡で、友人も多くないし、ずっと同じ仕事をしているし」

「そんなことはない。とても魅力的だよ」ザンダーは肘をついて横になったまま、焚き火《たび》越しにイヴを見つめた。「そう感じるのは、おまえとつながりがあるからかもしれないが。人を愛するのは、無意識のうちに相手の中に自分を見ているからだという説がある。言い換えれば、人間は基本的に自分しか愛せないということだ」

「ずいぶんシニカルね」

ザンダーは声をあげて笑った。「そう言うだろうと思った」

「あなたはどうなの?」

「一理あると思う」

「言っておくけど、わたしたちの間につながりなんかないわ」

「おまえは血のつながりを認めようとしないが、こうしていっしょに過ごしていると、絆《きずな》が生まれる。そうだろう?」ザンダーは含み笑いしながらイヴの表情を観察した。「愛情とは言わない。だが、今ではおまえのことを恋人より知っている。子ども時代の些細《ささい》な経験や日常的な出来事を打ち明けたことなんかないだろう。そんな話には誰も興味がないと思っている」

「それなら、なぜこんな質問をしたの?」

「相手を知るには、断片をつなぎ合わせて全体像をつかむのがいちばんだからだ」

「それで、全体像はつかめた?」

「いや」ザンダーは一呼吸おいた。「まだボニーのことを聞いていない」

イヴはしばらく黙っていた。「話したわ」

「うわっつらだけだ。おまえの気持ちを察して、傷口に触れるような話題は避けるべきかもしれないが、あいにく、その種の感傷は持ち合わせていない」

「それはもう聞いた」

「お互い相手が理解できてきたようだな。ボニーのことを話すとき、まだそこにいるような言い方をする理由を説明してくれたら、おまえをもっと理解できる」

やっぱり話はここに戻ってくる。これだけいろんな質問をしたのだから、ボニーのことはもういいのだろうと思っていた。

「話したくないのか」

「あなたに話すようなことは――」イヴは肩をすくめた。「何が知りたいの？」

「言っただろう。ボニーについてだ」

「まだそこにいるような言い方をする理由？　あの子といつもいっしょだからよ」イヴはザンダーの目を見つめた。「これからもずっと」

「淡々と言うんだな」

「悲しみのどん底を突き抜けただけ」イヴは淡い笑みを浮かべた。「わたしが悲しむのをあの子は望んでいないもの」

「どうしてわかる？」

「くどいわね、あなたも」イヴはしばらく黙っていた。「あの子がそう言ったのよ」

「というと？」

「頭が変だとわたしに認めさせたいわけ？」イヴは肩をそびやかした。「娘が霊になって来てくれるの。そのことにはいくら感謝しても感謝しきれない。最初に来てくれたのは、あの子を失って絶望のあまり死を考えたとき。わたしが生きているのは、あの子のおかげよ」そう言うと、ザンダーから目をそらせて焚き火を見つめた。「それだけのこと。神秘体験でもなんでもない。笑いたければ笑っていいわ」

「神秘的だとは思うが、笑ったりしない。そうじゃないかと思っていたよ」

「察しはついていたというの？」

「ああ、おまえの表情や話しぶりから。チベットの僧院にいたときに興味を引かれて、死後の世界を研究したことがある。チベットの山では何度も不思議な経験をしたよ。悪魔や天使や輪廻《りんね》に関するさまざまな言い伝えがあった。ボニーはおまえの守護天使なんだろう」

「ボニーはボニー。何者にも置き換えられない存在よ」イヴは焚き火を見つめたまま続けた。「悪魔の存在については、これまで考えたこともなかったけれど……」

「今は信じているのか？」

「ケヴィンのこと」イヴは少し考えてから言った。「ケヴィンの悪霊が父親に乗り移ったとしか思えないときがあるの。おかしな話ね」

ザンダーはほほ笑んだ。「ボニーは歓迎しても、ケヴィンは受け入れられないのか。おかしな話じゃない」

「受け入れるのが怖いの」

「どうして？」

「ケヴィンの悪霊がボニーに近づくのを認めることにもなる。わたしにはあの子を守ってやれないのに」

「ボニーは自分で自分の身を守れるだろう。正義は最後には勝つ。そうだろう？」

「本当にそう思う？」

「わたしには理解の及ばない世界だからな」

「わたしだって最初は信じられなかった」イヴは眉をひそめた。「こんな話、退屈でしょう」

「いや、とても面白かったよ」

「楽しんでもらえたのなら、あなたが人殺しのうえに嘘つきじゃないことを証明して」イヴは手首を差し出した。「逃がしてくれるわね？」

ザンダーはしばらくイヴを見つめていたが、ゆっくり立ち上がると、焚き火を回ってきた。「わたしは基本的に嘘はつかない」イヴの前に膝をつくと、ポケットからナイフを取り出してロープを切った。「約束は守るが、もう少しおとなしくしていてくれ。餞《はなむけ》をやるから」

「え？」ナイフの冷たい刃を首筋に感じて、イヴは体をこわばらせた。

「警戒しなくていい」ザンダーはイヴのチュニックの襟を切り取った。「着ているものを取り換えよう。おまえに有利な交換だ」そう言うと、黒い防寒ベストを脱いだ。「逃がしてやったのに凍死されては困るからな」イヴにベストを着せると、いちばん上のボタンをとめた。ベストはザンダーの体温で温まっていた。

「あなたが風邪をひくわ」

「ちょっとズボンの裾をまくるよ」

「何をするの?」

「すぐ終わる」ザンダーはイヴのズボンの裾を巻き上げた。「二枚はいていたのか。ドーンから逃げるときに用意しておいたんだな」

「できるだけ厚着しておこうと思って。いったい、何を――」ザンダーが自分の黒いデニムパンツの裾から大きな鞘《さや》付きナイフを取り出すのを見て、イヴは目を丸くした。「ほかにも持っていたの? 用心深いこと」

「わたしの仕事は用心しすぎるくらいでちょうどいいんだ」ザンダーはイヴの脚にアンクルホルスターを着けた。「細い脚だな。ブーツを履いていれば簡単だったのに」

「大型ナイフを隠し持つような生活はしていないから。アンクルホルスターは見たことがあるわ。キャサリン・リングが着けていた」

「誰だ、それは?」

「友人のCIA捜査官。並はずれた頭脳と強靭《きょうじん》な精神力の持ち主よ」

「ベナブルの部下か?」

「いいえ。単独で行動するタイプ」

「なるほど、それで気が合うんだろう」ザンダーはイヴのふくらはぎに革ひもを巻きつけた。「彼女のことは話してくれなかったな」

「質問されなかったから。短時間でわたしのすべてがわかるはずないわ」

ザンダーは腰をおろしてズボンの裾を下げた。「なんなら、あと一、二時間話を聞かせてもらってもいい」

「お断り」

「ああ、もう充分だ。ナイフの使い方は知っているか?」

「いいえ」

「とにかく、不意をつけ。ドーンはおまえが武器を持っているとは思っていない」

「なぜここまでしてくれるの?」

「武器を持っていないせいで、あいつに殺されては困る。なぜかそれだけは許せない」

「どうして?」ザンダーが答えないので、イヴは肩をすくめた。「なんだかよくわからないけれど。それで、携帯電話はどこに隠してあるの?」

ザンダーは小首を傾《かし》げて笑みを浮かべた。「そう来たか」

「電話があれば逃げられる。ドーンに負けたくない」

「おまえが監禁されていたログハウスから山をくだったところに町がある。そこに電話と銃を隠しておいた」

の？」

「町？」イヴは目を見開いた。「渓谷に屋根がいくつか見えたけれど、人が住んでいる

「百年ほど前に鉱山が閉鎖されて以来、誰も住んでいない。建物は残っているが、ネズミの巣だ。ゴーストタウンだよ」

イヴは希望がしぼんでいくのを感じた。何を期待していたのだろう？　この山奥に拉致されて以来、期待どおりになることなど一度もなかった。ここで挫《くじ》けていられない。

「電話を隠したのはどの建物？」

「酒場だ。看板はないが、山からおりて最初に見える建物だ。鉱山労働者の気晴らしは酒ぐらいだった。町に出ると酒場に直行していたんだろう」

「酒場のどこ？」

「カウンターの下にある、棚の端に隠してきた」ザンダーは不審そうに目を細めてイヴを見た。「銃のことは訊《き》かないんだな。使ったことはあるのか？　さっき渡したナイフもろくろく使えないんだろう？」

「いざとなったら、ドーンを殺せるのかという意味？」イヴは口元を引き締めた。「ずっとそのことを考えていた。簡単にはいかないだろうけれど」そう言うと、しばらく黙っていた。「ドーンのようなモンスターは生かしておけない。その気持ちに迷いはないわ。初めての経験でもないし」

「調査書にそうは書いていなかった」

「ボニーの遺体と殺人犯を何年も捜し続けて、いやというほどモンスターを見てきた」イヴはザンダーを見つめた。「でも、殺すと決めて向き合うのは簡単じゃない」

「そのことは誰よりもわたしが知っている」

「慣れると楽になった？」

「いや。考えないように心を閉ざすだけだ」

「わたしにはできそうにない」イヴは立ち上がると、森に向かった。「もう行くわ。あなたがドーンを殺すのを祈ってる」

「それなら、おまえが手をくださずにすむからな」

イヴは振り返った。「かもしれない。でも、ドーンはモンスターと言いきれるのに、あなたを同類だと思えなくなってきた」

「わたしをモンスターと言いきる人間はいくらでもいる。ドーンもそのひとりだ」ザンダーは敬礼するように手を上げた。「あのゴーストタウンまでは相当距離がある。ドーンが家にいないのを確かめるまでは、道路に近づくんじゃないぞ。わたしがドーンを追っているのを忘れるな。あいつは町の様子を知っているようだ。酒場の埃《ほこり》だらけの床に足跡があった」

「さようなら、ザンダー」

にするだろうな」

ザンダーは笑顔でうなずいた。「わたしがなんと言っても、おまえは自分の思ったよう
「ええ」

「最初で最後の父親らしい忠告をするつもりだったが、おまえは父親と認めないから、素直に聞くはずがない。そんなことはわかっていたはずなのに、柄にもなく衝動に駆られたらしい」ザンダーはにやりとした。「イヴ、おまえには人を動かす力がある。娘だから、そう言うんじゃない」そこで一呼吸おいた。「また体をこわばらせた。娘と呼ばれるのがいやなんだな。今は受け入れようとしないが、いつかわたしに訊きたいことが出てくるだろう。おまえのようなまっすぐな人間は、いつまでも真実から目をそらせてはいられない」

「受け入れる準備ができたら、その真実とやらを説明するつもり?」

「ああ、気が向いたら話すことになるだろう。そのために、もう一度会う必要があるな」そう言うと、背を向けて焚き火を消し始めた。「もう行け。ぐずぐずしていると、ドーンに捕まるぞ」

「行くわ」イヴはザンダーから視線をそらすことができなかった。焚き火に照らされた髪は白いが、きびきびした動作は若者のようだ。彼と過ごした不思議な時間を思い出すと、さまざまな感情が湧き上がってきた。父親だなんて信じられないし、彼の言うことがどこ

まで本当かもわからない。だが、ひとつ確かなことがあった。ザンダーは約束を守って、わたしを逃がしてくれた。

ザンダーが顔を上げた。「めそめそするな。いっそ氷のような言葉をぶつけられたほうがましだ」

「めそめそなんかしていない」イヴは背を向けた。でも、このまま黙って別れたくない。「気をつけてね」そうつぶやくと、急いで森の中に入った。

ザンダーは含み笑いをしながら、遠ざかるイヴの後ろ姿を見送った。

絞り出すような声で別れを告げていった。わたしにはあんなことは言えない。

はたしてそうだろうか？　ザンダーは自問した。自分がドーンの関心を引きつけておくから、その隙にゴーストタウンに行けと指示したのは、気をつけろと言ったのと同じではないか。

いや、これ以上考えるのはよそう。目的は果たした。イヴに対する好奇心は満たされた。だが、イヴは共に過ごした時間から何かを得られただろうか？

だめだ、また考えている。それよりさっさと仕事にかからなくては。

イヴをおとりに使わないと決めた以上、ドーンとのゲームはやりにくくなったが、計画はちゃんと立て直してある。あとは実行するだけだ。ドーンも馬鹿ではないから、追いかける相手がイヴ以外にも出てきたことにいずれ気づくだろう。もう気づいている可能性もある。

そう思うと、ザンダーはかすかな興奮を覚えた。こんなことは久しぶりだ。仕事に対しては常にパズルを解くような冷静さを貫いてきた。今回はイヴのことがあるからだろうか。いや、彼女は計算に入れないと最初に決めた。またドーンに捕まらせたらわたしの負けだ。負けるのは嫌いだ。

イヴを気絶させて捕まえた場所まで戻ると、ザンダーは二人がそこで出会った痕跡を徹底的に消し去った。それから、イヴが通ってきた道をたどりながら、地面をならしたり、下草で隠したりして足跡を入念に消した。最後に、くっきりしたイヴの足跡を二つ見つけた。これならうまくいきそうだ。

リュックから〈インスタモールド〉の容器を取り出した。シールをはずすとすぐ足跡の上に広げた。空気に触れると固まってしまうからだ。イヴが通らなかった道に足跡をつけていくにはシリコン系の印象材を使ったほうが確実だが、シリコン系は固まるのにかなり時間がかかる。

二、三分で型が取れた。まあ、これでいいだろう。霜がおりて固まった泥道のところどころに型を押しつけておこう。ドーンを思いどおりの方向に導けば目的は達せられる。万全ではないが、暗がりならばれる恐れはなさそうだ。

型取りがすむと、イヴのチュニックから切り取った襟を取り出した。藪《やぶ》や木に引っかかっているのがドーンの目に入るくらいの大きさに裂く。

それから、焚き火をした場所に戻って、自分の痕跡を丁寧に消し、イヴだけがいたように見せかけた。それをすますと、完全に火を消してから森の中に入った。

焚き火から離れたイヴの足跡を消すには、それほど時間はかからないだろう。全部終えたら、またここに引き返してきて、イヴが向かったのと逆方向に進もう。あのログハウスやゴーストタウンに通じる道と反対方向に。

イヴと同じ道を進んで、途中でドーンを待ち伏せしたほうが簡単だが、それではイヴに危険が及ぶ可能性が高い。

焚き火のあったところまで引き返してくると、ザンダーはイヴと反対方向に歩き出した。自分の足跡を消しながら、彼女の足型を押していく。ところどころで石を動かしたり、泥を蹴散らしたり、通った方向へ草の茎を折り曲げたり、木の葉から露のしずくを払ったりして、ぬかりなく目印をつけた。それと同時に、とげのある木の枝に襟の切れ端を引っかけた。一度にたくさん残さないように注意する。やりすぎは禁物だ。

さあ、かかってこい、ドーン。イヴはよく闘っているが、今度の相手はわたしだ。捕まえられるものなら捕まえてみろ。

「寝ていなくていいのか？」ジェーンがベッドのそばの小テーブル前に座っているのを見て、ケイレブは眉を上げた。「トレヴァーが病院中の看護師を味方につけたらしいが、できるだけ安静にしたほうがいい」

「無理はしていないから」ジェーンはノートパソコンから目を上げなかった。「それに、トレヴァーは看護師を味方につけたわけじゃない。説得してくれただけ」

「それはどうだっていいが」ケイレブはベッドに寄りかかった。「ところで、彼は？　昨夜は気をきかせてきみと二人にしてやったのに」

「わたしのスケッチを見せるために、サウス・ジョージアにある〈ジョージア・パシフィック社〉の林業部門に行ってくれているの」ジェーンは手の甲で目をこすった。この一時間ほどパソコン画面のまぶしい光に悩まされていた。休憩したほうがいいのはわかっていたけれど、気があせって作業を中断できなかった。「トレヴァーはそこの主任を知っているそうよ」

「男性？　それとも女性？」

「どっちだっていいでしょ」

「いや、それによって成功率が変わってくる」ケイレブはジェーンの顔を見つめた。「目が痛そうだね」

「疲れただけ」

「痛みを消してあげようか？」

ジェーンは顔を上げた。「そんなことができるの？」

「人にはそれぞれ才能がある。おれはトレヴァーみたいな魅力はないが、きみの体から痛みを消せる。その逆も」ケイレブはにっこりした。「きみの反応にとても興味がある。輸血したことできみの血管にはおれの血も流れているからね。どうだ、実験してみたくないか？　昔からおれの家には、血にまつわるさまざまな話が――」

「怪しげな言い伝えでしょ」ジェーンはさえぎった。

「やってみればわかるさ」ケイレブは身を乗り出して、そっとジェーンの目に手を当てた。

「これはほんの序の口だよ」

目のまわりがじんわり温かくなってきた。

血のめぐりがよくなったのがわかる。

生き返ったようだ。

体の奥からうっとりするような感覚が湧いてくる。

「やめて」ジェーンはケイレブの手を払いのけた。「実験なんかしたくない」

「頑固だな。きみは何事も頭で考えたがる。理屈に合わないものは受け入れようとしない。ほら、楽になっただろう？」

たしかに、一晩ぐっすり眠ったあとのようにすっきりした。

「あなたのパワーとは関係がないかも。今、少し目を休ませていたから」

「これで完全に休ませられたから、もうぴくぴくしたり、痛くなったりしないよ」ケイレブはほほ笑んだ。「酷使しなければ、丸一日持つはずだ」そう言うと、バッグから自分のノートパソコンを取り出した。「今日はどの一帯を調べようか？　昨夜、カリフォルニア州の高地に似た感じの場所を見つけてダウンロードしておいたが——」

電話が鳴り出して、ケイレブは話をやめた。ちらりと発信者IDを眺めてから、ベッド脇のテーブルから携帯電話を取ってジェーンに渡した。「ベナブルからだ」

ジェーンはスピーカーのボタンを押してから、電話を握り締めた。「ベナブル、何かわかった？　もしかして——」

「イヴのことはまだわからない」ベナブルがさえぎった。「ケンドラかマーガレットから連絡がなかったか？」

「マーガレットとは、お見舞いに来てくれたときに話したのが最後。ケンドラにはわたしから電話したけど、ろくろく話してない。取り込み中だからかけ直すと言われて」

「取り込み中だったのは間違いない」ベナブルは苦い口調で言った。「かけ直してきたか？」

「いいえ」夢で見た光景を探してほしいと頼んだことは、ベナブルに説明する気になれなかった。「彼女と話した?」

「何度もかけているが、出ない」

「彼女らしくないわね。何かあったのかしら」胸騒ぎがした。「ケンドラに訊きたいことがあるの?」

「ゴールドフォークのドーンの家を警備していた警察官が殺害された件で、知っていることがあるんじゃないかと思って」

「え?」

「若い警察官が射殺されて、家の中で爆発が起きた」

「ケンドラとどういう関係があるの? 彼女が犯罪に関わるわけない」

「そう決めつけているわけじゃない。だが、現場に急行した捜査官の話では、訪問者名簿の最後に彼女の名前が記されていたそうだ。警察官が殺害される直前に着いていた。何か知っている可能性が高い」

「警察官を撃ち殺した犯人に殺されたか、連れ去られた可能性もあるわ。早く捜させて」

「わたしが何も気づかないと思っているのか?」ベナブルは言い返した。「巡査は死んでいるし、家の二階は半分吹っ飛ばされている。室内を捜査するにも時間がかかる。ケンドラに訊けば、何かわかるだろう。それで捜しているんだ」そう言うと、一呼吸おいた。「マーガレット・ダグラスもいっしょにいるらしい。今日の午後、彼女に似た女性を近くで見かけたという通報があった。記憶に残りやすい容貌だからな」

「マーガレットに電話してみた？」

「こっちも出ない。それで、きみにかけたんだ」

「これから二人に電話してみて、通じたら知らせるわ。ジョーにはかけた？」

「このあとかけるつもりだ」ベナブルはしばらく黙っていた。「二人に連絡がついたら、わたしに電話するように言ってくれ。それから、くれぐれも行動を慎むようにと。ゴールドフォークは小さな町で、住民はみんな知り合いだ。土地の人間が殺されたら、よそ者を警戒するだろう」そう言うと、ベナブルは電話を切った。

「マーガレットが何かしでかしたって？」ケイレブはジェーンが通話終了ボタンを押すのを見て言った。「爆発に死者か」

「マーガレットじゃないわ。ベナブルはケンドラ・マイケルズを疑っている」

「その女性に会ったことはないが、名前はきみから聞いたような気がする。マーガレットなら心配いらない。彼女はきみが思っている以上にしっかりしているから」

ジェーンは両手でこぶしを握った。この病室に閉じ込められていたら、何が起こっているか知るすべがない。「わたしもその場にいられたら……」

「ジェーン」

「慰めようなんて思わないで」ジェーンは震える手で、ケンドラの電話番号にかけた。

「マーガレットがお見舞いに来てくれたとき、わたしは八つ当たりして、ひどいことを言ってしまったの。わたしの代わりにがんばってくれているのに……」応答はない。

やがて、留守番電話に切り替わった。

「ジェーンよ、電話して」そう言って通話を切った。

次にマーガレットにかけた。

応答はない。

三度呼び出し音を鳴らした。それでもだめだ。

留守番電話に切り替わった。

「マーガレット、いったい何があったの？」それだけ言って電話を切ったが、ジェーンは打ちのめされた。

二人が危険な目に遭っているのに、わたしには何もできない。

ため息をつくと、ジョーに電話した。

バンクーバー空港

「よかった、出てくれて」ジェーンは安堵《あんど》したように息をついた。「ベナブルから電話があったでしょう」

「今、電話を切ったところだ。ベナブルからきみが取り乱していたと聞いたよ」ジョーは固い声で続けた。「ぼくも事情を聞いて驚いたが、ケンドラは捜査の経験が豊富だし、マーガレットもしっかりしている。あの二人ならきっとだいじょうぶだ」そう言うと、一呼吸おいた。「ケンドラはゴールドフォークで突破口を見つけたんじゃないかと思う。そのうち、有益な情報をもたらしてくれるだろう」実際そうなることをジョーは心から願った。「心配するな、ジェーン。こっちでザンダーの調べがすんだら、ぼくもゴールドフォークに調べに行くから」

「そう言われたって」ジェーンは一瞬いらだちをあらわにした。「いえ、あの二人の心配をするぐらいなら自分の心配をしなくちゃね。でも、イヴのことが何ひとつわからないのに……」大きなため息をついた。「ごめんなさい、ジョー。また八つ当たりしてしまって。わたしのことは気にしないで」

「そんなこと、できっこないさ。いつも気にかけているよ」

「ありがとう。今のわたしにできるのは、みんなにこれ以上負担をかけないことぐらいだから。ザンダーのことがわかったら知らせて。気をつけてね、ジョー」ジェーンは電話を切った。

ジョーはゆっくりと通話終了ボタンを押した。ジェーンの気持ちが手に取るようにわかる。体の自由がきかなくて何もできないのはつらくてたまらないだろう。そういうところはイヴにそっくりだ。

何を考えても、結局、イヴと結びついてしまう。イヴを捜し出して家に連れて帰れるなら、どんな犠牲でも払える。

イヴは今ごろどうしているだろう？　そう思うと、胸が張り裂けそうになった。

こんなことではだめだ。感情的になっていたら、やるべきことを進められない。

ジョーは背を向けて空港の出口に向かった。

ザンダーに会わなければ。今は目先の仕事をかたづけよう。


「だいじょうぶかい？」ジェーンの表情に気づいてケイレブが言った。「クインとの話し合いはあまりうまくいかなかったようだね」

「心配するなと言われた。時間ができたら、ジョーもゴールドフォークに行くって」

「そうか」

「ケンドラとマーガレットに何かあったのは間違いないのに」

「きみは怒るだろうが、別の可能性を指摘してもいいかな」

「ケンドラは捜査のプロよ。協力する大切さを知っている。マーガレットは他人に共感できる人で、わたしの気持ちも理解してくれている。あの二人がわたしの電話を無視するなんて考えられない」

「だが、ゴールドフォークの家で起こったことを説明したくないとしたら、いちばん簡単なのは電話に出ないことだ」ケイレブは笑みを浮かべた。「もちろん、二人が命の危険にさらされている可能性がないとは言えない。しかし、並はずれて優秀な人間は自力で生き延びるものだよ」

「イヴもそうだと言いたいの？」ジェーンは問い返した。「イヴのような人はめったにいないわ。そのイヴを生き延びさせるために、ケンドラとマーガレットはゴールドフォークに行った」そう言うと、目を閉じた。「ここにいても少しは役に立てると思っていたけど、甘かったわ。病室でも情報収集はできると言ったのはあなたよ」

「悪者にされるのには慣れているよ」

「責めているわけじゃない。わたしにすることを与えて、病室でおとなしくさせようとしただけ」

「きみをおとなしくさせる？」ケイレブは笑い出した。「そんなことは誰にもできないよ」

「でも、ある程度の効果はあった」ジェーンは目を開けたが、また目に痛みを感じてまばたきした。「役に立ちたくてがんばったつもりだったけど」

「もっと調べたら、役に立てるかもしれないじゃないか」

「ここでじっとしていたくない。ケンドラとマーガレットが危険にさらされていると思うと、いても立ってもいられない」

ケイレブは首を振った。「まだ退院許可はおりない。最低三日は入院しているようにと言われただろう。熱は下がったが、無理をしたらまたぶり返すぞ」

「かまわない。ケンドラたちの近くに行きたい」

「空港に着く前に倒れて、ジョーに迎えに来てもらうことになるのがおちだ。今動いたら足手まといになるだけだよ」

マーガレットにも同じことを言われた。懸命にイヴを捜してくれている人たちの邪魔はしたくない。ジェーンは絶望的な気持ちになった。それでも、諦められなかった。

「ケイレブ、手を貸して。ジョーにはないしょで、病院と掛け合ってくれない？　何か奥の手があるでしょう？　マーガレットに入国書類を用意してあげたときみたいに」

ケイレブはしばらく黙っていた。

「方法はあるが」ケイレブはゆっくりと口を開いた。「きみの気に入るとは思えない」

「どんな方法でもいい。退院できて、みんなの邪魔にならずにすむなら」

ケイレブは手を伸ばして、人差し指でジェーンの濡《ぬ》れたまつ毛に触れた。「こんなきみを見ているのはつらい」

「だったら助けて」ジェーンはケイレブを見つめ返した。「助けてくれないなら、ひとりででも脱出する」

「手を貸すよ」ケイレブはジェーンの上唇に指を滑らせた。「だが、おれを信頼することが前提になる。きみにそれができるかな？」

「退院できるならなんでもする」

ケイレブはゆっくりうなずいた。「ベッドに戻って」

「え？」

「退院したいんだろう？　そのためには奇跡的な回復を遂げるしかない。きみが元気になったらジョーも安心するし、誰の足手まといにもならずにすむ」

「それはそうだけど」

「ベッドに戻って」ケイレブは繰り返した。「あの方法でやろう」

「あの方法？」

「あれなら、きみを奇跡的に回復させられる」ケイレブはジェーンをベッドに座らせた。

「ドクターを騙《だま》して、治ったと信じさせるの？」

「クインはきみに優秀な医療チームをつけた。経験豊富なベテランぞろいだ。騙すのは無理だよ」

「それなら、どうやって――」ケイレブがパジャマのボタンをはずし始めたのに気づいて、ジェーンはうろたえた。「何をする気？」

「きみの気に入らない方法だと言っただろう」ケイレブは黒い目を輝かせて不敵な笑みを浮かべた。「いやなら言ってくれたら、いつでもやめる……たぶんね」

「いやかどうかはやってみないと――」

「一時的な回復でしかないが、退院できる」

「どうやって治すつもり？」

「血の魔法だ」ケイレブは肩の傷を覆っている包帯をそっとはずした。「きみの血管に入ったおれの血が、呼びかけに応じるか試してみよう」そう言うと、自分のシャツのボタンをはずした。「ひとりでもできるが、二人でやれば効果が倍増するはずだ。やってみる価値はあるだろう？」

「よくわからない」ジェーンは、盛り上がった胸の筋肉や黒い胸毛から目をそらすことができなかった。「試してみたいかどうかも」ケイレブが体を寄せたので、ジェーンは反射的に体をこわばらせた。「それに、あなたの言う〝血の魔法〟は敵に対して使うものでしょ。致命的なダメージを与えるために」

「そうとはかぎらない。きみはおれの悪い面ばかり見ている」ケイレブはベッドのそばに立って、手を伸ばして傷口に触れた。「ひどい傷だ。癒えていくところを見るのが楽しみだな」

ジェーンは大きく息を吸い込んだ。

体が熱い。皮膚がつっぱる感じがする。体の奥で何かが爆発しているような……。

「どうかな？」ケイレブが指先でそっと傷口を撫《な》でた。「だいじょうぶそうだ」

「傷を癒《いや》せるの？」

「おれは療法士じゃない。きみが自分の力で治すんだ」ケイレブはにやりとした。「その手助けをする」

「どうやって？」

「傷口に血を送るんだ。血が癒してくれる。現に、世界中の医療機関ではレーザーを使って実験的に傷口に血を集め、かなりの成果をあげている」ケイレブはまた傷口に触れた。「だが、おれはそれ以上の成果があげられる」

ジェーンは息を呑《の》んだ。

痛みが消えていた。

傷口にかすかな流れと熱を感じる。

「始まったようだ」ケイレブがささやいた。「触れ合って流れをつくる。どんどん強くなっていくから、おれにもコントロールできなくなるかもしれない」一呼吸おいて続けた。「決めるのはきみだ、ジェーン。その覚悟がないなら、今やめたほうがいい」

ジェーンはケイレブを見つめた。彼が不思議な力を持っているのは知っていたが、それを自分に向けてくるとは思っていなかった。

やめたほうがいいのはわかっていた。でも、言い出せなかった。ケイレブがわたしの望みをかなえてくれたら、イヴを助けられるかもしれない。決めるのはわたしだとケイレブは言った。

「やるわ」

ジェーンはケイレブに手を差し出した。靴を脱いでジェーンのそばに横になった。「そう言うと思っていたよ」ケイレブはほほ笑むと、「忘れないでくれよ、決めたのはきみだ」

「まさか――」彼の体温が伝わってきて、ジェーンはぎくりとした。「ここは病院よ。誰か入ってきたらどうするの？」

「邪魔が入る心配はまずない。きみがここをオフィス代わりにしているのは、みんな知っているから」

「これからどうなるの？」

「怖がらないで。もう始まっている。二、三時間かかるだろう」ケイレブはシャツを脱いで、ジェーンを抱き締めた。

柔らかい胸と引き締まった胸板が触れ合った。

ジェーンは息苦しくなった。乳首が固くなっている。

「おれにとっても簡単な方法じゃないんだ」ケイレブはそうつぶやくと、ジェーンをさらに引き寄せた。

熱い流れが全身を駆け巡って、体中の神経が研ぎ澄まされていく。

「嘘をついたんじゃないでしょうね？」

「楽じゃないことは黙っていたが、嘘をついた覚えはない」

「黙っていたのはそれだけ?」

「ああ。午後には退院できるほどに回復するだろう。さっき言ったように、これで完治するわけじゃないが、無理しなければ二日ぐらいその状態が続く」ケイレブはジェーンのこめかみに唇を当てた。「効果が薄れたら、またやってもいい。いつでも協力するよ」

「これっきりにしておく」

「どうかな、先のことは――」

「騙したただではおかないから」

「そんな愚かなまねはしない」

「こんなことまでする必要があるの?」

「おれがちゃんと役割を果たさないと、効果はない。信頼が前提になると念を押しただろう」ケイレブは体をすり寄せた。「これはセラピーだ。むずむずする感覚も、性的興奮も、神経が研ぎ澄まされる感じも、すべてが回復を促す」

「本当?」

「正直なところ、おれにもよくわからない」

「こんなことしたくない」

「自分の気持ちをごまかしてはだめだ」ケイレブはジェーンの肩に顔をうずめた。頬が傷口に当たる。「きみもおれと同じことを望んでいるはずだが、これはセラピーだからね」そう言うと、ジェーンの肩に沿って唇を動かした。「血が集まってくるのを感じるだろう？　このまま抱き締めている以外のことはしない。血がどんどん流れ込んできて、体がほてってくる。さあ、目を閉じておれに身を任せるんだ」

ジェーンは言われるままに目を閉じた。

傷口が燃えるように熱い。

ケイレブはジェーンの肩に舌を当てた。「治すのに必要なエネルギーを送り込むまでには、もう少し時間がかかる。じきに全身が熱くなって目の前がかすんでくる。そして、欲望はしばらく影を潜める」

そう言われても信じられなかった。欲望は強くなる一方だ。ジェーンは無意識のうちにケイレブに体を押しつけていた。

「今は我慢して。あとできみの望みをかなえてあげるから」ケイレブはジェーンの乳房に顔をうずめた。「鼓動を聞いてごらん。心臓が体の隅々にまで血を送り出してくれている」そう言うと乳首を口に含んだ。「体が燃えてきただろう？　胃がきりきりする？　それでいいんだ」

ジェーンは大きく息を吸い込んだ。

「さあ、力を抜いて」ケイレブはまたジェーンの肩に頬をのせた。「目の前がかすんでくるが、心配はいらないからね」

目の前に霧がかかって、頭が朦朧《もうろう》としてきた。

周囲は炎のような赤い靄《もや》に包まれている。

この靄は血？　でも、そんなことはもうどうだっていい。

このままケイレブと横になって、この霧に包まれていたかった。でも、本当にこんなことをしていて――

「もう何も考えないで。そのときが来たら、ちゃんと連れ戻してあげるから」

11

ジェーンははっと目を開けた。

「そろそろ薬の時間だ」ケイレブがささやいた。「看護師に騒がれたくないだろう?」

ジェーンはあわてた。半裸でケイレブとベッドにいるところを見つかったら大変だ。

「もう終わったの?」

「ああ」ケイレブは体を起こすと、ジェーンの傷口に包帯を巻き始めた。「もっと味わっていたかったぐらいだ。さあ、パジャマのボタンをとめて」そう言うと、ベッドからおりてシャツのボタンをかけた。「濃密なひとときだったね」

「わたしはよく覚えていない」ジェーンは急いでパジャマのボタンをとめた。「とても奇妙な気分。わたしに催眠術をかけたの?」

「やると言ったのはきみだよ」

「でも、あのときはあなたの言葉を信じて――」ジェーンはケイレブの顔を見た。「信じてよかったのかしら?」

「それは自分の胸に訊《き》くことだ。体調はどう?」

ジェーンは少し考えた。「元気が出た感じ」そう言ってから、目を丸くした。「すごく元気になってる。もうどこも痛くない」

「エネルギーがみなぎっているだろう」

「ええ」ジェーンは肩を動かしてみた。「なんともない。治ったみたい」

「傷口を見てみたら?」

ジェーンはパジャマを脱いで、包帯をずらしてみた。「消えてないわ。奇跡の回復とまではいかなかったのね」

「ドクターたちはそう言うはずだよ。三カ月かかるはずのところを三時間でやってのけたんだから」ケイレブはドアに向かった。「顔を洗っておいで。ドクターを呼んでくる」

「効果はあったと思う?」

「もちろん。動いてみれば効果を実感できる」そう言うと、肩越しに振り返った。「しばらくはちょっと変な感じがするかもしれないが、すぐ慣れる」

「変な感じって?」

「きみの血がおれの血に反応するようになったから、効果が残っている間は、きみの体も反応してしまうんだ」

「効果は長期的じゃないと言ったくせに」

「そう言ったが、正確なところはよくわからない。いずれ効果が薄れるのは確かだから、それまではなんとかやっていくしかない」ケイレブは意味ありげな笑みを浮かべた。「このことはトレヴァーにはないしょにしておこう。のけ者にされたと知ったら恨むだろうから」

ジェーンははっとした。トレヴァーはシーラの恋人のアントーニオに似ているとケイレブに言ったことがあるが、それが気に入らなかったのだろう。わたしとトレヴァーの関係に嫉妬している。これはケイレブらしい復讐《ふくしゅう》なのだ。

「ひどい人」ジェーンはつぶやいた。

ケイレブは声をあげて笑いながら病室を出ていった。

コロラド州南部

「やっとかけ直してきたのか」ベナブルが苦い声で言った。

「非通知だったから、あなただとわからなかったの」

ケンドラは助手席でぐっすり眠っているマーガレットにちらりと目を向けた。コロラド州南部まで車を走らせている間に建築現場の前を通り過ぎたり、サイレンを鳴らしているパトカーと数回すれ違ったりしたのに、目を覚ます気配もない。これなら、電話の声ぐらいでは起きないだろう。

「知らない番号からの電話には出ないことにしているから」

「折り返しをいただいて光栄だ」ベナブルは皮肉な口調で言った。「わたしから電話があるのはわかっていただろう。ジェーン・マグワイアもきみに連絡を取ろうとしていた。ゴールドフォークの一件を知って動転していたよ」

「教えることはなかったのに」

「彼女の電話にも出なかったんだろう」

電話に出なかったのは、あの事件のことをまだ誰にも話したくなかったからだ。運転しながらずっと、どこまで打ち明けるべきか考えていた。嘘をついたり、ごまかしたりするのはいやだった。

「話したって病人を困惑させるだけよ」

「困惑しているのはジェーンだけじゃない。きみには訊きたいことが山のようにある。警官の遺体を残して現場から逃走した理由が知りたい」

「あの男に殺されかけたのよ、わたしたち。現場から逃走したわけじゃない」

「あの男とは？」

「ブリック」

「それは確かか？」

「マーガレットはそう言ってる」

「やっぱりいっしょだったのか。マーガレット・ダグラスに似た女性をドーンの家の近くで見たという情報があった」

「マーガレットのほうが先にドーンの家に来ていたの。見覚えがあるから、ブリックに間違いないと言っているわ。まだ捕まっていないわけね」

「現場にはいなかった。最後にあいつを見かけたのはいつだ？」

「ドーンの家で殺されかけたとき」

「きみたちを尾行している可能性は？」

「さあ。その可能性は低いと思うけれど」

「それなら、現時点では考慮しないことにして……なぜブリックはゴールドフォークに舞い戻ったんだろう？　ガス爆発を起こして家を吹っ飛ばす気だったようだが」

　ベナブルの勘違いをそのままにしておくわけにはいかなかった。「爆発を起こしたのはわたし」

　悪態をつくベナブルの声が聞こえた。「早く気づくべきだったよ」

「ブリックから逃げるためにとっさに思いついた。あれは正当防衛よ」ケンドラは一呼吸おいた。「家はどうなっていた？」

「二階がひどい状況になっている。ＣＩＡの証拠収集班が作業に当たっているが、きみから話を聞きたがっている」

「一段落してからにして」いっそ家が焼け落ちていたら、話は簡単だったのに。次に何を訊かれるかは予想がついた。

「階段に何があったんだ、ケンドラ?」案の定、ベナブルが追及してきた。

「階段?」

「現場の写真が送られてきたが、踊り場の壁板が壊されていた。これもきみの仕業だろう?」

「ええ」

「何を見つけた?」

嘘をつくのは気がとがめるけれど、この際しかたがない。「壁の中を見ようとしたところにブリックが来たから、証拠収集班に探させるといいわ。壁の隠し場所をつくるのにドーンはずいぶん手間をかけたみたい」

電話の向こうで長い沈黙があった。「探させたが、何も見つからなかった。本当にディスクはなかったんだな?」

「見なかった」

「ほかには?」

「言ったでしょう。探そうとしていたところへブリックが来たって」

また沈黙があった。ベナブルが信じていないのは明らかだった。

でも、これでおあいこ。あのディスクのことも、ベナブルはどこまで真実を語っているかわからない。

ケンドラはコンソールボックスにのせた古い日記帳を見おろした。まだベナブルに教えるわけにはいかない。

「わかった」ベナブルがやっと言った。

ケンドラは話題を変えることにした。「ドーンの車の件だけれど、あのあと何か見つかった？」

「めぼしいものはなかったが、トランクから砂金が発見された。純度は低い」

「加工されていないということ？」

「してあるが、最近の加工法ではないようだ。青酸カリが少量混じっていた」

「物騒な話ね」

「不純物を除去するために青酸カリを使うのは珍しいことではないが、問題はまさにその加工法にある」

「どういう意味？」

「今の加工法では、金をほかの鉱物と分離するために電解精錬する。しかし、見つかった砂金はまるで……」

「まるで何？」

「百年以上前に精錬されたようなんだ」

ケンドラはその言葉の意味を考えようとした。

「一応耳に入れておこうと思って」

「ありがとう」

「わたしのほうは協力するにやぶさかではない。捜査のためだ」精いっぱいの皮肉が込められていた。

悪いけど、ベナブル、今は期待には応えられない。

「これからどうするつもりだ?」ベナブルが訊いた。

ケンドラは少し迷ったが、打ち明けることにした。「コロラド州の南部に向かっているところ。ドーンのカーステレオにセットされていた放送局の受信エリアに」

「こちらでも調べてみたが、かなり範囲が広い」

「わかってる」

「マーガレットと二人で行くのか?」

「そう。今も隣にいる」

「なるほど」ベナブルは低い声で笑った。「最強のコンビだ。『テルマ&ルイーズ』の現代版だな。どうしてコンビを組むことになったんだ?」

「話せば長くなるから。それに、コンビを組んだわけじゃないし、テルマとルイーズみたいに、グランドキャニオンに車ごと突っ込むような向こう見ずなまねはしないつもり。また連絡する」

　ケンドラは電話を切った。

「テルマとルイーズって誰？」マーガレットが眠そうな声で訊いた。

　ケンドラが目を向けると、マーガレットはぱっちり目を開けていた。「いつから聞いてたの？」

「最初から。わたしは眠っていても必要なことは聞こえるの。ねえ、テルマとルイーズって誰なの？」

「古い映画の主人公。映画が公開されたのはあなたが生まれる前よ」

「昔の映画は好きだけど、グランドキャニオンに車ごと突っ込むなんて暗い話は趣味じゃない」

「わたしも。だから、ベナブルにあんなふうに言われて腹が立った」

「それだけじゃなさそう」マーガレットは静かな口調で続けた。「わたしとコンビを組んだと言われたのが気に障ったんじゃない？　わたしと行動するのをまだ迷ってる。でも、そのうち慣れるわ」そう言うと、にっこりした。「わたしがいてよかったと思う時が来るわ。あなたのような自立心の塊でも、孤独を感じるときもあるはずよ」

「孤独には慣れているから。二十歳まで目が見えなかったし」ケンドラは一呼吸おいた。

「でも、不幸だったなんて思わない。母が全力で支えてくれたし、親友のオリヴィアのほかにも、わたしのそっけなさを気にしない友達が何人かいた。たしかに自分の殻にこもっていた時期もあったわ。これでも、つき合ってみると、楽しい人間よ」

「あら、ちっとも気がつかなかった」マーガレットは真顔で冗談を言った。

「あなたのように明るくて前向きな性格じゃないけれど」

「人それぞれよ。それに、わたしだっていつも前向きなわけじゃない」マーガレットは座り直した。「そっけなくしてていいのよ、気にならないから。あなたってけっこう刺激的だし」

「認めてもらえてよかった」ケンドラは皮肉な口調で応じた。「それより、あなたはどうなの？　あなたも自立心旺盛のようだけど」

「わたしは人間が好き。人類はすばらしい存在だと思う」

「動物のほうが好きなのかと思っていた」

「動物も好きよ。人間にくらべたら、いろんな意味で安定しているし。要求も人間ほど複雑じゃない。食べるものと寝る場所があって、子孫を残せればいい。でも、動物にも感情もユーモアのセンスもある。それがわかるまでには時間がかかったわ。八歳のときに家を出て、三年間森の中で暮らしていたの」

「八歳で家を出たの？」

「わたしには全力で支えてくれる母親はいなかったから。わたしを産んですぐ亡くなった。父はいたけど……面倒は見てくれなかった。家を出たら、わたしを育てるという名目で受け取っている生活保護費がなくなる。いい気味だと思って」マーガレットは明るい笑顔で続けた。「近所のドーベルマンをけしかけて、喉笛に飛びかからせてやろうかとも考えた」

「あなたも苦労したのね」

「わたしの暗い一面を知ってショックを受けた？」

「そんなことはないけれど、小さいときから虐待を受けていたなんて想像もしていなかった。ドーベルマンをけしかけてやればよかったのに」

「ちょっと思いついただけ。自分ではやれないからって、罪もない犬にそんなことさせられっこない」

「三年もよくひとりで暮らせたわね」

「けっこう楽しかった。いつまでも森で暮らすわけにいかないと決心したときは、動物たちと別れるのが悲しかった。でも、森を出たあと、ジェイソンとマーシャという親切な夫婦にめぐり合ったの。農場を経営していて、事情を察したうえでわたしを受け入れてくれて。本当によくしてもらって、二人が大好きになった。農場には二年いたわ」

「家を出てから、お父さんとは？」

「一度も会ってない。過去は振り返らないのがわたしの生き方」

きっぱりした口調だったが、ケンドラには強がっているようにも聞こえた。

「夫婦の農場を離れた理由を訊いてもいいかしら？」

「わたしがいたら二人に迷惑をかけることになるとわかったから。二人は今でも仲よく暮らしているわ」

「会うことはあるの？」

「たまに。でも、わたしは一カ所に落ち着けるタイプじゃないみたい」マーガレットは携帯電話を取り出して画面を見た。「ジェーンからまた電話が入ってる」そう言うと、留守電を聞こうとはせずにケンドラを見つめた。「ねえ、うまく説明できないからって、ジェーンの電話をこれ以上無視できないわ。心配をかけたくないから黙っていたけど、ジェーンはゴールドフォークで何があったか知ってるようだし」

「ええ、ベナブルが話してしまったから」ケンドラは眉をひそめた。「それだけじゃない。ベナブルは明らかにわたしたちを疑っている。きっと、捕まえに来るわ」

「でしょうね。行き先を教えたし」

「もちろん、イヴを捜すためならいくらでもベナブルに協力するつもりよ。でも、この日記帳は渡せない。ベナブルは何か隠していると思う」ケンドラは日記帳を見おろした。「ミネラル郡に着いたら、どこか安全な場所に保管しておいたほうがいい。この日記帳を狙っているのはブリックだけじゃなさそう」

「それはいいけど」マーガレットは日記帳を手に取った。「その前に目を通しておきたい。手がかりになりそうなことが書いてあるかもしれないし。今すぐでなくても、あとから気づくようなことが」

「わたしが読むわ」

「あなたはずば抜けた記憶力と判断力の持ち主で、わたしは靴紐《くつひも》もまともに結べない子どもだから？」

「そういうこと」

「わかった。じゃあ車を止めて。運転を替わるわ」マーガレットはにっこりした。「でも、言っておくけど、たぶんわたしのほうが記憶力はいいわ。あなたは目が見えない分、記憶力を鍛えて補おうとしたんだろうけど、わたしは森で生き残るために記憶力を研ぎ澄ますしかなかった。ねえ、ヘラジカに追いかけられたことある？」

「ないわ、残念ながら。いつか経験してみたいわね」ケンドラは苦笑すると、車を路肩に止めた。「さあ、靴紐がちゃんと結べることを証明してみせて。コロラドはこんなに寒いのに、サンダル履きじゃないの。スニーカーに履き替えたほうがいい」

「そのつもりだったけど忘れてた。次々いろんなことがあって」

「たしかに」弾丸が飛んできても、爆発が起きても、マーガレットは冷静だった。「スーツケースからテニスシューズを出したら？　運転する前に履き替えるといいわ」

「そうね」マーガレットは後部座席に置いたスーツケースに手を伸ばした。「言ってもらってよかった」

指図されて気を悪くしている様子はなかった。その素直さが少し意外だった。こんな一面があるから、保護本能を刺激されるのだろうか。とにかく、いろいろな意味で型にはまらないユニークな女性だ。

「これでいいわ」〈ニューバランス〉のスニーカーの靴紐を結ぶと、マーガレットはさっと車から飛び出して、ケンドラに笑いかけた。「あなたも安心した?」

「ええ。こんな寒さの中を素足同然で歩き回るよりずっとまし」

マーガレットは運転席についた。「動いたら体がぽかぽかしてきた。究極の寒さ対策は動くことみたいね」フロントガラス越しに雪に覆われた山を眺める。「あそこはもっと寒いでしょう。イヴはだいじょうぶだと思う？」そう言ってから、きっぱり首を振った。

「いいえ、きっとだいじょうぶ。強い人だとジェーンが言ってたもの。できるかぎりのことをしてるわ。わたしたちもできるかぎりのことをしなくちゃ」

ケンドラはマーガレットの視線を追って山並みを眺めてから、膝にのせた日記帳を見おろした。マーガレットはまた〝わたしたち〟と言った。二人でイヴを見つけようと、無言のうちに伝えているのだろう。前途多難だろうが、いざというときマーガレットはきっと力になってくれる。そんな気がしてきた。

「もちろんよ」ケンドラはそう言うと、日記帳を開いて読み始めた。

グイネット病院

「ミネラル郡？」ジェーンは電話機を握り締めて訊き返した。「どこにあるの？」

「ケンドラはきみに電話すると言っていた」ベナブルが言った。

「まだかかってこないけど。それに、マーガレットからも」

「ケンドラに怒られたよ。ゴールドフォークで何があったか病人のきみに教えるなんて無神経だと言って」ベナブルは一呼吸おいた。「だが、ドーンの家で起こったことを全部話してくれたわけではなさそうだ。ケンドラから電話があったら、きみからも訊いてみてくれないか」

「直接会って訊いてみるわ。今日中に退院できそうだから。今、ケイレブがドクターを呼びに行ってくれているんだけど、なかなか捕まらなくて」

「退院だって？　わたしがあんなことを教えた結果脱走したとクインが知ったら、おおごとになる」

「ちゃんと許可をもらって退院するのよ。医師団のひとりからはもう許可が出た。あとは二人の専門医の許可を待つだけ。あれこれ訊かれるかもしれないけど、退院させてくれるわ」

「たいした自信だな」

「だって、元気そのものだもの。病院にいる必要なんてない」ジェーンは言葉を切ってから、また続けた。「でも、ジョーには退院したことを明日まで言わないで」

「あとでばれたらあいつに殺される」ベナブルはそっけない口調で言った。「とにかく、病院に確認してみよう。きみの言うとおりだったら、二、三時間待ってから、ジョーに電話する。いずれにしても、バンクーバーのザンダーのことを訊かなければならない」

「ジョーはバンクーバーにいるの？　そんなこと聞いてないわ」

「ケンドラには無神経だと責められたが、これでも気を遣っているんでね」

みんな何も教えてくれない。わたしはイヴの娘なのに。善意からだとわかっていても、ジェーンはいらだちを抑えるのに苦労した。

「バンクーバーに行ったということは、ジョーはザンダーと対決する気なの？　ひとりで乗り込むなんて危険よ」

「何度電話してもザンダーが出ないから、しびれを切らしたんだ。しかし、対決しに行ったわけじゃない。協力を求めに行ったんだ」

「コロラドに向かう途中で電話してみる」

沈黙があった。「ジェーン、治った気でいるだけじゃないか？　いても立ってもいられなくなって」

「いても立ってもいられないのは確かよ。でも、治った気でいるわけじゃない。あとで病院に電話して確かめてみて」そう言うと、ジェーンはつけ加えた。「ブリックはどうなったの?」

「現場から逃走した。行方を追っているところだ」

「早く逮捕して。ケンドラとマーガレットを追っているかもしれない。わたしもできるだけ早く二人に追いつけるようにする。ブリックのことが何かわかったら知らせて」ジェーンは電話を切った。

ミネラル郡。

パソコンで調べてみよう。ジェーンは久しぶりに力がみなぎるのを感じた。

ケイレブの血のせいだとは考えたくなかった。たしかに彼のおかげでここまで回復したが、彼の血がわたしの血管を流れていても、わたしはわたしだ。

「目を疑ったよ」マーク・トレヴァーの声がした。ドアのそばに立って見つめている。

「昨日まであんなにやつれていたのに、今日中に退院だって? ナースステーションで聞いたよ。いったい、どうしたんだ?」

「それもナースステーションで聞いたでしょ」

「奇跡的回復を遂げたとか言ってたが、あれはセス・ケイレブの受け売りだろう? ケイレブが廊下でドクターと話しているのを見かけた」トレヴァーはいぶかしげに目を細めた。

「何をしてるんだ?」

「退院の準備よ」ジェーンはクローゼットからスーツケースを出してベッドにのせた。

「わたしたち、見当はずれの場所を調べていたみたい。別の方面を試すことにした」

「どこを?」

「コロラド州のミネラル郡。ケンドラとマーガレットはそこに向かっているの。何か見つけたんだと思う」ジェーンはトレヴァーに目を向けた。「〈ジョージア・パシフィック〉社で何かわかった?」

「こっちはもうどうだっていいんだろう?」

「捜索のヒントが見つかったなら、話は別よ」

「いや、残念ながら」そう言うと、トレヴァーはジェーンに近づいた。「どうやって奇跡的回復とやらを遂げたか知りたい」

「人間の体に本来備わっている自然治癒力のおかげ」

「元気になってくれたのは何よりうれしい。だが、退院するなら電話で知らせてくれればよかったのに。ケイレブがクリームを舐《な》めた猫みたいな顔をしているのも気に入らない。あいつのせいなんだろう?」

ジェーンは黙っていた。

「きみに近づいたと知ってあの男のことを調べたとき、奇妙な噂《うわさ》を聞いたことがある」

「ケイレブが吸血鬼だって噂？」

「そんなくだらない話を信じるわけがないだろう。だが、ケイレブには一種独特の力があるような気がする。あいつは何ができるんだ？」

トレヴァーを納得させるには事実を打ち明けるしかなさそうだ。スーツケースに身の回りのものを詰めながら、ジェーンは覚悟を決めた。

「他人の血流をコントロールできる。先祖代々伝わっている力だそうよ。その力を活用して人を殺すのを見たと、イヴに聞いたことがある」

「すごいな。殺す以外には？」

「血流をよくして、傷の治りを早くできる。医学界でも、レーザーを使った血流コントロールの利点が認められているそうよ」

「ケイレブはレーザーを使わなかったんだろう？」

「ええ」ジェーンはトレヴァーの目を見つめた。「退院したいなら手を貸すことができると言ってくれたの。無理強いしたわけじゃない。やってみたいと言ったのはわたし」

トレヴァーはため息をついた。「きみらしいよ。やっぱり、あいつはいい時期にいい場所にいたんだな」

「そして、わたしを助ける力があった」

「あいつに何をさせられた？」

「あなたには関係ないでしょ」

「あいつと寝たのか?」

「寝たと思う?」

「悪かった。嫉妬に駆られてつい……」トレヴァーはしばらく黙っていた。「きみを責めているんじゃない。ケイレブは殺してやりたいほどだが」

このままではトレヴァーはケイレブに突っかかっていくだろう。二人を敵対させてはいけない。今は二人の力が必要なのだ。「寝たわけじゃないわ」

「じゃあ、何をしたんだ？」

「触れ合っただけ」

「本当にそれだけ？」

「ええ」急に脈が速くなり体がほてってきた。ジェーンはトレヴァーに背を向けてスーツケースを閉じた。「それだけで回復した」

「本当に治ったわけじゃないだろう？　効果はいつまで続くんだ？」

「無理しなければ、二日ほど。また必要になるかもしれないとケイレブは言っていた」

トレヴァーはスーツケースをベッドからおろすと、ドアのそばに運んだ。「その必要がないように、しっかり体を休めることだ」

「あなたもコロラドに行ってくれる？」

「もちろん。ケイレブも文句は言わないだろう」トレヴァーはちょうど病室に入ってきたケイレブに顔を向けた。「そうだよな?」

「しかたないな」ケイレブは苦笑した。「イヴを見つけるために目をつぶろう」そう言うと、ジェーンに顔を向けた。「ドクターがなかなか捕まらないから、先に退院手続きをすませてきた。最終許可が出たら、窓口で書類にサインすればいいだけだ」

「ありがとう」ジェーンはブリーフケースを取った。「待っている間にミネラル郡の地形を調べるわ。それから、もう一度ケンドラとマーガレットに電話してみる」

「何もかもいっぺんにやろうとしてはだめだよ」トレヴァーはブリーフケースを取り上げた。「調べものはぼくがやるから」

「もう病人じゃないんだ」ケイレブが言った。「バラ色の頬をしているだろう。気分はどうだ、ジェーン?」黒い目を輝かせて返事を待っている。ケイレブにはこんな一面もあるのだ。

「エネルギーがみなぎっている感じ」

「それだけ?」

〝きみの血がおれの血に反応するようになったから、効果が残っている間は、きみの体も反応してしまうんだ〟

ケイレブはああ言ったけど、本当にそうなのかしら?　冷静になって惑わされないようにしなければ。

それでも、突然呼吸は浅くなって、乳房が張ってきた。ケイレブと並んで横になっていたときに感じた欲望がよみがえってくるような気がした。

このままではだめ。ケイレブに引きずられてしまう。ジェーンは背を向けて廊下に出た。

「今ならなんだってできそう。ドクターを捜しに行くわ。ついてきて、トレヴァー」

コロラド州リオグランデ・フォレスト

雨が降りそうだ。

イヴは空を見上げた。これで焚《た》き火《び》の跡が消えるだろう。ときおり月明かりが差すが、頬に当たる冷たい風はすでに湿気を含んでいる。雨が降り出したらぐんと冷え込むだろう。雨宿りしている余裕はない。ザンダーがドーンを足止めしているうちに、山をおりてゴーストタウンにたどり着かなければ。

いいえ、足止めだなんて悠長なものではない。ザンダーはドーンを殺すつもりでいるのだ。

ナイフの鞘《さや》がふくらはぎに当たって気になるので、イヴは足を止めた。ズボンを引き上げて位置を調整していると、ザンダーがアンクルホルスターを着けてくれたときのことを思い出した。

不思議な時間、不思議な男だった。

イヴは鋳造所に通じる道を急いだ。ザンダーが着せてくれた防寒ベストにまだ彼の体温が残っているような気がする。なぜ助けようとしてくれたのだろう？　わたしを娘だと信じているからだろうか？

感傷にとらわれる人間ではないと自分でも言っていた。わたしのためにドーンを殺す計画を変えるとは考えられない。それでも、逃がしてくれた。寒くないように気づかってくれただけでなく、身を守る武器もくれた。好奇心からだと言っていたのは、たぶん本心なのだろう。

それはわたしも同じだ。好奇心はそそられたけれど、ザンダーに特別な感情は抱かなかった。父親だと言われても信じられない。信じたくないだけかもしれないが。

考えたって無駄だ。ザンダーのような男を理解しようとしても、しょせん不可能なのだ。それよりも、一刻も早くゴーストタウンに行くことを考えよう。そこにあるという携帯電話を手に入れよう。

そうすれば、もう逃げまどわなくていい――もし本当にあるのなら。

ザンダーが嘘をつくはずがないけれど。

そう思ったことにイヴは自分でも驚いた。ザンダーが嘘をつかないなんて、どうして断定できるだろう？　彼はプロの暗殺者だ。それに、ザンダーはわたしのことを調べ上げているけれど、わたしは彼のことを何も知らない。

携帯電話と銃を酒場に隠してあるのは事実だろう。熟練した暗殺者なら当然、予備の武器や電話を用意しておくはずだ。

それをわたしに提供してくれた。

わたしに譲っても、自分はどうにかできると思ったからだろう。そのことが命取りになったとしても、わたしには関係ない。ザンダーがケヴィンを殺さなかったら――そして、ドーンがこの復讐劇を仕組まなかったら、わたしが巻き込まれることはなかった。ザンダーにはなんの借りもない。ザンダーとドーンが決着をつければすむことだ。

前方の藪《やぶ》で物音がして、イヴはぎくりとした。

ドーンだろうか？

鋳造所に通じる道にもう少しで出る。焚き火の煙の匂いが、夜気を通してここまで流れてくる。ドーンが煙に気づいてやってきた可能性は充分ある。

それとも、森の動物だったのだろうか。

イヴは息を殺して耳をすませた。

何かが動く気配がする。足音は大きくない。

ドーンは大男なのに足音を忍ばせるのがうまいが、何日も彼の足音に耳をすませていたから、いつのまにか聞き分けられるようになった。もう少し近づいてきたら、きっとわかる。

やっぱりドーンだ！

イヴは灌木《かんぼく》の陰に身を潜めた。藪に逃げ込んで音を立てたら気づかれてしまう。近くに高い木はない。灌木の茂みの向こうは切り立った崖で、その下を川が蛇行しながら流れていた。

ここに隠れて様子を見よう。ドーンをやり過ごしたら、またゴーストタウンをめざせばいい。ドーンは煙に気をとられているだろうから、こちらには気づかないかもしれない。

それでも心臓がどきどきして、ドーンに鼓動を聞かれるのではないかと心配になるほどだった。

ドーンが近づいてくる。

すぐそばまで来て……。

そして、そのまま通り過ぎた。ドーンが通ったそばの藪がざわざわと鳴った。

イヴは動かなかった。もう少し遠ざかるのを待とう。ドーンが焚き火の跡を見つけるまで、十五分はかかるはずだ。その頃には鋳造所までたどり着ける。

突然、手のひらにざらついた感触を覚えた。無意識のうちにナイフの柄を握り締めていたのだ。

ザンダーが持たせてくれたナイフ。共通の敵と戦うためにくれたナイフ。

ドーンが共通の敵？　いつからそんなふうに考えるようになったのだろう？　うまくいけば、このままドーンから逃げきれる。ふだんの生活に戻れるのだ。

イヴは立ち上がると、灌木の陰から出て歩き始めた。

まだ煙の匂いが漂ってくる。ドーンを焚き火の跡へ、そして、ザンダーのもとへ導く匂い。ザンダーはとっくに焚き火から離れて、森のどこかでドーンを待ち伏せしているだろう。

健闘を祈ってるわ、ザンダー。わたしたちの共通の敵を倒して。

イヴは足を止めて、両手でこぶしを握り締めた。またこんなことを考えている。命取りになるのはわかっているのに。ザンダーには借りなんかないのに。

いいえ、ザンダーはこのナイフをくれた。そして、自由になれるチャンスも。

わたしにはジョーやキャサリン・リングのような闘争心はない。それでも、今までなんとか生き延びた。それに、守りたいもののためなら誰だって闘う。ザンダーを守りたいわけではないが、このままでは後ろめたさから逃れられない。

それなら、やるべきことをやって悔いを残さないほうがいい。ザンダーがわたしの父でもそうでなくても関係ない。これまでずっと自分のルールに従って生きてきた。今回も同じことだ。

ドーンはわたしにあとをつけられているとは夢にも思っていない。それなら、様子をうかがうことはできるだろう。ドーンがザンダーを出し抜いたりしないと確かめたら、また戻ってくればいい。

共通の敵を倒す役には立ちそうにないけれど。

12

百メートルほど先に焚《た》き火《び》をした空き地が見える。残り火がくすぶっているところを見ると、ザンダーは火を消して、森のどこかでドーンを待ち伏せしているだろう。ドーンが焚き火のまわりをゆっくりと歩いているのが見えた。

突然、懐中電灯の明るい光が闇を貫いた。地面の足跡を探しているのだ。こっちに引き返してくるだろう。イヴは身構えた。

ところが、ドーンは焚き火の反対側に向かっていった。わたしの足跡を見落とすはずはないのに。

向こう側にわたしの足跡はない。ドーンはザンダーの足跡を見つけたのだろうか？　ザンダーは足跡を残すようなへまはしないはずだけれど。

「近くにいるのはわかってるぞ、イヴ。焚き火をするなんてよっぽど寒かったんだな。うまくやったじゃないか、すぐそばに来るまで煙が見えなかった。見つかるのが怖かったんだな」ドーンは低い声で笑った。「ケヴィンばかり恐れて、わたしを怖がっていないのかと思っていたよ。復顔の作業中、恐怖のあまり吐き気を催していただろう」そう言うと、懐中電灯で周囲を照らした。「あんたはまだ殺さない。復顔を完成させるのが先だ」

また吐き気が込み上げてきた。ドーンの言ったことは図星だった。ボニーにまで魔の手を伸ばしてくるケヴィンのことが、わたしは怖い。でもドーンが死んだら、ケヴィンは父親に乗り移ってわたしたちを苦しめることはできなくなる。

「ひとつ教えてやろうか。ケヴィンは殺した女の子を性的対象にはしなかった。無垢《むく》な少女を手にかけることで、自分を抑圧するものから解放されたかったんだ。あっちの世界でボニーも捕まえようとしたが、ボニーは屈しなかった。あんな強い子は初めてだと言っていたよ。あんたがついているからだろう、と」

ドーンの言葉が赤く燃える焼き印のように胸に突き刺さった。何があっても、ボニーをケヴィンの餌食にはしない。あの子の魂を守ってみせる。

「怒ったか？　ボニーはあんたの泣き所だからな。ケヴィンはきっとボニーを手に入れる。あの子は頭がいいから――」ドーンははっとして地面の一点に懐中電灯を向けた。「なんだ、これは？　まだ新しい足跡だ。そうか、ここから森に逃げ込んだんだな」

イヴはわけがわからなくなった。ドーンはザンダーの足跡と勘違いしているのだろうか？

「息を殺して潜んでいるんだろう。じきに見つけてやる。崖に向かっているな。地面が固いから、足跡が残らないとでも思ったのか」ドーンが木々の間を動くと、手にしたライフルが月明かりにきらりと光った。「雨も降りそうだし、今夜はこのへんでやめておくか」ドーンは崖に向かって言った。「見つけたら膝の皿を吹っ飛ばして、二度と逃げられなくしてやるからな」声が遠ざかっていった。

遠くで雷鳴がして、木の葉に雨粒がぱらぱらと落ちてきた。

イヴは迷った。勘違いしているなら、放っておいたほうが安全だ。でも、そうしたら引き返してきた意味がない。ドーンはザンダーを追っているのだ。

イヴは足音を忍ばせてドーンの後を追った。

ザンダーは小道をはずれて藪《やぶ》の中を進んだ。これなら足跡が残らない。この森に逃げ込んだのは、身を守る手段のないイヴだとドーンには信じさせておこう。

身を守る手段がない？　ザンダーは苦笑した。イヴなら丸腰でも闘うだろう。聡明《そうめい》で、命を簡単に投げ出したりしない。あの強さはいったいどこで身に着けたのか？　イヴに訊《き》いたら、わたしから受け継いだのではないと即座に答えるにちがいない。不幸な生い立ちや人生の試練がイヴを鍛えてきたのだ。

ザンダーは身を低くして鬱蒼《うっそう》とした藪の中を進み続けた。地面の起伏が大きくて歩きにくいことこのうえない。小道に戻ろうかと思ったとき、突然ガタンと大きな音がして、目の前から地面が消えた。

わけがわからないうちに、ザンダーは手を伸ばしてつかめるものを探しながら、六メートルほど落下していった。また不気味な音がした。手首が折れたのだ。悲鳴がもれ、激痛が走った。


しまった。

ザンダーは目を閉じ、歯を食いしばって、激痛がおさまるのを待った。

少し楽になると、目を開けて周囲の闇を見回した。ここはどこだ？

暗闇に目が慣れてきた。鉱山の縦坑の底らしい。百五十年ほど前、この一帯には金鉱があったというから、藪の中を進んでいるうちに、廃坑の入り口にかぶせてあった板を踏み抜き落下したにちがいない。

馬鹿なことをしてしまった。左手首は痛いし、左足首も変だ。体を引き上げて脚に力を入れてみた。なんとか立てる。軽い捻挫だろう。だが、手首は使いものにならない。ドーンと対決しようというときに、間が悪すぎる。

そのとき頭上でカサカサと音がして、ザンダーはぎくりとした。まさか、もうドーンに嗅ぎつけられたのか？　ホルスターから銃を取り出した。ひょっとしたら、野生動物が迷い込んだだけで……。

「だいじょうぶ？」押し殺した声がした。

イヴだ。

薄闇の中でシルエットが見えた。「こんなところで何をしてる?」思ったより大きな声が出たが、雷鳴がかき消してくれた。

「ドーンが森に入っていくのを見て、心配になってつけてきたら、大きな音がしたの。今、助けるから」

「助けなんかいらない。早くここを離れろ」

「あなたに思い入れがあるわけじゃないけれど、困っている人を見捨てるのは……」

「慈善家ぶるな。おまえみたいな素人に助けられるわけがない」

「怪我《けが》したんでしょう。痛むの?」

ザンダーは答えなかった。

「棒になるものを探してくる。それで引っ張り上げるわ」

「助けてくれと頼んだ覚えはない。さっさと行け」

「そんなことできると思う?」

「わたしがドーンに狙い撃ちされるのを見物する気か? ドーンはおまえを追って、もうすぐこっちに来る。藪の中に迷路を仕掛けておいたが、それも時間の問題だ」

「わたしを追って?」

「こっちに誘導したんだ。まっすぐここにやってくる」

「手足をかける場所はいくらでもあるもの」

「こんなざまでは勝ち目はない」

「のぼってこられそう?」

ザンダーは縦坑の壁を見渡した。ごつごつしていて、手足をかける場所はいくらでもありそうだ。左手が使えないとあっては至難の業だろうが、これとくらべものにならないような苦境に陥ったことは何度もある。「言っただろう。おまえの助けはいらない」

「ドーンよ!」イヴが緊迫した声でささやいた。「崖の近くに懐中電灯の明かりが見える」

「早く逃げろ」

「こっちに来ないように、ドーンに堂々と姿を見せてやるわ」

「やめろ! そんなことをしたら、おまえが――」

「指図しないで」イヴは激しい口調で言い返した。「あなたを撃たれたくない。ドーンとケヴィンを始末できるのはあなただけよ。ベナブルも警察も政治家も当てにならない。お願い、ドーンにとどめを刺して」そう言うと、背を向けて小道に向かった。

次の瞬間、イヴはいなくなった。

イヴは懐中電灯の光めざして駆け出した。雨に降られた藪で、たちまちぐしょ濡《ぬ》れになった。

闇の中で光がこちらを照らしている。覚悟を決めると、ヘッドライトの光の環《わ》の中で立ちすくむ鹿のように、しばらく突っ立っていた。それから背を向けると、また走り出した。ザンダーが落ちた穴からできるだけ離れよう。ドーンはわたしの姿を見ただろうか。懐中電灯の光がかなり長い間向けられていたから、気づいたはずだけど。

わざと藪をつついてガサガサと音を立ててみたが、雷鳴にかき消されてしまった。

そのとき、背後から悪態をつく声が聞こえた。何を言っているかわかるくらい近い。肩越しに振り向いたとたん、胸から心臓が飛び出しそうになった。

すぐそこまで来ている。ナイフを取り出すべきだろうか？　倒木を跳び越えて、草の生い茂った小道を走った。捕まったら戦うしかない。

〝こんなざまでは勝ち目はない〟ザンダーの言葉がよみがえってきた。そのとおりだ。ドーンはレーザー照準器のついたライフルでわたしを狙っているのだから。

もう一度振り返った。姿は見えないが、ゴム底のブーツで草を踏みしだく音と、ベルトにつけた鍵束がじゃらじゃら鳴る音が聞こえる。

ザンダーから遠ざけるという一応の目的は達した。次は自分が助かることを考えなければ。

「観念しろ」ドーンが背後から叫んだ。「もう逃げられない」

せせらぎが聞こえる。小川があるらしい。イヴは水音のする方向に走った。生い茂った木々の間を走り抜けるうちに、枝が顔をこすり、髪に引っかかって、服にもかぎ裂きができた。あと一息だ。

「やり始めたことはちゃんと終えないとな」ドーンの声が、さっきより近くで聞こえた。

「あの子が待ってるぞ」

川に飛び込んだ瞬間、無数の氷の剃刀《かみそり》で切りつけられたような痛みが走って、イヴは息を呑《の》んだ。一瞬で体が冷えきって、動きが鈍くなった。早まったことをしてしまったかもしれない。でも、あとを追って飛び込んではこないだろう。

浅い川底まで潜ると、そのまま息が続くかぎり泳ぎ続けた。ドーンは川岸を追いかけながら、わたしが浮かび上がるのを待っているにちがいない。流れに身を任せると、自力で泳いでいたときより速く進めることがわかった。できることなら、ドーンが追いつけないほど速度を上げたい。

やがて肺がつぶれそうになったので、しかたなく水面に顔を出した。そして、肺いっぱいに空気を吸い込むと、また潜った。ドーンに見つかったかもしれないが、もうどうだっていい。流れはどんどん速くなっていた。

これなら逃げられる。

そのとき、頭のすぐそばに弾丸が落ちた。

「次はもっと近くを狙う」ドーンが川岸から叫んだ。「弾丸より速く泳げるとでも思っているのか?」

言われてみればそのとおりだ。それに、川幅が狭く、岸から狙いやすい。

これ以上泳ぐのは危険だ。川から上がって森に逃げ込んだほうがいい。

カーブを過ぎてから、川面《かわも》に浮かび出て対岸に上がった。さっきの小道より雑草が生い茂って歩きにくい。ザンダーのところへ逆戻りしていなければいいけれど。氷のような水に浸《つ》かって疲労困憊《ひろうこんぱい》したせいで、方向感覚がなくなってしまった。とにかく森の奥へ進もう。そして、鋳造所に通じる道を見つけよう。

「無駄な抵抗はやめろ」ドーンが呼びかけた。「あがいたってどうせ捕まるんだ」

今度は違う。今のわたしには武器がある。でも、武器を持っているとわかったら、ドーンは誰が渡したか勘ぐるはずだ。このベストだってそう。

ザンダーの存在を気づかれてはいけない。まだ穴から出られずにいるザンダーがドーンに見つかるようなことがあったら……。

イヴはとっさにベストを脱いで、藪の奥に放り投げた。走り続けよう。まだ捕まるわけにいかない。

「往生際の悪いやつだ」ドーンが叫んだ。「膝の皿を吹っ飛ばすと言ったのは、ただの脅しじゃないぞ」

それは最後の手段のはず。歩けなくなったわたしを鋳造所まで連れ戻すのは、ドーンでも一苦労だろう。

対岸に出るのに手間取ったせいで、ドーンとの距離は縮まっていた。目の前に闇が広がっている。木々に阻まれてなかなか進めない。ドーンの荒い息遣いがすぐ後ろで聞こえる。ついに、背後から組みつかれて、地面に押し倒された。地面を転がりながら、股間に蹴りを入れる。ドーンが苦悶《くもん》の声をあげる隙にアンクルホルスターのナイフを探った。

「この野郎！」

平手打ちを食らって頭がくらくらしたが、なんとかナイフを取り出すことができた。だが、手首をひねり上げられ、ナイフが手から落ちた。

ドーンはすばやくナイフを拾い上げると、切っ先をイヴの喉に当てた。「ちょっとでも動いたら、ずたずたにしてやる」

イヴはその場に凍りついた。

「さあ、立て。ゆっくりと」

言葉に従い、膝立ちになった。

ドーンは立ち上がると、イヴを真上から見おろした。それから、手にしたナイフに視線を移した。「油断も隙もないな。どこでこのナイフを手に入れた？」

イヴは答えなかった。それらしい口実を考えなければ。

ドーンがまた平手打ちを食わせた。「言え」

「ここから十キロほど離れた狩猟小屋で見つけた。リュックや古い食料品もあったわ。ケヴィンと狩りをしたとき、忘れていったんじゃない？」

ドーンは首を振った。

「このナイフで串刺しにしてやるつもりだった」イヴはドーンをにらみつけた。

「血に飢えたところは父親そっくりだな」

「わたしには父はいない。あなたの妄想よ」

「今にわかるさ」ドーンは乱暴にイヴを立ち上がらせた。「あいつに引き合わせるのが待ち遠しい。その頭に弾丸を撃ち込んだときのやつの顔が早く見たいものだ」

「ザンダーはわたしが殺されてもなんとも思わないし、わたしもザンダーがどうなろうと知ったことじゃない。あなたの計画は最初から無理がある。事実に反することを根拠にしている」

「逃げるのに疲れ果てて、破れかぶれになったらしいな。追いかけっこはおしまいだ。仕事に戻ろう。だが、その前にケヴィンを取り戻さないと」ドーンはイヴを前にして藪の中を進んだ。「わたしを谷底に行かせるつもりだったんだろうが、その手は食わない。投げたのはあんただから、あんたが断崖をおりて取り戻してこい。復顔の目的は、被害者を家に帰らせることなんだろう？　それならケヴィンを連れ戻してこい」ドーンはまたイヴを前方に押した。「元どおりにしてわたしに返せ」

ドーンが来た道を引き返していないことにイヴはほっとした。これなら、ザンダーが見つかる心配はない。ドーンの関心をケヴィンに向けさせよう。

「元どおりにできるかは約束できない。頭蓋骨がバラバラになっているかもしれないし、雨に濡れてかなりダメージを受けているはず。投げたとき、すぐ回収すればよかったのに。このあたりはオオカミがたくさんいるようだし」

「取り返しのつかないことになっていたら、あんたをオオカミの餌食にしてやる」ドーンは憎々しげに言った。「さあ、断崖を這いおりて、あの子を連れ戻してくるんだ」そう言うと、イヴの背中に銃口を押しつけた。「今夜中に連れてこいよ」

バンクーバー

ジョーは警報装置を解除すると、足音を忍ばせてベランダのフレンチドアに近づいた。ザンダーはセキュリティに最大限の配慮をしていて、最先端のハイテク機器を設置している。裏口の警報装置を解除するだけでも三十分近くかかった。

フレンチドアの防犯アラームを無効にするのにさらに十五分。

ようやく室内に入ると、人感センサーが作動するのを待った。屋外に人感センサーが二台あったから、室内にも設置されているにちがいない。

アラームは鳴らなかった。

「動かないで。銃の扱いに慣れていないから、はずみで発砲してしまうかもしれない」

ジョーはぎくりとした。カーテンのそばの薄闇に、長身の男のシルエットが見える。床に伏せるべきか迷いながら、ホルスターから銃を引き出した。

早まってはいけない。ここに来たのは、イヴを見つける協力を求めるためだ。

「ザンダーではないようだな」

「違います」

「スタングか？」

「ベナブルからわたしのことを聞いたんですか、クイン刑事？」スタングは手を伸ばしてテーブルの上の電気スタンドをつけた。「それは光栄だ。ベナブルは優秀な捜査官で、なんといってもザンダーを恐れていない」そう言うと、淡い笑みを浮かべた。「その点をザンダーは買っているようです」

ジョーは目を細めてスタングを見つめた。物腰は穏やかだが、見せかけにすぎないのかもしれない。三十代後半だろうか。百八十センチを優に超える長身で髪は茶色、目はハシバミ色だ。茶色のタートルネックのセーターにカーキ色のパンツというラフな服装だ。筋骨たくましいとは言えないが、すっきりと引き締まった体つきをしている。

ベレッタのリボルバーを握っている手つきがぎこちないところを見ると、銃の扱いに慣れていないと言っていたのは本当らしい。

「ぼくを知っているのか？」

「ザンダーが取り寄せた調査報告書で写真を見たから、すぐわかりました」

「それなら、危害を加えたりしないとわかるだろう。銃をおろしたほうが賢明じゃないかな」

スタングはため息をついた。「そうですね。握っていたところで、たいして役に立ちそうにない」そう言うと、そばのテーブルに銃を置いた。「あなたは海軍特殊部隊にいたそうですね。その気になったら、一撃でわたしの手から銃を叩《たた》き落とせる。銃を向けたのはただの時間稼ぎですよ。あなたが危険人物ではないと見きわめるためのね」

「ザンダーのためか？」

「まさか。ザンダーが聞いたら笑うでしょう」

「防犯アラームを解除したつもりだったが」

「ザンダーは常に次の一手を用意していますから。あなたがフレンチドアに近づいた瞬間に気づきましたよ」スタングは一呼吸おいた。「飲み物でもいかがですか？」

「無断で押し入った人間を接待するのか？」

「盗みや暴行が目的でないのはわかっています。ザンダーからイヴ・ダンカンの居所を聞き出したかった。違いますか？」スタングはホームバーに近づいて、グラスにスコッチを注《つ》いだ。「失礼して一杯いただきます。どうもこの種のことは不得手でしてね。喉がカラカラになった」

「それにしては、内情に通じているようだが」

スタングは肩をすくめた。「ふだんのザンダーからは考えられないことですが、わたしにイヴ・ダンカンのことを教えたがったんです」そう言うと、グラスを口元に運んだ。

「危害を加えられたり殺されたりする話は聞きたくなかったんですが」

「イヴがそんな目に遭うとわかっていたのに、ザンダーは平然としていたのか？」

「どうでしょう。ザンダーの心の中は読めません」スタングはまたスコッチを口に含んだ。

「確かめようと思ったこともありません。命取りになるとわかっていましたから。危機感は常に抱いていましたが」

「それでもザンダーの仕事を続けていた理由は？」

「いくつか挙げられます。桁外れの報酬、ザンダーに対する興味」

「ザンダーに会わせてくれ。訊きたいことがある」

「ここにはいません」

「どこにいるんだ？」ジョーはスタングに詰め寄った。

「ザンダーの銃を持ち出したのは正解だったようですね。あなたは刑事のくせに、イヴ・ダンカンのこととなると必ずしも法を遵守するとはかぎらないらしい」スタングは眉をひそめた。「あいにく、わたしもザンダーの居所は知りません。ふだんから仕事の話はしてくれないので」

「仕事で出かけたのか？」

スタングは少し考えていた。「というわけではないんですが」そう言うと、ジョーと目を合わせた。「ジェームズ・ドーンを始末しに行ったんです。向こうから来るのを待つのにしびれを切らして」

「どこへ？」

「さあ」

「思い出したほうが身のためだぞ」

「仕事の話は聞いていないと言ったでしょう。そういうやり方で通してきたんです」

「知らないですまされない場合もある。きみに危険が及ぶ恐れだってあるだろうに」

スタングは肩をすくめた。「危険と隣り合わせの生き方をしてきましたからね。ザンダーがドーンを始末したら、あなたも助かるんじゃありませんか？　イヴ・ダンカンが生き延びる可能性が高くなる。ザンダーは暗殺者として超一流ですよ」

「ザンダーはイヴをドーンから救うつもりなのか？」

「いえ、そうは言っていませんでした。関心の対象はあくまでドーンです」

「ドーンは身の危険を感じたら、ためらいなくイヴを道連れにするだろう」

「ザンダーがそこまで考えているとは思えませんが」

「イヴが自分の娘でも？」

スタングは目を見開いた。「なんですって？」

「知らなかったのか？　ベナブルの話では、ザンダーは知っているそうだ」

「そうだったんですか」スタングは眉根を寄せて考え込んだ。「最近のザンダーの様子がいつもと違っていたのも、それなら説明がつきますよ」そう言うと、ジョーを見つめた。

「だが、ザンダーは親子の情に流されるような人間じゃない」

「そんなことはわかっている」ジョーは歯を食いしばった。「ザンダーが本当にイヴの父親かどうかはわからないし、知りたくもない。だが、もしそうなら、親子の情に訴えてでもイヴの居所を聞き出したい」

「ザンダーも知らないいんじゃないでしょうか」

「ドーンの居所は知っているんだろう？　イヴはドーンに拉致されたんだ」

スタングは返事をしなかった。

「答えろ、スタング」

「考えていたんです。ザンダーが知ったら、わたしの裏切りを容赦しないだろうと。ザンダーは常に裏切られることを想定していた。それでもわたしがこんなに長く勤められたのは、最低限の信頼を寄せてくれたからです」

「きみが忍耐強かったからじゃないのか？」

「そうとも言えますが」

「きみならどこででも働けるのに。資産運用の天才だとベナブルが言っていた」

「事情があって」

「兄のショーンのことだな」

　スタングはぎくりとした。「知っているんですか？」

「ベナブルがザンダーときみに関する報告書を送ってきた。バンクーバーまでの飛行機の中で、じっくり研究させてもらったよ」

「なるほど。だが、ザンダーに関する情報はそれほどなかったでしょう」

「ああ。しかし、きみのことは――」

「わたしは平凡な人間です」スタングは淡い笑みを浮かべた。「頭でっかちで、これといった特徴もない。あなたやザンダーにくらべたら没個性そのものですよ」

「ザンダーといっしょにしないでくれ」

「いや、共通点はありますよ。彼に会えば、あなたにもわかるでしょう。とはいえ、ザンダーは謎の多い人物ですが」

「きみだってそうじゃないか。報告書によると、南アフリカのコリン・ダクロウでアメリカ人の両親の間に生まれた。父親は宣教師で、現地で診療所を開いていたそうだな。ショーンという兄がいて、とても仲がよかった。ショーンは診療所で医師として働いていたが、きみは成人後の大半をアメリカで過ごしていた。ハーバード大学を卒業したあとは〈メリルリンチ〉で働いたが、どちらでも優秀な成績をおさめていた。それでも頻繁に南アフリカに帰っていたのは、強い絆《きずな》で結ばれた家族だったから」ジョーは一呼吸おいた。「しかし数年前、村が反政府勢力に襲われた。両親は虐殺され、ショーンも瀕死《ひんし》の重傷を負った。そして、きみがニューヨークから駆けつけた二時間後に亡くなっている」

「兄が助かるなら、命を差し出してもいいと思いましたよ。兄がどんな目に遭わされたか知って、苦しみが短かったことを祈るしかなかった」スタングは唇を噛《か》み締めた。「家族を埋葬したあと、きみはアメリカに戻ったが、〈メリルリンチ〉には戻らなかった。しばらく行方をくらましていたのは、喪に服していたからか?」

「考える時間がほしかったんです」

「南アフリカ政府から送られてきた調査書に、リー・ザンダーが虐殺に関与していたと記されていたそうだな」

スタングは答えなかった。

「ショーンは死ぬ間際まで意識がしっかりしていたという看護師の証言があった。きみに何か言い残したんじゃないか?」

長い沈黙が続いてジョーが諦めかけたとき、スタングが口を開いた。「ザンダーが死ぬまでそばを離れないとわたしに約束させました」

「ザンダーはなんの罪にも問われなかったから、きみは名前を変え、別人になりすましてザンダーに近づこうとした」

「そのとおりです」スタングはスコッチを一口飲んだ。「金さえあれば、別人の身分証明書を手に入れるのは簡単です」

「ザンダーの居所を突き止めて、求人に応募したわけだな。復讐《ふくしゅう》するチャンスを狙っていたんだろう？」

「警察官のあなたが、憶測で判断するんですか？」スタングはグラスをテーブルに置いた。

「当時のことは話したくない」

「悪かった」ジョーは表情を引き締めた。「チャンスはめぐってこなかったようだが、今ならザンダーに復讐できる。イヴを助けるために手を貸してくれないか」

　また沈黙が続いた。

「わたしはイヴ・ダンカンに好意を抱き始めています」スタングが話し始めた。「彼女の写真を見ていると、父や母を思い出すんです。この世には与える人と受け取る人がいる。そして、犠牲になるのは与える人なんです」

「だったら、助けてくれ」ジョーは懇願した。「いずれザンダーはきみの正体に気づく。その前にけりをつけたほうがいい」

　スタングはかすかな笑みを浮かべた。「とっくに気づいていますよ。正体を知ったうえでわたしを雇ったんです。ザンダーは身元を確かめずに人を雇うような危険は冒しません」

「知っていて、なぜきみを?」

「それは謎です。リスクを楽しんでいるのかもしれない。ザンダーは自衛にたけた人間だが、最近の様子を見るかぎり、死ぬことを恐れていないようです」

「イヴと同じだな」ジョーはつぶやいた。

口に出したことはないが、イヴはいつでも喜んでボニーのもとに行くつもりでいる。だが、まだだめだ。まだ行かせない。

「そうですか。だから、写真を見て感じたのかな……どことなくザンダーに似ていると」

「だが、イヴは簡単に諦める人間じゃない。死を恐れていないといっても、生きる意欲を失っているわけじゃない」ジョーはスタングに一歩近づいた。「ザンダーの居所を教えてくれ」

「知らないと言ったでしょう」スタングは手を上げてジョーを制した。「だが、突き止められるかもしれない」

「どうやって?」

「ザンダーはドーンが連絡してくるのを見越して、電話を逆探知できるようにしていたんです」

「ドーンは電話してきたのか？」

「ええ、ザンダーがここを発《た》ったのは、電話があった日の夜です。逆探知できたか、依頼した専門家に確かめていました。結果はわかりませんが、少なくとも中継塔は突き止めたんじゃないかな」

「中継塔？」

「携帯電話の基地局です。専門家に訊かないと、確かなところはわかりませんが」

「その専門家は誰だ？」

「ドナルド・ウェイナーという男です。優秀な技術者で、口が堅い」スタングは顔をしかめた。「ザンダーの怒りに触れて、命を落とした人間は少なくありません」

ジョーは男の名前を携帯電話に記録した。「電話番号は？」

「わたしの話を聞いていなかったんですか？　ウェイナーは知らない番号の電話に出たりしませんよ」

「ザンダーの固定電話からかける」

スタングは首を振った。「ザンダーは携帯電話しか使いません」

「どうすればウェイナーに連絡がとれる？」

「あなたが捜していると知ったら逃げるでしょう。連絡せずに直接訪ねたほうがいい」

「どこに住んでいるんだ？」

「ここから車で一時間ほどのところです。わたしの車で行きましょう」スタングはクローゼットからコートとマフラーを取り出した。

「なぜそこまでしてくれるんだ？　ザンダーと縁を切る気なのか？」

「こんな条件のいい仕事を手放したりしませんよ。兄との約束は守ります」スタングはコートをはおると、ドアに向かった。「わたしはイヴの顔が気に入ってるんです」そう言うと、ドアを開けた。「あなたも着込んだほうがいいですよ。急に冷え込んできましたから」

13

コロラド州　リオグランデ・フォレスト

なんて寒いんだろう。

氷雨が顔を叩《たた》き、濡《ぬ》れた髪がとぐろを巻いたヘビのように首筋に貼りついている。川から上がったときは、それでもいくらか暖かく感じたのに。身を切るように冷たい風が断崖から吹き上げてきて息ができない。

「足を滑らすなよ」ドーンが断崖の岩壁に懐中電灯を当てた。十メートルほど下に岩が張り出した場所があった。「命綱をつけておこう」イヴの腕と胴にロープを巻きつける。「ケヴィンを取り戻したら、すぐ引き上げてやるからな」

「見つかるとはかぎらないわ。谷底まで転がっていったかもしれないし」吐く息が白い煙となった。雨に打たれているのに、ドーンは寒がっていない。大切な息子を取り戻すことで頭がいっぱいなのだろう。「オオカミの餌食になったかもしれない」

「あんたを追ってここを通るたびに谷をのぞいてみた。十メートルほど下に岩棚がある。

わけ?」

「あったとしても、どうやって回収する
あの子はきっとそこにいる」ドーンは岩場に懐中電灯を向けた。「ほら、見えるだろう」

「何も見えない」実際、イヴは見たくなかった。「あったとしても、どうやって回収するわけ?」

「このリュックに入れてこい」ドーンは自分のリュックをおろしてイヴに背負わせた。

「くれぐれも気をつけてくれよ、これ以上あの子を傷つけないように」

「保証のかぎりじゃないわ」イヴはつぶやいた。

「いちいち逆らうな」ドーンは崖の縁にイヴを押しやった。「これ以上怒らせたら、ロープを切るぞ」そう言うと、ロープの端を近くの木の幹に結んだ。「さあ、早くあの子を連れ戻してこい」

イヴは一歩踏み出した。「わたしが谷底に落っこちたら、ケヴィンもおしまいね」

「そうはならない」ドーンは雨に打たれながらイヴを見つめた。「ケヴィンが許さない」

イヴはぎくりとした。背筋がぞっとしたのは雨のせいではなかった。

「さっさと連れてこい」ドーンが促した。

少しためらってから、イヴは崖の縁に腰をおろした。そしてロープをつかむと、岩だらけの断崖をそろそろおり始めた。岩に足をかけて体の重みを支えようとすると、ざらざらしたロープが手に食い込んでくる。

雨は相変わらず激しく、寒さは募る一方だ。ときおり雷鳴も聞こえる。谷底から吹き上げる風でロープが揺れるたびに体が傾《かし》いだ。

「ぐずぐずするな」ドーンが上から叫んだ。

わたしだって宙吊《ちゅうづ》りになっていたいわけじゃない。なんとか三メートルほどおりられた。ドーンが言っていた岩棚まではまだ七メートルもある。とてもたどり着けそうにない。

それでも、やがて崖がいくぶんゆるやかになって、おりやすくなった。そう思った瞬間、ぬかるみに足を取られて滑り落ちた。バランスを崩して、土砂に埋まっていた岩に膝をぶつけたが、なんとか起き上がった。

一メートルほど先に岩棚が見えた。復顔像はなさそうだ。ドーンの思い違いだったのだろうか。突然、息が止まりそうになった。ケヴィンの気配を感じたのだ。

おまえを殺してやる。あの子を葬り去ってやる。

周囲で闇が渦巻いている。吐き気が込み上げてきた。このままではケヴィンに負けてしまう。ドーンを勝たせることになる。

そのとき、ロープが引っ張られるのを感じた。ドーンがしびれを切らしたのだろう。大きく息をつくと、イヴは岩棚に近づいた。

あった。

復顔像を見た瞬間、無意識のうちに両手をこぶしに握って、手のひらに爪を立てていた。崖を転がる途中で粉々に砕けていればよかったのに。ケヴィンはそうなって当然なのに。

だが、復顔像はほとんど無傷だった。鼻と左頬が少し傾いで、ガラスの眼球がなくなっているが、それさえ直せば生前のケヴィンをよみがえらせられるだろう。

おまえを殺してやる。あの男を殺してやる。

悪霊が牙をむいている。この復顔像をもう一度谷底に投げ落とせばいい。そう思ったとたん、息ができないほど激しい吐き気が込み上げてきた。

「また投げ落とされるのはいや?」イヴは這《は》うようにして復顔像に近づいた。「これでけりをつけられるのに」

そんなことをしたら、ドーンにまた取りに行かされるに決まっている。そして、悪夢のような復顔作業を繰り返さなければならない。

でも、ザンダーが気になって引き返してきたのは、わたしなのだ。それでまたドーンに捕まったとしても、悔いはない。時間を巻き戻せたとしても、同じことをするだろう。

もう一度逃げればいい。この前より条件は有利だ。ザンダーに教えられた場所にたどり着けたら、電話と銃を手に入れられる。ザンダーだって、あそこから這い上がれたらまたドーンを追うだろう――わたしたちの共通の敵を。

「何をしてるんだ?」ドーンが上からどなった。「早く、息子を連れてこい」

イヴは復顔像を見おろした。落ちくぼんだ眼窩《がんか》がこちらをにらんでいる。

「お父さんのところに連れていってあげる。でも、必ずあなたたち親子を抹殺する方法を見つけるわ」そう言うと、リュックを肩からおろして、フラップを上げた。深呼吸して覚悟を決めると、両手で復顔像を持ち上げた。

また吐き気がする。復顔像はやけに重い。投げ込むようにリュックに入れると、フラップをおろした。

大きなため息が出た。これでしばらく見ずにすむ。リュックを背負うとロープを引っ張って、態勢が整ったことを知らせた。

稲妻が光った。雷鳴も聞こえる。篠突《しの つ》く雨。背中の不気味な荷物がずしりと重い。

ドーンがロープを引き上げ始めた。

イヴは岩にかけた足を踏ん張ると、両手でロープをたぐった。

ケヴィンのことは考えないで。二人の怪物を心から締め出して。

一歩ずつのぼっていけばいい。そうだ、ジョーやジェーンのことを考えよう。そして、何よりもボニーのことを。


くそっ！

縦坑の壁から突き出た木の根をつかんで体を引き上げた瞬間、激痛が走った。また意識を失った場合に備えて、ザンダーはリュックのストラップを木の根に引っかけた。墜落したとき脳震盪《のうしんとう》を起こしたのか、壁をよじのぼり始めてすぐ、しばらく気を失っていた。左手首にはシャツを切り裂いて包帯代わりに巻いてある。

携帯電話を調べてみた。相変わらず電波なしの表示が出ているだけだ。中継基地局から離れすぎているのだろう。ここから出られたとしても、かなり歩かないと、電波の届く場所に出られないかもしれない。ここにいるかぎり望みはない。焼けるような痛みに顔をしかめながら、ザンダーは電話をしまった。

チベットの僧侶が言っていたように、心を無にすれば、痛みを忘れられるかもしれない。僧侶たちだって、足をかけるものもろくにない縦坑を片手でよじのぼったことはないだろうが。今も細い木の根にぶらさがって、いつ崩れるかわからない小さな窪《くぼ》みに尻をのせている。

いや、僧侶たちの修行はもっと過酷だったにちがいない。信じられないようなことをやってのけるのを何度も見たことがある。だが、そこまでの信仰心がない以上、弱音を吐かず、やるべきことに神経を集中するしかない。せめてこの激痛がおさまってくれたら。

ザンダーは目を閉じた。この調子では、いつここから出られるかわからない。少し休もう。イヴは逃げたか、ドーンに捕まったか、それとも、殺されてしまったか……。

いずれにしても、わたしが焦ったところでどうしようもない。逃げられたなら、あとは自分でなんとかするだろう。捕まったとしても、ドーンはわたしの前で殺すために生かしておくだろう。殺されてしまったのなら、生き返らせることはできない。

ザンダーは言いようのない虚《むな》しさを感じた。

「休んでちゃだめ。行ってあげて。ママはどれぐらい持ちこたえられるかわからない」

ザンダーは目を開けた。声は縦坑の上から聞こえてくる。見上げると、バッグス・バニーのTシャツを着た赤毛の小さな女の子が、穴の縁に座ってのぞき込んでいた。

ついに幻覚を起こしたか。あれはボニーだ。新聞記事の写真も見たことがあるし、イヴから話を聞いたばかりだから、あの子の幻を見たのも偶然ではないだろう。

「母親のところに行け」

「行けないの」少女はつぶやいた。「だから、代わりに行って。あいつに邪魔されて近づけない」

「邪魔するって、誰が？　ドーンか？」

少女は首を振った。「ケヴィン」

やっぱり脳震盪の後遺症だろう。「悪魔とその手先か。勘弁してくれ」

「説明してる暇はないの。ケヴィンが強すぎて、あたしの力はどんどん弱くなってる」ボニーは唇を舐《な》めた。「お願い、ママをドーンから助け出して」

「悪いが、イヴが自分でなんとかするしかない。悪魔と戦うのは得意じゃないんでね」

「そんな言い方しないで」ボニーが突然、怒りに燃える目でにらみつけた。

「ママを助けてくれないと、あたしが許さない。わからない？」声が先細りになった。「闇がママを取り囲んで、どんどん迫っていく。闇の先には何もなくて……しんとしてる」

「わたしにわかるのは、おまえが想像力の産物だということだけだ。期待には応えられない」

気がつくと、ザンダーは宙に向かってつぶやいていた。上から見おろしている少女の姿はなかった。せっぱつまった目でにらみつけていた赤毛の女の子なんかいなかったのだ。あれは激痛が引き起こした幻覚だ。

また虚しさが胸に広がった。次に怒りが湧いてきた。なぜイヴは言ったとおりにしなかった？　信仰を捨てて生き延びることを頑《かたく》なに拒絶したチベットの僧侶に負けず劣らずの頑固者だ。なぜ二人とも能力を活かそうとせず、自ら危険に飛び込んでいく？　人間は、善人だろうが悪人だろうが、どうせいつかは死ぬのに。ザンダーは誰よりもそのことをよく知っていた。

今イヴはどこでどうしているだろう？　ぬかるみの中で死んでいるのではないだろうか。逃げおおせたとは思えない。ドーンはすぐ近くにいたし、イヴはドーンに向かっていったのだから。

わたしを助けようとして。

馬鹿なやつだ。自分の身は自分で守れる。わたしたちが運に見放されていなかったら、イヴはまだ生きていて、今ごろは鋳造所だったログハウスに連れ戻されているだろう。

ザンダーははっとした。わたしたちだって？　いつのまにイヴに連帯感を抱くようになったんだ？　ここで死のうが生き延びようが、それはイヴが決断することで、わたしには関係ないのに。

〝闇がママを取り囲んで、どんどん迫っていく。闇の先には何もなくて……しんとしてる〟

あれは幻覚だ。冷静に考えよう。わたしの目的はイヴを助けることではない。

そのとき、はっとした。あのナイフ。イヴがナイフを持っていると気づいたら、ドーンはどこで手に入れたか問いつめるにちがいない。答えないとわかったら、痛い目に遭わせる。だが、どんな目に遭わされても、イヴはわたしのことを言わないだろう。

分別のある人間ならドーンに事実を打ち明けて、あとはわたしに任せるだろうに。イヴ・ダンカンはあのチベットの僧侶のように、いわれのない苦難を背負い込む気でいる。

そんなまねはさせられない。どれだけ時間がかかっても、ここから脱出しなければ。

ザンダーは悪態をつきながら、泥壁をよじのぼり始めた。草や岩があれば、それをつかんで滑り落ちるのを食い止めようとした。激痛が走るたびに、怒りの矛先はイヴから離れていった。

怒りを向けるべき相手はジム・ドーンだ。

イヴはリュックをおろしてドーンの足元に投げた。「あなたのモンスターのお出ましよ。再会を喜び合ったらどう？」

「おい、乱暴に扱うんじゃない」ドーンはリュックのフラップを上げて、懐中電灯の光を当てた。「よかった。無傷だ」イヴを見て、意地の悪い口調でつけ加えた。「あんたはがっかりしただろうが」

「無傷じゃないわ」

「この程度ならすぐ修復できる。ケヴィンが勝つのはわかっていたよ」ドーンはリュックに手を入れて、復顔像の額を優しく撫《な》でた。「あの子は常に勝ち組だ」

「罪もない子どもたちを殺しておいて？　あなたもある意味では犠牲者よ」

「あの子のおかげで豊かな人生が送れた。わたしたちはいつもいっしょだった」ドーンはイヴの体からロープをはずした。「さあ、修復に取りかかってもらおうか。半日あれば仕上げられるだろう」ライフルの先で突いてイヴを促した。「行け。ログハウスに寄って道具を持っていこう」

「あそこに戻るんじゃないの？」

「場所を変えることにした。狩猟小屋でナイフを見つけたなんて話を信じると思ったのか？」

別の場所に移ったら、ザンダーがわたしたちを見つけるのが難しくなる。「誰かにあのナイフをもらったとしたら、わたしが今こんなところにいると思う？」

「それはそうだが」ドーンは眉をひそめた。「やっぱり信用できない。さあ、行くぞ」

イヴは肩をすくめると、歩き出した。「どこに行くの？　この雨の中で作業なんてできない」

「別の隠れ家を用意してある。何年もかけて準備したと言っただろう。予定どおりいかなかった場合の代替計画もちゃんと立てた」ドーンはにやりとした。「計画が変わったら、エンディングも変わる。あんたをバンクーバーのザンダーの家に連れていきたかったが、こっちのエンディングもそれほど悪くない。もうひとつのシナリオも実行できるだろうし」

イヴは小道に出て、ログハウスの明かりを眺めた。「ガス噴射装置まで用意したのに残念ね。今度の隠れ家もあれと同じくらい手間暇かけて改造してあるの？」

「行ってみればわかる。だが、これだけは言っておこう。もう二度と逃げられない」ドーンは足元のリュックを見おろした。「わたしたちは二度と騙《だま》されない。そうだろう、ケヴイン？」

イヴはぞっとした。慈愛に満ちた口調で頭蓋骨に話しかけるのは何度も見たけれど、何度見てもショックを受けた。

「騙す方法はもう思いつかないから、あとはあなたを息子のいる地獄に送る方法を考えるわ。どこに行くのか教えてもらえる？」

「少し先にゴーストタウンがある。わたし以外、もう何年も誰も足を踏み入れていない。ケヴィンを仕上げるには理想的な場所だ」

ゴーストタウン。イヴは表情を変えないようにした。ザンダーが携帯電話と銃を隠したと言っていたゴーストタウンにちがいない。でも、ドーンに監禁されたら、いくら近くでも取りに行けない。「最初からそこに連れていけばよかったのに」

「言っただろう、これは代替計画だと」ドーンは携帯電話を取り出した。「もう黙れ。ブリックに電話して、場所が変わったと伝えておかないと。あいつもちゃんと役目を果たしただろうな」そう言うと、ライフルを身振りで指した。「足を止めるんじゃないぞ。電話していても、ちゃんと見張っているからな」すばやく番号を打ち込んだ。「ブリックか？」早口で話し出した。「鋳造所からゴーストタウンに移る。次の仕事はわかっているだろう？　すぐこっちに来てくれ。待て、まだ切るな。ゴールドフォークは首尾よくいったか？　手に入れたんだろうな」一瞬後、ドーンは悪態をついた。「またドジを踏んだのか。

さっさとケンドラ・マイケルズを見つけ出して、日記帳を取り戻せ」そう言ってから、大きく息をついた。「いや、それはあとでいい。それよりこっちでやるべきことをやってくれ。こんなはずじゃなかったが」ドーンは電話を切った。

「ケンドラ・マイケルズがどうしたの？」イヴは訊《き》いた。「ブリックとどういう関係が？」

「友達のケンドラがあんたを捜している。また邪魔者が増えた」ドーンは険しい顔になり、またライフルでイヴを突いた。「急げ。早く山を出よう」

コロラド州　リスボン

「いいかげんに目を覚ましたらどう？」ケンドラは助手席の窓から手を伸ばして、マーガレットを揺り動かした。

マーガレットは片目を開けると、もう一方の目も開けた。「あら、いつのまにか明るくなってる」

「あなたを連れてきたのが本当によかったのかどうか、心配になってきた」ケンドラはトールサイズのカップを窓から差し入れた。

「何、これ？」

「グリーンティ。あなたみたいにぐっすり眠れる人はコーヒーを飲まないと思って」

マーガレットはうれしそうにカップを受け取った。「コーヒーを飲んでも眠れるわ。採掘場のそばで暮らしたことがあるけど、ダイナマイトの発破音にも目を覚まさなかった」

そう言うと、古木の生い茂った山々を見渡した。「ここはどこ?」

「コロラド州のリスボン。ほら、あれが大陸分水嶺《ぶんすいれい》よ」

マーガレットはうなずくと、もう一度周囲を見回してから携帯電話の画面を見た。「まだ七時ね」

「ここに着いたのは二時間ほど前。渓谷の日の出を見るつもりだったけれど、うとうとしてしまって、目が覚めたら日が昇っていた」ケンドラは車をとめた駐車場に隣接する白い小さな建物を指した。「やっとコーヒーショップが開いたところ」

「そうそう、日記帳のことを訊いてなかったわ。あなたが運転を替わってくれたときは、くたくたで訊く気力もなかった。どう? 何か関心を引くようなことが書いてあった?」

「ケヴィンの日記に関心を持つのはそういう趣味の人ぐらい」ケンドラは眉を曇らせた。

「引っかかる箇所がいくつかあったから、あとで読み直すつもり」

「きれいなところね」マーガレットは車からおりて背伸びをした。「だけど、どうしてここに? 理由があるんでしょう?」

「ドーンの車のトランクに砂金が残っていたの。過去の加工法が施されていた。それで思いついたの。ゴールドラッシュに沸いた頃、この一帯に金鉱がいくつもあったのを。今でも砂金採りをしているそうよ」

「ほんとに？」

ケンドラはSUV車からおりてきた若い夫婦と三人の子どもに目を向けた。「観光客向けだけれど、あの丘を越えたところに砂金採り体験ができる場所があるの。そこで話を聞いてみるつもり」

「ほんとに？」

駐車場沿いの小道を進んで低い丘を越えると、流れの静かな川に出た。川の中に大きな倒木があって流れをさえぎっている。川のそばに張ったテントで、砂金採りに使う選鉱パンと長靴を貸し出していた。二十人ほどの体験者は大半が家族連れで、川の中で選鉱パンをぎこちなく揺すっている。

「面白そう」マーガレットが笑顔で言った。「でも、誰も砂金採りの方法を知らないみたいね」

「あの人はどう？」ケンドラは顎髭《あごひげ》の男を指さした。七十歳くらいで、テントと同じロゴの入ったオレンジ色のベストを着ている。あちこちのグループに近づいては、やり方を教えていた。「話を聞いてみたいわ」

二人は川の中の飛び石を踏んで近づいていった。顎髭の男は二人に気づくと、テントを指さした。「あそこで長靴とパンをレンタルしてるよ。一攫千金《いっかくせんきん》が狙えるぞ」

ケンドラは笑いかけた。「ここのオーナー？」

「ああ、マーティン・サールだ。四十年以上この仕事をしている」

か、どっちだ？」

「四十年以上？」マーガレットは目を丸くした。「そんなに長く一攫千金を狙ってるの？」

悪気のない口調だったが、サールはむっとした顔になった。「借りるのか、借りないの

「ちょっと訊きたいことがあるの」ケンドラが言った。

サールは手をかざしてまぶしい日差しをさえぎった。「何が訊きたい？」

ケンドラは携帯電話を出してドーンの写真を見せた。「この男を知らない？」

サールは写真を眺めた。「知らないな。なんでおれに訊くんだ？」

「砂金採りに来たんじゃないかと思って」

「わかった」サールは声を落とした。「あんたたちのどっちかの彼氏だろ？」

「やめてよ。ほんとに見覚えはないのね？」ケンドラが念を押した。

「まわりを見てみな」男は周囲を指した。「みんな楽しんでるだろう。砂金で儲《もう》けような

んて誰も思ってない。宝くじを買うのと同じで、ちょっと夢を見たいだけさ。ここに来る

のはそういう連中ばかりだ。だが、この男はそんなタイプじゃない」

「砂金採り体験ができる場所はほかにもある？」マーガレットが訊いた。

「ああ、会社が四、五社ある。砂金採りツアーを個人でやっているのが六人ほど。だが、

さっきも言ったように、この男が体験に来たとは思えないな」サールは川下を振り返った。

「悪いが、あっちで呼んでるから。まだ行ってないなら、ビジターセンターで訊いたらど

うだ？」

「どこにあるの？」

サールは丘を指さした。「あの丘の向こうだ。ビジターセンターといっても、博物館と土産物屋とトイレがあるだけだが」

サールが離れていくと、ケンドラとマーガレットは対岸に出て、丘をのぼり始めた。

「あの人の言ったこと、本当だと思う？」マーガレットが訊いた。

「ドーンを知らないと言ったこと？　たぶん、本当よ。嘘をついていたら、一瞬表情が変わる。写真を見せたとき観察していたけれど、表情は変わらなかった」

マーガレットはほほ笑んだ。「あなたには動物と共通した能力がたくさんあるのね」

「それは褒め言葉かしら？」

「褒めたわけじゃないけど、動物並みに五感が鋭いわ。動物は言葉が理解できない代わりに、声の調子やボディランゲージや匂いで人間を判断しようとする。あなたが五感を研ぎ澄ませて全体像をつくり上げるのと同じよ」

「なるほどね」

「人間は相手の言ったことから判断するけど、動物は言葉に頼らない分、相手をしっかり見抜けるの。あなたとはレベルが違うとしても」

「プードルよりはわたしのほうが信頼できるということ？」

「もちろんよ。犬は人間を見抜くのは得意じゃない。たいていの人間を好きになってしまうから。ペットの習性ね」

「犬と話ができなくても、それぐらいわかるわ」

「人間と違って、動物は感情を隠さない。だからわたしは動物といるほうが安心できるの」

丘をのぼりながら、ケンドラはさりげなくマーガレットを観察した。周囲の人間から疑いの目を向けられるのに慣れているのだろう。自分の特殊な能力を実証してみせようとしないし、どう思われても気にかけない。だから、わたしもマーガレットを受け入れられた。

「人間の言うことは信じられない？」

「信じられない人もいる。でも、基本的には相手を信じたいほうなの。それで判断を誤ることもあるけど」マーガレットは肩をすくめた。「しかたないわ、そういう性分だもの。せいぜい気をつけるようにするしかない」

「あなたは見かけより冷静な性格なのね」

「そう思う？　でも、性格も経験で変わることがあるから」マーガレットはちらりとケンドラを見た。「あなたと出会って、自分が変わったような気がする。これまでなら——」

丘を越えると、急に言葉を切った。「あれがビジターセンターかしら？　思ってたよりずっと小さい」

「観光客が押し寄せてくるような場所じゃないから」

さらに二分ほど歩くと、こぢんまりした建物に着いた。年配の女性が訪れた観光客に地図やパンフレットを渡している。〝博物館〟と聞いていたが、実際には展示スペースで、ゴールドラッシュ時代の白黒写真を額に入れて壁に並べ、ところどころに当時の採掘道具や作業着が置いてあるだけだ。

ケンドラは携帯電話を取り出して、またドーンの写真を画面に出した。「どうせ時間の無駄だろうけど、一応訊いてみるわ。それから、車に戻って――」ケンドラははっと息を呑《の》んだ。目の端に何か気になるものが見えたのだ。壁に近づいてみた。

もしかしたら……。

「どうかした？」マーガレットがケンドラの顔と、ケンドラが見つめているセピア色の写真を見くらべた。「これは何？」

製造機の一種だろう。鉄製の四本の脚の上に横百五十センチほどの装置がのっている。装置のてっぺんから長いハンドルが垂直に伸びていた。

「ロボットの動物みたいね」マーガレットは言った。「何かしら？」

ケンドラはその写真に近づいた。「まさか、これだったなんて」

「なんの話？」

「間違いない。これだったのよ」

「解説には十九世紀の硬貨鋳造機と書いてあるわ。何をそんなに驚いてるの？」

「ドーンはこういう機械を最近車に乗せていた」

「どうしてわかるの？」

「車に最近ついた跡が残っていたから。湖から引き上げたときに見たわ」

マーガレットは首を振った。「こんな大きなもの、車に乗らないわ」

「乗せたのよ。それは確か」

ケンドラ自身、まだ信じられなかった。だが、この機械を見た瞬間、あの車のトランクに乗っているところが見えたのだ。車のトランクに残っていたへこみを見たときから、ずっと心のどこかに引っかかっていた。その謎を解き明かしたい。

「たしかに、トランクには入りきらない。どうやって乗せたか考えてみる」

ケンドラは改めて機械の輪郭を眺めた。そして、車のトランクについていた瑕《きず》やへこみを思い浮かべた。いったい、どうやってこんな大きなものを……。

やがて、おさまるべきところにすべてがおさまった。

「分解して、三度に分けて運んだのよ。鉄製の脚はトランクにおさまりきらなくて、後部座席に突き出していた。これが一度目。機械の下半分は二度目に運んだ。そして、三度目に上半分を運んだけど、ハンドルがついたままだったから、それが助手席のシートを破いた」

マーガレットは驚いてケンドラを見つめた。「ほんとにその順？」

「へこみと瑕の交差具合からすると、それ以外に考えられない」ケンドラは携帯電話を操作した。「湖から引き上げたときに撮ったトランクの写真があるわ。見てみたい？」

「遠慮しておく。見せてもらってもわからないと思う」

「説明してあげる。一目瞭然よ」

マーガレットは苦笑した。「信じるわ、あなたと同じように見えなくても。わたしは自分の見方しかできないから」

「たしかにそうね」

信じてくれただけで充分だとケンドラは思った。マーガレットがわたしを信頼してくれている証《あかし》なのだから。

案内係の女性が、ほかに一組だけいた来訪者との話を終えたのを見て、ケンドラは声をかけた。「あの、ちょっといいですか？」

案内係が近づいてきた。「何かご質問でも？」

ケンドラは写真を指さした。「昔はこれで金貨をつくっていたの？」

「そうですよ。ゴールドラッシュ当時、このあたりの町はどこでも自前の鋳造機を備えていて、何台も持っている町もあったとか。採掘者たちは金を町に持ってきて金貨にしてもらっていたの」

「今で言う造幣局ね」マーガレットが言った。

「そのとおりよ。当時は、政府だけではなくて、民間でもお金がつくれたの。デンバー造幣局も、昔は民間の硬貨鋳造所だった」案内係は写真を指さした。「これはその頃撮影された写真だけど、この機械は今でも残っているんですよ」

「ほかにも同じような機械があるの？」

「ええ、博物館や個人コレクターが何台か所蔵しているわ」

「この近くにあるかしら？」

案内係の女性はちょっと考えた。「とっさには思い出せないけど」そう言うと、ビジターセンターに入ってきた家族連れに目を向けた。「失礼するわ」

ケンドラは硬貨鋳造機の写真をもう一度眺めると、マーガレットを促して出口に向かった。「行きましょう」

マーガレットは納得のいかない顔でついてきた。「ドーンが硬貨鋳造機をトランクに入れていたのはわかった。でも、どこから持ってきたの？　ずっと監視されていたのに」

「ゴールドフォークの家を抜け出せたぐらいだから、厳重に監視されていたわけじゃないわ。どこから持ってきたかはこれから突き止める。どこか別の場所に運ぼうとしたのか、それとも処分するつもりだったのか。いずれにしても、イヴを誘拐する前にあんな大きなものを運ぶからには、きっと理由があったはずよ」ケンドラはポケットから携帯電話を取り出した。「助けを求めたほうがよさそう」急いで番号を打ち込んだ。

「誰にかけるの?」マーガレットが訊いた。

「ベナブル?」ケンドラは電話に向かって言うと、スピーカーのボタンを押した。「もしかして、わたしを捜してた?」

「きみを捜しているのはわたしより、死んだ警官の同僚たちだ。すぐ連絡しないと、コロラド州全域で指名手配されるぞ」

「連絡できるなら、とっくにしたわ。時間がなかったの」

「そう言うだろうと思っていたよ」ベナブルはぶっきらぼうな口調で続けた。「何がそんなに忙しいんだ?」

「訊きたいことがあるの。あなたは政府機関に探りを入れて情報を引き出すのが得意だとジョーから聞いた。それは本当?」

「あたりまえだ」ベナブルは皮肉な口調で続けた。「市民に正確な情報提供をするのもCIAの仕事だ」

「写真を送るわ。昔、金貨を造るのに使われていた鋳造機の写真。最近、ドーンがそういう機械を車に乗せていたのは間違いないわ」

ベナブルは興味を引かれたようだった。「自信満々だな」

「この写真をアトランタでドーンの車を捜索した鑑識チームに送って。トランクと座席についていた瑕やへこみと照合したら、わたしが言うことを証明してくれるはずよ。機械を三つに分解して運んだから、トランクに砂金が落ちたのよ。百年以上前、機械の中に残っていた砂金が」

「わかった。だが、それがイヴの捜査にどういう関係があるんだ？」

「まだわからない。でも、手がかりがほかにあるわけじゃないから、やってみて損はないわ」

「たしかに」ベナブルは一呼吸おいた。「いつこっちに戻ってくる？　訊きたいことが山のようにある」

ケンドラは、マーガレットのジャケットのポケットからのぞいている古い日記帳に目を向けた。「今はまだ無理」

「どうして？」ベナブルはとがめるような声を出した。

「ドーンの車に残っていた砂金の量からすると、その機械はそれまで動かされたことがなかったと思う。コロラド州の古い銀行か造幣局にあったのかもしれない。ＣＩＡでも調べてほしいけれど、わたしたちもこのあたりを探してみるつもり」

「ケンドラ、それは賢明なことだとは――」

「ジェーンに電話して、このことを伝えて。その後、ジェーンの容体はどう？」

「突然退院した。そちらに向かうと言っていたから、わたしより先にきみたちに追いつくだろう」

「よかった。でも、意外だわ。あんなに具合が悪かったのに」

「よくわからないが、急に回復したそうだ」

「じゃあ、写真を送信しておくわね。よろしく」

ケンドラは電話を切ると、マーガレットに顔を向けた。「聞いたでしょう。ジェーンが退院して、こっちに向かっているって」

「元気になってくれてよかった。早く会いたいわ」

「こっちに来たら、イヴのためにブルドーザーみたいに突進するでしょうね」

マーガレットは苦笑した。「あなたそっくりに」

「それはそれで大変だわ」

「ベナブルは協力してくれないの？　機嫌が悪そうだった」

ケンドラもベナブルの様子にはかすかな不安を感じていた。「イヴを見つけたいのは同じよ。ただベナブルは自分のやり方で進めたがっている」

「わたしだってそうよ」マーガレットは鼻に皺《しわ》を寄せた。「とにかく、今はモーテルを見つけてシャワーを浴びたい」

「賛成だわ。吹っ飛ばされかけて、どこもかも薄汚れているもの」ケンドラは駐車場に向かった。「すっきりしたら、古い硬貨鋳造機を探しに行きましょう」

14

ケンドラがシャワーを浴びて着替えていると、携帯電話が鳴った。

ジェーンからだ。

急いで出た。「退院できたって？　具合はどう？」

「元気よ」ジェーンはそっけなく答えた。「どうしてあなたもマーガレットも電話に出てくれなかったの？　何度もかけたのに」

「病気のあなたに心配をかけたくなかったから。報告するほどのこともなかったし」

「ドーンの家で吹っ飛ばされかけたのは、報告するほどのことじゃなかったというの？」

ジェーンは疲れた声になった。「ごめんなさい。いらいらして八つ当たりしてしまった。みんなでわたしをかばおうとするんだもの。あなたたちが危険にさらされてるのに」

「もうだいじょうぶよ。ゴールドフォークを出て以来、ブリックを見かけていないから。さっきベナブルに伝言を頼んだら、あなたがもうすぐこっちに着くと言っていた。今どこにいるの？」

「アトランタ空港。デンバーに着くのは夜中になる。わたしたち、そこでレンタカーを借りて追いかけるつもりだから、たぶん、明け方には会えるんじゃないかしら」

「わたしたちって？」

「セス・ケイレブとマーク・トレヴァーがいっしょなの。ベナブルから硬貨鋳造機のことを聞いたわ。ドーンはミネラル郡でその機械を手に入れたのかしら？」

「その可能性は高そう。昔、このあたりにはあちこちにそういう機械があったそうだから。ドーンのカーラジオの周波数もミネラル郡の放送局に合わせてあったし」

「鋳造機で何をする気だったと思う？」

「そのことをずっと考えてたんだけれど、必要というより、鋳造機が邪魔だったんじゃないかしら」ケンドラは一呼吸おいた。「それで、撤去したんじゃないかと」

電話の向こうで沈黙が続いた。「イヴ」ジェーンがつぶやいた。「きっとそうよ。イヴを監禁する場所を準備していて、その機械が邪魔になって……」

「わたしも同じことを考えた。それで、マーガレットと聞き込みに回っているところ。ベナブルにも調査を頼んでおいたから、何かわかったら知らせてくれるはずよ。あなたもこっちに着いたら、ゴールドラッシュ時代の建物の残っている観光地を回ってもらえない？」

「わかった。でも、その前にデンバーでトレヴァーの友人からも話を聞くことになってるの。森林学の教授で、コロラドでは第一人者だそうよ。ほかにわたしにできることはない?」

「今は思いつかない。頼むことができたら連絡する。教授が何かヒントをくれることを祈ってるわ」

「わたしが送ったスケッチは見てくれた?」

「もちろん。まだ同じ光景には出会ってないけれど、心にとどめておく」

「夢の話だからって、頭から無視しないでほしいの。捜索の手がかりがないんだから、少しでもヒントになりそうなことは調べて損はないでしょ」

「同じことをベナブルに言ったばかりよ。それに、あなたの友達のマーガレットといっしょにいたら、何を信じていいのか疑問になってきた」

「どこで落ち合える?」

「しばらくこのあたりを回るつもりだから、近くまで来たらまた電話して。これからはちゃんと出るから」そう言うと、ケンドラはつけ加えた。「かなりイヴに近づいてきている気がするわ」

「だといいけど。いいえ、そうじゃなくちゃ困る。これからはわたしも仲間に入れて。じゃあ、また連絡する」ジェーンは電話を切った。

ジェーンの声を聞いて、ケンドラは少し安心した。あの感じでは無理やり退院してきたわけではなさそうだ。マーガレットが言ったとおり、イヴのためにしゃにむに突進するにちがいない。

バンクーバー

「頼む、ウェイナー」ジョーは穏やかな声で言った。「携帯電話の基地局が知りたい」

「無理だ」ウェイナーはいらだたしげな視線をスタングに向けた。「なんで連れてきたりした？　教えられっこないだろ。ザンダーにばれたら、ただではすまない」

「それを承知で連れてきたんだ」スタングはにやりとした。「教えて、すぐ逃げ出すという手はどうだ？　おそらく、ザンダーはきみを追う時間を無駄と判断するだろう」

「あんたはどうする？　ザンダーを裏切って、逃げおおせると思っているのか？」

「わたしはどこにも逃げない。働き方を変えようと思ってね」スタングはちらりとジョーを見た。「クインを怒らせないほうがいい。ザンダーほど手ごわい相手かどうかはともかく、彼には強い意志と動機がある」

「きみは黙っていろ、スタング」ジョーがウェイナーに近づいた。「手っ取り早くしゃべらせてみせる」

「暴力は嫌いです。わたしの目の前で――」携帯電話が鳴り出した。発信者IDを見ると、スタングは低い口笛を吹いた。「驚いたな、ザンダーからだ」そう言うと、ドアに向かった。「ちょっと失礼。交渉は二人で続けてください」

「この部屋から出るな」ウェイナーが止めた。「こいつと二人になりたくない」そう言うと、スタングに近づいた。「ザンダーと話させてくれ」

「きみが出たら、ザンダーを怒らせるだけだ。スピーカーで聞かせてやるから」スタングは応答ボタンを押した。「ザンダー、珍しいですね、わたしに電話してくるなんて。何かご用ですか？」

「今いる場所のGPS座標を送る。ドクター・エランドに連絡して、大至急、来るように言ってくれ」

「怪我人《けがにん》が出たんですか？」

「わたしだ。手首を複雑骨折した。激痛のあまり何度も気を失った」

「あなたが？　想像もつきません」

「七時間以上かけて縦坑から這《は》い上がったら、誰だって気絶ぐらいする」

「いったい何があったんです？」

「話せば長くなる。ヘリコプターで北側から来てくれ。川が貫流している山を目印にして、川のそばに着陸しろ。そこからは歩きだ。低空飛行するなよ」

「わかりました。わたしも行ったほうがいいですか？」

ザンダーはしばらく黙っていた。「ああ、きみにも来てもらいたい。三時間以内に。あとどれぐらい時間があるかわからない」

「イヴ・ダンカンのことですね？」

「まだ生きている。少なくとも、遺体は見ていない」そう言うと、ザンダーは電話を切った。

「イヴは生きているって？」ジョーが言った。「ザンダーと話をさせてくれ」

「いや、それよりザンダーのところに行ったほうがいい」スタングは部屋を出ると、車に向かった。「もうウェイナーから情報を引き出す必要はなくなりましたね。彼にとって最高のタイミングだった。胸をなでおろしているでしょう」

ジョーはスタングを追った。「電話を貸してくれ。せめて場所だけでも――」

「ヘリコプターのパイロットに教えるから、そのときにわかりますよ」

「無理やり取り上げてもいいんだぞ」

「わたしを敵に回したいんですか？　イヴを助けたいんでしょう？」スタングは運転席についた。「ザンダーも捜査に協力してくれるかもしれない。イヴが生きていると言っていたからには、彼女に会ったんでしょう。あなたがへたに動いたら、かえってイヴを危険に陥れる可能性がありますよ」

ジョーは低い声で悪態をついた。「三時間以内に来いと言っていたが、そんなことができるのか？」

「できます」ジョーが助手席に乗り込むと、スタングは車を出した。「それがわたしの仕事です。三時間後には、イヴの近くに行けるかもしれない。冷静になってください」

イヴに近づけると思うと、期待に胸が高鳴った。捜査はゆきづまっていたのに、三時間後にはそばに行ける。イヴはどんな目に遭わされただろう？　今、どうしているだろう。

「わかった。それで、これからどうするんだ？　ドクターを叩《たた》き起こしに行くのか？」

「ザンダーはドクターと契約を結んでいますから、電話一本で駆けつけてくれる」スタングは電話に手を伸ばした。「空港で落ち合います。自家用ジェットのパイロットにヘリコプターの準備をさせておかないと」

「パイロットも電話一本で駆けつけるのか？」

「そうです。ザンダーは期待に応えられる人間しか雇いません」

「だが、きみはザンダーの期待を裏切るわけだろう？　わたしを連れていくんだから」

「期待を裏切るのではなく、ザンダーの計画に積極的に参加すると決めたんです」

「ザンダーにその違いがわかるかな？」

「さあ」スタングは苦笑した。「いざとなったら、あなたを盾にしますよ」

「願い下げだ」

「あなたなら当てにできる」スタングは番号を打ち込みながら続けた。「猪突猛進《ちょとつもうしん》型だが、一目見て、信頼に値する人間だとわかりました。それで、決心がついた。長年考えてきたことを実行に移してもいいんじゃないかと」言葉を切ると、電話の相手に言った。「スタングです、ドクター・エランド。こんな時間にすみません。緊急事態が発生して、ザンダーが先生を……」

デンバー国際空港

「いずれこの貸しは返してもらうからな、トレヴァー」ハンセン教授は不機嫌な声で言った。「真夜中に空港に呼び出されてスケッチを見る羽目になるとは思わなかった」

「わかってる」トレヴァーが言った。「どうだ、この風景に心当たりはないか?」

ハンセンはスケッチを受け取って眺めていたが、やがて首を振った。「見覚えがあるような気はする。だが、場所は特定できないな」

「ミネラル郡じゃないかしら」ジェーンはまだ諦められなかった。

「どうかな」ハンセンはまた首を振った。「あの一帯は何度も調査しているから、見たら覚えているはずだ」ジェーンの表情に気づいて、口調をやわらげた。「研究室のパソコンに取り入れた写真を調べてみるよ。何かわかったら知らせるということでどうかな」そう言うとトレヴァーと握手を交わして、その場を離れていった。

「空振りだったな、トレヴァー」ケイレブが言った。

「本塁打になる可能性もあったんだ」トレヴァーが言い返した。「そう言うきみは何をした？　飛行機の操縦以外に」ジェーンに視線を向ける。「ほかに当たってみてもいいが、ぼくの知るかぎり、ハンセンより優秀な森林学者はいない」

「いくら優秀でも、あの広大な一帯を知り尽くしているわけじゃないでしょう？」

「きみの判断に任せる」

「あちこち問い合わせているよりも、ミネラル郡に行ったほうが話は早そうね。イヴにかなり近づいた気がするとケンドラが言っていたし」

「希望の光が見える」ケイレブがジェーンを見つめた。「きみにも見えるだろう？」

そう言われたとたん、ジェーンは体が熱くなるのを感じた。あのあとしばらくの間は体がケイレブに反応すると警告されていたが、実際にそうなると、恐怖すら覚えた。「いいえ、何も見えない」

「今に見える。何かがきみを呼び寄せているのは確かだ」ケイレブは興奮した声で言った。「それが何かはわからないが、ケンドラが言ったとおり、かなり近づいていると思う」

それを信じようとジェーンは思った。ケイレブの血の影響かどうかはともかくとして、そう思うと、体の中からエネルギーが湧き上がってきた。「あなたの言うとおりかもしれない」視線をそらせて立ち上がった。「とにかく、ここで考えていても、なんの解決にもならないわ」

「ぼくも今回だけはケイレブを信じることにするよ」トレヴァーがジェーンにほほ笑みか

けた。「きみが希望を持ってくれたらうれしい。悲しんでいるきみを見ているのはつらいからね」

ジェーンはトレヴァーの笑顔から目をそらせなくなった。絶望も焦りもすべてを受け入れて、優しく包み込んでくれるような気がする。なぜこの人と別れたのだろうと今さらながらに思った。

「車を手配してくる」ケイレブが言った。「メロドラマは苦手でね」

「三人旅にもそのうち慣れるわ」ジェーンはバッグをつかんだ。

「どうかな?」ケイレブは眉を上げた。「まあ、様子を見ることにするか」

ジェーンは空港ターミナルの出口に向かった。イヴが誘拐されたとわかってから、ずっと闇の中をさまよっていた。でも、ようやくかすかな光が見えたような気がする。うまくいくとはかぎらないけれど、一縷《いちる》の望みを託してみよう。

ケイレブが振り返って、かすかな笑みを浮かべた。「ほら、希望の光が見えてきただろう」

コロラド州　プエブロ四番街

鉄で栄えた一大都市プエブロでも、この一角は薄汚い。ブリックは不快そうに顔をしかめた。路地裏にはホームレスがたむろしていて、町角にはドラッグの売人がいる。ミニスカートに高いピンヒールを履いた娼婦《しょうふ》が、腰を振りながら車に近づいていく。

ブリックはスラムをよく知っていた。陸軍に入隊したあと、ケヴィンと知り合うまでは、基地の近くの町の酒場や売春宿に入り浸っていた。デトロイトにもイスタンブールにも、どこの町にもスラムがあった。

そんなすさんだ生活を変えてくれたのがケヴィンだった。ケヴィンの生き方を知ると、もう昔の生活には戻れなかった。知り合ってからずっと、ブリックはケヴィンが敷いてくれたレールの上を歩いてきた。

ケヴィンを思い出すと、今でも涙がにじんでくる。こんなことはしたくないよ、ケヴィン。あんたならこんなことはしないはずだ。だが、あんたの父親が、復讐《ふくしゅう》するにはこうするしかないと言って聞かないんだ。

何もかもドーンのせいだ。ブリックは腹が立ってならなかった。自分だって計画どおり進められないくせに、おれがちょっとしくじると、口汚くののしったり、うるさく指図したりする。ドーンが無能なせいで、こっちは命が危なくなったうえに、無理な計画変更をさせられている。

だが、いつまでもドーンの言いなりになる気はない。おれに命令できるのはケヴィンだけだ。

まあ、この最後の仕事だけはやってやろう。ケヴィンの復讐のためだと思えばいい。だが、またドーンがしくじったら、そのときはおれが自分でやる。おれがザンダーを捕まえて殺してやる。

ドーンを始末してから。

ブリックは通りを見回した。ケヴィンなら、こんな薄汚いところに用はないと言っただろう。さて、どこから始めるか？

髪にピンクのメッシュを入れ、鼻と唇にピアスをした男が壁に寄りかかって、痩せた少年に話しかけていた。少年は真剣な顔で男の話に耳を傾けている。ドラッグか。ピアスの男はディーラーだ。

ブリックは車を歩道に寄せてとめると、車からおりた。ディーラーと常用者。

よし、ここから始めよう。

ゴーストタウン

まさしくその名のとおりのゴーストタウンだ。イヴはがらんとした通りに立ち並ぶ木造の建物を眺めた。かろうじて使えそうな建物もあるが、大半は朽ち果てている。見捨てられた町の寂寥感《せきりょうかん》が至るところに漂っていた。

酒場はちゃんとあった。ということは、ザンダーが言ったとおり、カウンターの奥には予備の武器と携帯電話が隠してあるのだろう。

「やけにおとなしいじゃないか」ドーンがトラックを止めながら言った。「この町が気に入らないのか？　最初からここに連れてきてもよかったんだが、向こうのほうが安全だったからな」

「ガス噴射装置を取りつけるには、あっちのほうが便利だっただろうけれど」イヴはそれとなく酒場に誘導しようとした。「あの建物は使えそうね。あそこに行くの？」

「最終的にはそうなるだろうが、復顔をするのはこっちだ」ドーンは運転席から飛びおりると、助手席側に回ってきた。「おりろ」

イヴはぬかるんだ通りにおりた。雨はやんでいたが、泥だらけの通りに雨水が流れていた。湿気を含んだ冷たい風が濡《ぬ》れた体に吹きつけて、思わず身震いした。鋳造所に立ち寄ったとき、着替えはおろか、わずかな衣類を持ってくることもドーンは許さなかった。復顔の道具だけ取ってくると、イヴに手錠をかけてトラックのハンドルにつないだ。それからまた鋳造所に入っていって、二十分以上戻ってこなかった。

麓からオオカミの遠吠《とおぼ》えが聞こえる。

「ほら、やっぱりケヴィンを狙っている。オオカミがここまで追いかけてきたわ」

「オオカミのことは言うな」

息子がオオカミに襲われると思っただけで、いたたまれなくなるらしい。このことは覚えておく価値がありそうだ。

「あれは理髪店？」小さな三色ポールが目に入った。ポールを店の壁に取りつけてある金属のアームが折れているので、少し傾《かし》いでいた。「狭そうね」

「広い場所は必要ないだろう」ドーンは道具類の入った大きな袋をトラックから出すと、空いたほうの手でイヴの肘を取って歩かせた。「あんたの仕事は頭蓋骨の復顔で、ミケランジェロみたいな大作をつくるわけじゃない」

「あの酒場のほうがよさそう。空間に余裕があるほうが――」

「狭いほうが、あんたを見張りやすいからな」ドーンは理髪店のドアを開けて、イヴを押し込んだ。

埃《ほこり》だらけの店内には、ひびの入った革張りの古めかしい椅子が二台、やはりひび割れた鏡の前に置いてあった。「こんなところで――」

「つべこべ言うな」ドーンは袋を開けると、塑像台を取り出して椅子にのせた。そして、リュックから復顔像を出すと、そっと塑像台に置いた。「元どおりに修復するんだ」

「暗くてよく見えない」

ドーンが懐中電灯を取り出し、ほの暗い店内が一気に明るくなった。しびれを切らしたのか、イヴに銃を突きつけた。「さっさとやれ」

イヴは一瞬ためらった。言われたとおり、早く終わらせたほうがいいのかもしれない。勝ち目のない闘いをこれ以上続ける意味があるだろうか？

「あんたの考えていることはお見通しだ。ケヴィンをあの子の望みどおりにしてやらないというなら、あんたを殺すしかない。それだけじゃない。あんたの大事な人間を皆殺しにしてやる。そうなったら、あんたの責任だ」

「自分の罪をわたしに負わせるつもり？」

やっぱり、勝つしかない。イヴは覚悟を決めた。自分のためにではなく、ジェーンとジョーのために。ボニーのために。そして、ザンダーのために。

それには武器を手に入れなければ。復顔像を仕上げて、酒場に行く方法を考えたほうがいい。

「やってもいいけど、手もかじかんでいて仕事にならない。シャツを貸して」

「え？」

「仕事をさせたいなら、言われたとおりにして」イヴは靴を脱いだ。床は冷たかったが、凍ったぬかるみよりはましだった。

ドーンはためらっていたが、やがて悪態をつきながら、コートを脱いでシャツのボタンをはずした。「凍えたって自業自得だ」

「自業自得がこの世の真理なら、あなたはとっくに息子のいる地獄に落ちているはずよ」

イヴはドーンが差し出したフランネルのシャツを受け取ると、濡れたチュニックを脱いで着替えた。ドーンの体温も匂いも無視しようとしたが、嫌悪感はどうすることもできなかった。

ザンダーがベストを着せてくれたときは嫌悪感を抱かなかったのを思い出した。敵かもしれないと思っていても、素直に受け取ることができた。

だが、ドーンからは奪い取った。生き残るために。生き残らなければならないから。

イヴは気を引き締めると、塑像台の上の頭蓋骨と向き合った。

わたしを待っていた、ケヴィン？

おまえを殺してやる。あの子も殺してやる。

やっぱり待っていた。あなたには負けない。父親もろとも地獄に送り込んでやる。

突然、激しい吐き気が込み上げてきた。

あなたにできるのはこれだけよ。もう慣れたわ。そのうち、何も感じなくなる。

「さっさとしないと、ケヴィンが怒り出すぞ」ドーンが催促した。

「知ったことじゃないわ」イヴはスパチュラを手に取ると、ケヴィンの頬の左側を滑らかに整え始めた。「ケヴィンは死んだ。もうなんの力も持っていない」

「黙れ！」

「あなたも同じよ」

「わたしが？」

ドーンの声がいつもと違うような気がして、イヴは振り向いた。

邪悪な怒りにゆがんだ顔が見つめていた。ドーンではない。これはケヴィンだ。

イヴは息を呑《の》んだ。すると、何かが遠のいていくのを感じた。そして、また目の前にドーンが立っていた。

「血迷ったか。わたしには銃がある。なんの力もないのはあんただ」

ケヴィンが消えると、もう脅威は感じなかった。イヴは復顔像に顔を向けた。「あなたもケヴィンも弱い存在よ。それを思い知る時が来る。これ以上邪魔しないで。復顔像を仕上げて、ケヴィンを地獄に送り返す」

「言葉に気をつけろ」

「ケヴィンだけじゃない。あなたもいっしょよ」

修復を終えて、ドーンにほしいものを与えてやろう。わたしのほしいものを手に入れるために。あの酒場に行くために。

コロラド州南部　州道１４５号線

「また別の町に行くの？」マーガレットは、助手席で携帯電話のタッチスクリーンに指を走らせているケンドラに目を向けた。「正直、ちょっとうんざり。ゴールドラッシュ・タウンを三カ所回ったけど、見つけたのはお土産のマグカップと、砂金採りをしてる人だけだった」

「楽しそうにマグカップを買っていたくせに」

「マグカップを集めるのが好きなの。かわいいのやユーモラスなのが多いし、記念になるから。気分が落ち込んだときはそのマグカップを出してきて、思い出に乾杯することにしてる」マーガレットは顔をしかめた。「でもこの調子だと、ゴールドラッシュのマグカップだらけになりそう」

「この一帯には至るところにゴールドラッシュでできた古い町があるから」ケンドラはタッチスクリーンを見つめた。「独自の硬貨をつくっていた町もあるみたい」

「勝手につくってもお金として通用したの？」

「当時は誰でも硬貨鋳造所をつくることができて、民間銀行でも硬貨をつくっていたと書いてあるわ。本物の金でできていれば、法定通貨として認められたの。造幣局で製造されるようになったのは一八六〇年代初めに入ってからだそうよ」

「コロラド中のゴールドラッシュ・タウンと骨董屋《こっとうや》を片っ端から回って、鋳造機を探すつもり？」

「ベナブルがＣＩＡのデータベースで鋳造機の型を特定できたら、範囲が絞られそうだけれど。この近くにゴールドラッシュ・タウンが二カ所あって、観光客向けのイベントをやっているの。寄ってみて損はないと思う」

「いいわ。マグカップのコレクションが増えるし。ここからどれぐらい？」

「約五十メートル」

ケンドラは前方の道路の右側に出ている〝ドレークベリー・スプリングス〟という標識を指さした。「ここで曲がるわ」

曲がりくねった道を進むと、駐車場に出た。観光バスやSUV車、RV車がたくさんとまっている。州道を何時間走っていてもほとんど車に出くわさなかったのに、キツネにつままれた気分だ。

「ディズニーランドに来たみたい」ベビーカーを押している若い夫婦とすれ違いながら、ケンドラがつぶやいた。二人は駐車場に車を入れてから売店まで歩き、そこで寄付金を払って町の地図をもらった。町には二ブロックほど続く通りが一本あるだけだった。

土道を歩いていると、ゴールドラッシュ時代の服装をした二人の男が路上パフォーマンスをしていた。当時流行したらしい歌を歌いながら酔っ払いを演じて、観光客の笑いを誘っている。

「どの建物もそんなに古く見えないわね」マーガレットが周囲を見回しながら言った。雑貨屋では、西部開拓時代の服装をした女性が綿菓子を売っていた。

「どれもせいぜい五十年というところよ」

「わざわざ建てたの？　なんのために？」

「お金のためよ。古い町を再現して観光客を引き寄せられたら、周辺のホテルやレストランが潤うから。ここも時間の無駄だったみたいね」

マーガレットは町の地図を調べた。「銀行はこの先の左側よ」

二人は小さな建物に入っていった。カウンターに天秤《てんびん》が二つのせてある。カウンターの奥の黒板には、銀行が保有する金の量と、金の買取価格が書いてあった。

ケンドラは首を振った。「たいしたことないわね。この銀行が金貨をつくっていたわけじゃなさそう」

〝メインストリート〟と銘打った通りの端まで歩くと、その先は休憩所になっていて、食べ物の屋台が数軒、そして、小さな売店があった。

売店に入ると、奥に座っていた六十代後半の白い顎髭《あごひげ》の老人が、ケンドラとマーガレットに笑顔を向けた。「いらっしゃい。ビル・ジョンソンだ。Tシャツを探しているのかね？」

ケンドラは首を振った。

「ショットグラスかマグカップはどうだ？　バンパーステッカーもあるよ。缶ビールの保冷カバーも入荷したばかりだ」

「いい色ね」マーガレットがテーブルから黄色いTシャツを取り上げて、シャツの上から着た。くるりと回ってみせる。Tシャツの背中には〝ドレークベリー・スプリングスで一山当てよう〟と書いてあった。「これ、もらうわ」

「よく似合うよ。二十ドルだ」

「十五ドルにして」マーガレットは笑いかけた。「二十ドル出すなら、あの棚のマグカップをひとつつけて」

老人は眉をひそめた。「ずいぶん強引な娘さんだね」

「在庫がさばけなくて困ってるんでしょ？　ひとつ引き取るわ」

老人は笑い出した。「まいったな」そう言うと、棚からマグカップをおろして差し出した。「二十ドル、クレジットカードは使えないよ」

「ええ、これにカードは使わない」マーガレットはポケットに手を入れて、皺《しわ》だらけの二十ドル札を出した。無断で借りてきたジェーン・マグワイアのクレジットカードを頻繁に使うわけにはいかないのだろう。

老人がケンドラに顔を向けた。「あんたにはドレークベリー・スプリングスのサンバイザーが似合いそうだな」

「それより、教えてほしいことがあるの」

老人はちらりとマーガレットを見てから、顔をしかめた。「こんな老人から何を訊《き》き出そうというのかな？」

「協力してよ。在庫整理を手伝ったんだし」マーガレットが言い返した。

老人はまた笑い出した。マーガレットが気に入ったらしい。この調子ではいつまでも軽口を叩き合っているだろう。ケンドラは割って入ることにした。

「この町のことが知りたいの」

「それなら、いい相手を選んだよ」老人はカウンターに積んである薄い本を指さした。

「娘がこの町のことを本に書いたんだ」

　自費出版本らしい。タイトルは『ドレークベリー・スプリングス：その歴史と伝説』。著者はスーザン・ジョンソンで、若い女性の写真が表紙にでかでかと載っている。

「娘は小さいときから、金鉱やゴーストタウンの話が大好きで、そういう絵ばかり描いていた。絵も得意だったが、大学に入ってからこの本を書いたんだ」本を掲げて、誇らしそうな笑顔になった。「なんなら、娘に送ってサインさせようか」

「いくらなの？」

「一冊二十ドル、二冊なら三十ドル」

　マーガレットは値切ろうとしたが、口を開く前に老人ににらまれた。「歴史を書くなら調べるのが大変だったでしょうね」マーガレットは愛想よく笑いかけた。「そういう本なら買わなくちゃね、ケンドラ」

「ええ。一冊もらうわ」ケンドラは代金を払って本を受け取った。「このあたりの建物は当時のものではないんでしょう？」

「ああ、この町は山の中で見捨てられた町を再現したものなんだ。この町を運営している会社の株主に、何代か前の先祖がそこで商売をしていたという人がいてね。開拓時代の西部ツアー人気に目をつけて、先祖の記録を参考にこの町をつくったんだ。その本にもとの町の写真が出ているが、くらべてみるとうまく再現してあるのがわかるよ」

ケンドラは何気なく写真を見て、はっとした。「この写真は？」

「それがもとの町だ。今はゴーストタウンだがね。山に囲まれた盆地にあって、その一帯の山には金鉱がたくさんあったらしい。一時は隆盛を極めたが、あっというまに採掘し尽くされて、町は見捨てられた。風光明媚《ふうこうめいび》なところだよ。娘は画家仲間に手伝ってもらって、あの一帯の風景を壁画にした。休憩所に面したところの、この建物の裏側にある」

「帰り際に見せてもらうわ。このあたりに古い硬貨鋳造機が残っているという話を聞いたことはない？」

「ゴーストタウンの近くの山に鋳造所があったという話を聞いたことがある。町が寂れてからは、採掘した金はジェフリーズボロまで運んだそうだ」

「ジェフリーズボロには今でも鋳造所があるの？」

「いや、南北戦争のあと取り壊された」

「どこに行けば昔の鋳造機が見られるかしら？」

「そうだな、デンバー造幣局に一台展示してあるが、ほかはどうだろう。その方面にはくわしくないもんでね」

ケンドラはうなずいた。「そうね。いろいろありがとう」

「またおいで」ジョンソンはマーガレットに顔を向けた。「あんたと話していると、元気が出るよ」

マーガレットは笑顔でマグカップを振ってみせると、ケンドラに続いて売店を出た。

「時間の無駄だった」ケンドラが言った。「鋳造機を扱っている古物商にあたるか、別の町に行ったほうがよさそうね」

「でもまあ、楽しかったし」マーガレットはマグカップを見おろした。「まったくの時間の無駄じゃないわ。見て、このマグカップ、風景画が描いてある。森が広がっていて――ひょっとして、これって……」

「どうしたの？」ケンドラはマーガレットに顔を向けた。

「こんなマグカップ、見たことないわ。絵の一部みたい。ねえ、何か思い出さない？　わたしの勘違いじゃないといいけど」

ケンドラはカップに描かれている絵を見つめた。「まさか。信じられない」

「どう？」

「そっくりよ。でも、カップに描かれているのは一部だけだから、これだけではなんとも……」ケンドラはポケットから携帯電話を取り出すと、ジェーンが送ってきたスケッチを画面に出した。「見れば見るほどそっくり」

「ねえ、場所がわかるんじゃないかしら?」マーガレットはマグカップを受け取って、ジェーンのスケッチと見くらべた。「ジョンソンが壁画のことを言ってたでしょ」そう言うと、休憩所に面した売店の壁に向かって走り出した。「ほら、やっぱり」

ケンドラもあとを追って、大きな壁画の前に立った。「川も岩も山も崖も、何から何まで同じ」改めてジェーンのスケッチと見くらべた。「夢を見てるみたい」

「アングルも同じだわ。ジェーンはほんとにこの場所に行ったことがないの? 無意識のうちに覚えてたんじゃないかしら?」

ケンドラは壁画の写真を数枚撮ると、ジェーンに電話した。「本人に確認してみるわ」そう言うと、スピーカーに切り替えた。

「ケンドラ? 何かわかった?」ジェーンは電話に出るなり訊いた。「こっちは空振りよ。今、ミネラル郡に向かっているから、正確な場所を教えて」

「ドレークベリー・スプリングスという観光地で、興味深いものを見つけた」ケンドラは興奮を抑えきれなかった。「写真を送るから、見て」

「興味深いものって――」数秒後、息を呑む気配が伝わってきた。「これよ、間違いない」

短い沈黙のあと、ジェーンが震える声で続けた。「夢に出てきた場所を探すなんて馬鹿げているような気もしていたの。でも、本当にあったのね。何もかもわたしが描いたのと同じよ」そう言うと、咳払《せきばら》いした。「この絵を描いた人から正確な場所を訊き出して」

「念のために訊くけれど、子どもの頃にそこに行ったことはない？」

「コロラド州に来たのはこれが初めてよ。ねえ、その絵を描いた人を捜して」

「実は、もうわかってるの」ケンドラはビル・ジョンソンから聞いた話を手短に説明した。

「そのゴーストタウンの近くにある山の風景で、そのあたりに鋳造所があったらしいわ。場所はゴーストタウンと金鉱の中間のようだけれど、ジョンソンもくわしいことは知らなかった」

「あとはわたしに任せて」ジェーンが言った。「あなたとマーガレットはもう充分がんばってくれたわ。これからはわたしががんばる。ベナブルに頼んで一帯を徹底的に捜索したら――」ジェーンははっと口をつぐんでから、心細そうな声になった。「イヴを救えるかもしれないけど、逆にイヴを失う危険もある。ドーンに気づかれないように慎重にやらないと」

「そのとおりよ」ケンドラは穏やかな口調で続けた。「あなたがそれに気づいてくれてよかった。正確な場所を突き止めて、ドーンに気づかれる前にイヴを救い出すしかないわ」

「わかってる。もう切るわね」ジェーンは一呼吸おいた。「本当にありがとう。あなたたちにいくら感謝してもしきれないってマーガレットに伝えて」

「ちゃんと聞いてるわ」ケンドラは笑った。「そうじゃないと、納得してくれないもの。じゃあ、また連絡する」そう言うと、電話を切った。

「よかったわ、喜んでくれて」マーガレットはにやりとした。「わたしが役に立つと認めてくれたし。あなたにもわかったでしょ」そう言うと、笑みを引っ込めて山並みを見上げた。「あそこにイヴがいるのね」

「おそらく」

「ドーンに気づかれないように慎重にやるしかないと言っていたわね」

「ドーンを追いつめたら、何をするかわからない。気づかれる前に救い出さないと」

マーガレットはまた山並みに目を向けた。「マグカップに描かれた絵はきれいだけど、人を寄せつけない威圧的な感じがしない？」

先入観があるからかもしれないが、ケンドラも同じことを考えていた。「山に入る前にあなたの友達のビルに頼まなくちゃ」そう言うと、売店に向かった。「絵を描いた娘さんに会わせてもらいましょう」

15

「泣いているのか？」トレヴァーが運転席からちらりとジェーンに目を向けた。「電話のやりとりを聞いたかぎりでは、悲しい涙ではなさそうだね」

ジェーンは頬に触れた。「泣くつもりなんかなかったんだけど。ええ、これはうれし涙」トレヴァーに携帯電話の写真を見せた。「これを見て。ケンドラとマーガレットが一山当ててくれたの」

トレヴァーは写真を見て低い口笛を吹いた。「もうちょっと洗練されていたら、きみが描いた絵だと思っただろうな」

「見せてくれ」後部座席に座っているケイレブが手を伸ばした。写真をしばらく眺めてから、ジェーンに電話を返した。「で、これからどうする？」

「ケンドラとマーガレットが壁画に描かれた場所を突き止めてくれるはずだけど、鋳造所はそこから少し離れた山の中にあるらしいの」

「何か目印になるようなものは？」ケイレブが訊《き》いた。

「近くにゴーストタウンがある。ドレークベリー・スプリングスはそこを再現した町だそうよ。地図を調べたら、ゴーストタウンから山に入る道がわかるんじゃないかしら。当時の採掘者は金鉱と町を行き来していたわけだから」

「調べてみる」ケイレブがノートパソコンを開いた。

「ジョーとベナブルに報告しておくわ」ジェーンは一瞬、目を閉じた。「これでイヴの居場所が突き止められたら……」

「運転役に飽きてきたよ」トレヴァーが言った。「もっとやりがいのあることがしたい」

「運転も大切な仕事よ。壁画に描かれた山の近くにに連れていって」

トレヴァーはジェーンの顔を横目で見ると、ゆっくりうなずいた。「きみがそう言うなら。目的はあくまでイヴを見つけることだからね」そう言ってから、穏やかな声でつけ加えた。「だが、運転以外にぼくにできることがあったら言ってほしい」

ジェーンはにっこりした。「わかったわ」

ケイレブが不満とも冷やかしとも聞こえるような声を出した。

トレヴァーが眉を上げた。「何か言いたそうだな、ケイレブ」

「いや、見上げたものだと思って」

「それは皮肉か？　ぼくはジェーンの役に立ちたいだけだよ」

「自分の希望より相手の望みを優先させるなんて、おれにはまねができない」

「そんなにたいしたことじゃないさ」トレヴァーは取り合わなかった。

「少しあんたのことがわかってきたよ。献身的な一面があるからジェーンに好かれるんだろうな」

「二人ともくだらないことを言ってないで、それぞれの役目に専念してちょうだい」

「了解」ケイレブが笑いながらキーボードに向かった。「どうせ、おれにはせっせと働くしか能がないんだ」

「きみだって献身的じゃないか」トレヴァーはアクセルを踏んだ。「本心はともかくとして」


ケンドラは売店の外のテーブルに地図を広げると、風に飛ばされないようにマーガレットのマグカップをのせた。店主のビル・ジョンソンは、画家の娘と電話中だ。

「そうか。ゴーストタウンの西側の渓谷なんだな」ジョンソンは念を押すと、ケンドラの手から油性ペンを取って地図に大きな丸印をつけた。

ケンドラはそこまでの距離を計算して、マーガレットに相談しようと振り返った。どこにもいない。

「ゴーストタウンから数キロ先の渓谷を描いたと娘は言っている」通話を終えたジョンソンが説明した。「ゴーストタウンは山に囲まれた盆地にあるから」そう言って、稜線《りょうせん》を指でなぞった。「ここを通るとその場所に出られるよ」

「ゴーストタウンを突っ切ったほうが早そうだけど」

「どうかな。あのあたりは道が悪いし、嵐があったばかりだから、町全体が泥沼になっているだろう。観光客があそこまで行かないのはそのせいなんだ」ジョンソンはまた稜線を指した。「こっちからだとゴーストタウンを迂回《うかい》できる」

「鋳造所はどのあたりにあるの？」

「さあ」ジョンソンは肩をすくめた。「尾根のどこかじゃないか。どっちのコースをとるとしても、今からは無理だよ」腕時計に目をやった。「もうじき日が暮れる。暗い山道は危険だ」

「ありがとう。助かったわ」

ジョンソンはきまり悪そうに地図を指した。「六ドルなんだ」

「それだけの価値は充分あるわ」ケンドラが代金を支払うと、ジョンソンは帽子に手をやってから、店に戻っていった。ケンドラはベナブルに電話して、ジョンソンから教えられた情報を伝えた。「朝まで待つ気になれないから、これから向かう」

「いや、待ったほうがいい」ベナブルが止めた。「朝までには鋳造所の場所を特定できるだろうから、攻撃チームを派遣する」

「何を考えてるの？」ケンドラはぎょっとした。「そんなことをしたら、イヴの命はないわ。ドーンがどんな男か知っているでしょう」

「落ち着いてくれ」ベナブルがなだめた。「ドーンのことは知り尽くしているし、自分の役目は心得ている」そう言うと、一呼吸おいた。「イヴの救出はわたしに任せて、きみは手を引いたほうがいい。救出活動の邪魔になりかねない」

「どういうこと？　話を聞いていると不安になってきた。イヴの命を最優先すると約束できるの？」

ベナブルはしばらく黙っていた。「わかった。計画を再検討してみる。鋳造所の場所がわかったら知らせるよ」そう言うと、電話を切った。

ケンドラはぼんやりと地図を眺めた。ベナブルは攻撃チームを派遣する気でいた。イヴを犠牲にしてでもドーンを殺害したいということだろうか？　不安は募るばかりだ。

ジョー・クインに相談したかったが、たぶん電話は通じないだろう。壁画の写真を送ったあとジェーンから電話があって、クインに報告しようとしたが、電話に出ないからメールを送ったと言っていた。連絡がついたところで、クインはバンクーバーにいるのだから、どうすることもできないだろう。せいぜいベナブルに短絡的な行動を慎むようにと電話するぐらいだ。

「どうしたの、そんな顔をして」マーガレットが休憩所のほうから近づいてきた。「皺《しわ》が増えるわよ」

「急にいなくなったりして、どこに行ってたの？」

「落ち着いてこれを読める場所を探してたの」マーガレットはケヴィンの日記帳を掲げてみせると、ケンドラと並んでベンチに腰かけた。「わたしがいない間に決断したみたいね」

そう言うと、にやりとした。「わたしがいなくてもやれるなんて、ちょっとショック」

「行き先がわかったから、そこに向かうだけ。でも、朝まで待つことにする。その頃にはジェーンと合流できるだろうし」

「日記を読み返す時間もできるし」マーガレットは日記帳のバンドを指ではじいた。「気になる記述を見つけたの」

ケンドラはマーガレットの顔を見た。「どんな？」

「あとで話すわ。わたしの思い過ごしかもしれないし。ちょっと不安になっただけ」

「あなたも？」ようやくイヴの居所がわかりそうだというのに、ベナブルと話してからは不安でたまらない。

「思い過ごしかもしれないと言ったでしょ。今から心配したって始まらない」

「あなたの能天気ぶりにはもう慣れたわ」ケンドラは言い返したが、なぜかほっとして、マーガレットがいてくれてよかったと思った。「ねえ、どうしてそんな考え方ができるの？ ちょっと知りたい気がする」

マーガレットは笑い出した。「知ってどうなるものでもないでしょ」そう言うと、立ち上がった。「何か食べに行かない？　考えすぎて疲れたから、こってりしたものが食べたいわ」

コロラド州　CIAデンバー支局

ベナブルは椅子から身を乗り出して、研究員のキャリー・バークが持ってきた写真を眺めた。「説明してくれないか」

「これは〈マクグローバ工作機械社〉の硬貨鋳造機で、製造されたのは一八四八年から六五年の間。ドーンが車に乗せていたのは、この硬貨鋳造機です。撮影された車内の写真と照合しました。トランクのへこみ部分の酸化が進んでいないところをみると、乗せていたのは二、三週間以内と推定されます」

ベナブルはうなずいた。「ケンドラ・マイケルズが言ったとおりだ」

「鑑識チームは、彼女の指摘がなかったら鋳造機だと思いつかなかったと言っています」

ベナブルは写真をデスクに置いた。バーク研究員は二十代半ばのほっそりした女性だが、興奮を抑えきれない様子だ。「生産台数はわかるか？」

バークは首を振った。「北米で流通したのはわずか十五台で、そのうち何台が残っているかは不明です。ネットオークションの広告や出品目録を検索して、市場にどれぐらい出ているか調査中ですが、ひとつ興味深い事実が判明しました。一台がコロラド州ドレークベリー・スプリングスの近くにあった鋳造所で使われていたということです」

やはり、そうだったのか。ベナブルは内心の興奮を悟られないようにした。「それで、あの一帯の調査結果は出たか？　ドーンがあのあたりにいる可能性が高い」

「その鋳造所はまだ残っています。四年ほど前に不動産会社に売却されたんです」

「どこの？」

「問い合わせ中です。鋳造機が残っているかは不明ですが、物件目録にはゴールドラッシュ時代の鋳造所がそっくり残されていると謳《うた》われています」

ベナブルはうなずいた。「よくやってくれた。何かわかったら知らせてほしい」

バークは急ぎ足でベナブルのオフィスを出ていった。

あの鋳造所にはもう鋳造機はない。ベナブルにはわかっていた。深い満足感が込み上げてきた。ついに突き止めましたよ、ターサー将軍。必ず捕まえてみせます。

急いでケンドラ・マイケルズにメールして情報を伝えると、デスクの上の写真を眺めた。

障害がいくつかある。ケンドラ・マイケルズ、ジョー・クイン、そして、ジェーン・マグワイア。障害は排除するしかない。私情に惑わされてはならない。

ベナブルは電話を取り上げた。「攻撃チームを編成する。ＦＢＩに応援を要請できるか訊いてみてくれ。決行は明日だ。場所はコロラド州南部」

ゴーストタウン

「いよいよだな」ドーンは感慨深そうに言った。「やっと目が入る」

「前にもここまでこぎつけたわ」イヴも復顔像を見つめた。

「振り出しに戻ったからな」ドーンは塑像台に近づいた。「だが、あんなに苦労して逃げても、何ひとつ変わらなかっただろう」

「いいえ。あなたを消耗させたし、念入りに立てた計画も阻止した。だから、鋳造所からここに連れてきたわけでしょう」

「目を入れないのか？」

「まだよ」前にこの段階に達したときと同じように嫌悪感が込み上げてきた。あの青い目ににらまれたくない。たとえガラスの義眼でも、薄気味悪くてたまらない。「眼窩《がんか》の縁を整えてから。片方が深くなっているから――」

「静かに」ドーンが制した。「車の音だ！　聞こえただろう？」

イヴは胸を躍らせた。助けが来たのかもしれない。「復顔像を持って逃げたほうがいいんじゃない？」

「うるさい」ドーンは壊れた窓から外をのぞくと、笑い出した。「ブリックの車だ。どきっとさせられたよ。ブリックもやっとやる気を出したようだな。これなら間に合う」

イヴは落胆が顔に出ないようにした。「何に間に合うの？」

「知りたいか?」ドーンは上着のポケットから手錠を取り出した。「もうすぐわかるさ」

イヴの手首をつかんで手錠をかけると、塑像台がのっている椅子の肘掛けにつないだ。

「おとなしくしてるんだぞ。ブリックを迎えに行ってくる」

「手錠をかけられたら仕事ができない」

「一休みしたらいいじゃないか。すぐ戻る。ケヴィンと留守番してろ」

次の瞬間、ドーンは理髪店を出ていった。歩道の板を踏む音がする。

ブリックは何をしに来たのだろう? さっきは一瞬、期待してしまった。せめて、誰か通りかかって、それで形勢が変わるかもしれないと。

気落ちしてはだめ。ケヴィンの頭蓋骨と向き合っていなければならないからといって、パニックを起こすなんて。復顔作業をしているときはずっと目の前にある。

それでも、手錠でつながれたことはなかった。祭壇に捧《ささ》げる生《い》け贄《にえ》にされたら、こんな気持ちになるかもしれない。

考えないで。ケヴィンにつけ込まれるだけだ。


「早かったじゃないか」ドーンは理髪店を出て通りを渡ると、ちょうど酒場から出てきたブリックに声をかけた。

「言われたことはやった」ブリックは不機嫌な声で答えた。「だが、あんたに指図されるのはもううんざりだ。おれはケヴィンのためにやったんだ」

「そのとおりだ。ケヴィンがやるはずのことを二人でやっている」ドーンはブリックの背後の酒場に目を向けた。「抜かりはないだろうな」

「けっこう苦労した。それで、ダンカンは？」

「あそこだ」ドーンは理髪店を指した。「仕事がすんだら連れてくる。あとちょっとだ」

「こんなはずじゃなかっただろう。あんたがドジを踏むからだ。なんで場所を変えなきゃならなかったんだ？」

「あの女がナイフを持っているのを見てぴんときたんだ」

「どういうことだ？」

「にぶいやつだな。ケヴィンにもそう言われていただろう」ブリックの顔色が変わったが、ドーンは気にしなかった。「結局おまえはケヴィンの理解者にはなれなかった」

ブリックの顔が怒りでどす黒くなった。「おれを信頼してくれたし、いろんなことを教えてくれた」

「わたしは父親だからな。あの子と一心同体だ」

「ケヴィンはあんたを利用していただけだ。内心では馬鹿にしてた」

激しい怒りに駆られたが、ドーンはかろうじて自制した。「今の失言は許してやろう。ここにきて仲たがいしている余裕はない」

「許してもらわなくたっていい」ブリックは言い返した。「おれはやることはやった。あんたとはもう終わりだ」

「まだだめだ」ドーンは酒場のドアを開けた。「ちゃんとやったか確かめたら、好きにしていい」そう言うと、肩越しにブリックを振り返った。「おまえもいっしょに来い」

ブリックはためらっていた。

ドーンは待った。これ以上ブリックを刺激しないほうがいい。

やがて、ブリックが近づいてきた。「ちゃんと仕掛けた」

「わかってるさ」ドーンは笑みを浮かべて脇に寄ると、ブリックを先に通した。「おまえの腕は買ってるよ」

コロラド州　リオグランデ・フォレスト

「三時間なんて嘘だ。四時間は過ぎているぞ」雨に濡《ぬ》れた藪《やぶ》をかきわけながらジョーがぼやいた。

「ザンダーなら三時間で着けたでしょうが」スタングは振り返って、ドクター・エランドが遅れずについてきているか確かめた。「もうすぐです」

ジョーはうなずいた。「移動中にジェーンからメールが入ったんだが、ケンドラ・マイケルズがイヴの居場所を突き止めてくれたというんだ。この近くらしい」そう言うと、じれったそうに続けた。「すぐそばまで来ておいて、もし間に合わなかったら……。いったいザンダーはどこにいるんだ？」

「わたしが先に立ちましょう」スタングが言った。「あなたがいるとわかったら、ザンダーは現れないかもしれません。不意をつかれるのは嫌いだから」

「ああ、そのとおりだ」突然声がして、目の前の小道に張り出した木の枝からザンダーがおりてきた。右脇にライフルをはさんでいる。「なぜクインを連れてきたのか聞かせてもらおうか、スタング」

「彼の要望に応じたまでです。あなたの意に沿わないことを何度もしてきましたから、一度増えても、どうということはないでしょう」

「そうはいかない。この男は邪魔だ」

「手厳しいな」ジョーが言った。「ドーンに復讐《ふくしゅう》する邪魔になったって、こっちの知ったことじゃない。イヴを巻き込まないでくれ」

「イヴは自分の身は自分で守れる」

「どうして言いきれる？　イヴに会ったのか？」

ザンダーは答えなかった。

「答えろ。返事をしないと、首をへし折るぞ」

「クイン」スタングが止めようとした。

「放っておけ、スタング」ザンダーが制した。「この男に手を出す気はない」

ジョーは驚いてザンダーを見つめた。「あんたにしては弱気だな」

「手首を骨折していたら勝てないからな」ザンダーはジョーと目を合わせた。「今は大目に見てやるが、わたしの邪魔をしたらただではすまさない」

「イヴに会ったんだろう？　話をしたのか？　まだ生きているのか？」

ザンダーはゆっくりうなずいた。「またドーンに捕まったらしいが、遺体がないところを見ると、殺されてはいないようだ」

「また捕まった？　ということは、一度はドーンから逃げたのか？」

「ああ、ここ三日ほど山の中を逃げ回っていた」

「なんてことだ」

「イヴを取り戻せますか？」スタングが訊いた。

「急げば間に合うだろう。こんな近くにイヴの味方がいるとは、ドーンは夢にも思っていないはずだ。わたしはまだバンクーバーにいると思い込んでいる。それに、イヴが口を割るはずがない」ザンダーはそう言うと、しばらく黙っていた。「わたしをかばおうとしているんだ」

「あなたをかばう？」スタングが驚いた顔になった。「なぜ彼女が――」

「特別手当をもらわないと割に合わないな」ドクター・ダニエル・エランドが藪の中から

現れた。「夜中に叩《たた》き起こされてアメリカに連れてこられたうえ、山の中を何キロも歩かされたんだから」エランドは長身の痩せた男で、黒い髪に白髪が交じっている。「何をしでかしたんだ？　見せてもらおう、ザンダー。さっさと治療をすませてカナダに帰りたい」

ザンダーはちらりとジョーを見た。弱みを握られるのがいやなのだろう。だが、意を決したように左手首を見せた。「応急手当をして、あと二十四時間ぐらいは使えるようにしてもらいたい」

「これはひどい」エランドは息を呑《の》み、ザンダーを促して道端に座らせた。「少し時間がかかりそうだ」

ザンダーは松の木に寄りかかった。「ぐずぐずしてる暇はないんだ」

「イヴの居所を教えてくれ」ジョーが詰め寄った。

「わたしが死ぬ前に情報を引き出しておこうという魂胆か？」ザンダーは辛辣な口調で続けた。「わたしは死なない。気を失わないという保証はないが、もしそうなったら、わたしの意識が戻るまでどこにも行くな。わたしより先に行って、ドーンに逃げられたら取り返しがつかない」そう言うと、スタングに命じた。「こいつを捕まえておけよ」

スタングはちらりとジョーを見た。「わたしには無理です」

「なんとかして引き止めておくんだ」ザンダーは皮下注射の準備をしているエランドに顔

を向けた。「鎮痛剤か？　強いのは使わないでくれ。意識を失うのは数分以内にしておきたい」

「つべこべ言うな」エランドは言い返した。「処置には耐えがたいほどの激痛を伴う。こんな目に遭わされなかったら、きみに同情したところだ」そう言うと、注射を打った。「効き目が出るまでにしばらくかかるが、急いでいるようだから」リュックから外科用器具を取り出すと、ジョーに目を向けた。「きみは力がありそうだな。動かないように押さえていてくれ」

「動いたりしない」ザンダーが歯を食いしばった。

「喜んで手を貸すよ」ジョーは膝をつくと、ザンダーの肩と上腕をつかんで地面に押しつけた。「ドクター、できるだけ早く頼む。一分でも早く意識を取り戻してもらわないと」

エランドは除菌シートで手を拭いた。「よかったな、ザンダー、頼もしい相棒がいて」

「相棒なものか」ザンダーはジョーを見上げた。「だが、過去の自分を見ているような気がしなくもない。わたしは人生のどこかで――」はっとして言葉を切ると、エランドを促した。「さっさとやってくれ」

エランドが折れた骨を接ごうとすると、ザンダーは苦痛に背中を反らせた。悲鳴はあげなかったが、嚙《か》み締めた唇から血が流れた。

そして次の瞬間、気を失った。

目を開けると、夜明けの空に真珠色の光が差し始めていた。

「どれぐらい気を失っていた？」ザンダーはかすれた声でスタングに訊いた。

「二時間ほどです」

「そんなに！」

「あなたが気を失ったあと、ドクターがまた鎮痛剤の注射を打ったんです。早く意識が戻っても苦しい思いをするだけだと言って。おかげで、すんなりギプスで固定できました」

「勝手なことをして」ザンダーは不機嫌な声で言った。「どっちにしろ左手は使えないが」

「あくまで応急処置だから、戻ったらすぐ手術を受けるようにとのことです。あれだけの痛みにショック症状を起こさなかったのが不思議だと感心していましたよ」

ザンダーはあたりを見回した。「クインは？」

「偵察に行きました。心配いりません、無謀な行動をとる気はないようだ」スタングはかすかな笑みを浮かべた。「イヴを救い出すためなら、不本意ながらもあなたに従うつもりらしい」

ザンダーはスタングの顔を見つめた。「きみは変わったな」

「そうかもしれません。リー・ザンダーという人間が少し理解できたような気がするんです」

「きみが簡単に理解できるような底の浅い人間じゃない」

「あなたを侮辱する気はありません」スタングは一呼吸おいた。「なぜわたしをここに呼んだんですか、ザンダー？」

「きみが役に立つかもしれないからだ」ザンダーは肩をすくめた。「きみはイヴ・ダンカンに関心を抱いていただろう。彼女を死なせたくないはずだ」

「あなたはイヴを助けるようせっつく人間をそばに置いておきたかった――そうじゃありませんか？　それで、わたしがイヴに関心を持つように仕向けた」

「ばかばかしい」

「あなたのような複雑な人間の本心は読めない。しかし、あなたの中である種の葛藤が生じたのは察していました」

「きみの想像にすぎない」

「あなたは認めたくないでしょうが、わたしは答えを見つけたんです。あなたはドーンを追うつもりでいる。だが、イヴ・ダンカンのために安全策を講じておきたかった。そのためにわたしをここに呼んだ」スタングはザンダーを見つめた。「わたしがクインを連れてきたのを喜ぶべきでしょう。クインのほうがわたしよりずっと頼りになる。必ずしもあなたの言いなりにはならないが、頭の切れる男だ。イヴさえ助かれば、あなたの邪魔はしない」スタングは穏やかな声でつけ加えた。「娘さんを助けてあげてください」

「わたしに娘はいない。イヴも、自分に父親はいないと言うはずだ」ザンダーは一呼吸おいた。「クインから聞いたのか？」

「ええ、話のはずみで。しかし、クインがその事実をあなたに突きつけることはないでしょう」

「きみは違う」ザンダーは小首を傾《かし》げた。「わたしが怖くなったようだな」

「今でも怖いですよ。あなたに対する恐怖が消えることはないでしょう。ただ、恐怖も慣れてしまうと、いい刺激になる」

「病的だな」

「あなただってこの数年間、恐怖を糧にして生きてきたはずだ」

「勝手な心理分析はやめろ」ザンダーは怒りを抑えた声で続けた。「それよりも、きみの話をしよう。わたしを殺すと決めているんだろう？　いつ実行するつもりだ？」

スタングは首を振った。「その話はいずれまた。それまでわたしが生きていたらですが」

「それまで生きていたら、か」ザンダーは言った。「クインを連れ戻してこい。しびれを切らして、ひとりでイヴを捜しに行ったんじゃないか？」

「無謀な行動はとらないと――」

「あの坂の上の道はどこに通じているんだ？」ジョーがそう言いながら、二人に近づいてきた。「自分で確かめてもいいが、情報提供のチャンスを与えてやろうと思って」そこでザンダーを見つめた。「絶好調とはいかないようだな。山の向こうで待機しているヘリコプターに乗ったらどうだ？　ドーンのことは任せてくれ」

「馬鹿なことを言うな」ザンダーはよろよろと起き上がって木に寄りかかった。「おまえはイヴのことだけ考えろ。ドーンはわたしが始末する」

「わかった。相手を間違えないようにしよう。それで、あの道はどこに通じているんだ？」

ザンダーは立ち上がった。「自制心を働かせると約束するなら案内してやる」

「約束できないな。あの道の先にイヴがいなかったらどうする？」

「おそらくあそこにいるはずだ。調べてみたが、豪雨のせいで足跡が消えていた。それに、こんな体でドーンに出くわす危険を冒せなかった。イヴはあの先の古い鋳造所に監禁されていたが、一度はそこから逃げ出したんだ。森で会ったときイヴにナイフを持たせたから、ドーンがナイフに気づいて警戒しているかもしれない」

「イヴにナイフを渡したですって？」スタングが訊いた。「なぜそんなことを？」

「あのときはそうすべきだと思ったんだ」ザンダーはリュックを取ると、左側の山並みを指した。「尾根沿いに進むと渓谷に出る。すり鉢状になった渓谷の急斜面をおりていくと、底の盆地にゴーストタウンがある。ドーンがイヴを監禁していた鋳造所はその数キロ手前だ」

「情報提供者としては合格だな」ジョーが言った。「あんたのそばを離れなくてよかったよ」

「運がよかったら、まだあそこにいるだろう。もしいなかったら、ほかに二、三心当たりがある」

「これだけ聞けば充分だ。もうあんたに用はない」ジョーが言った。「足手まといになるだけだ。エランドがいるヘリコプターに戻れ」

スタングが目を見開いて息を呑んだ。

「わたしが足手まといだと？」ザンダーは冷ややかな声で言うと、ジョーの目をまっすぐ見た。「考え直したほうが身のためだぞ、クイン」

ジョーは目を細めてザンダーを見つめていたが、やがて背を向けた。「わかった。遅れずについてこいよ」

ザンダーは一瞬クインの背中をにらんでから、あとに続いた。「生意気なやつだ。これ以上わたしを怒らせたら、ドーンより先におまえを始末してやる」

コロラド州南部

「あまり無理しないほうがいいよ」トレヴァーは、助手席で進路を確かめているジェーンにちらりと目を向けた。「アトランタを出てから、ろくろく休んでいないじゃないか」

「自分でもびっくりするぐらい疲れを感じないの」ジェーンはバックミラーでちらりとケイレブの様子をうかがった。すかさずケイレブが目を合わせてにやりとした。

「ジェーンの体調なら心配しなくていい」ケイレブがトレヴァーに言った。「おれはちゃんと役目を果たしたから」

「元気なのはうれしいが、その場しのぎの応急処置がいつまでももつとは思えない」

「そのとおりだ。いざとなったら、また応急処置を施せばいい」ケイレブは小首を傾《かし》げた。

「完璧主義者のあんたには不満だろうが、少しずつ積み上げて結果を出せる場合もあるんだ。ジェーン、きみはどう思う？」

「今は考えている暇なんかない」ジェーンが言った。「ケンドラやマーガレットと落ち合うことになっているホテルに着くことしか頭にないわ」

「それなら、その話をしよう」ケイレブが身を乗り出して、組んだ腕をフロントシートの背もたれにのせた。「あとどれぐらいで着く？」

ジェーンはタブレットのGPSアプリを調べた。「五分くらいかしら」

高速道路の角を曲がると、〈アイアン・ピーク・ホテル〉という看板が見えた。だが、まだ車が駐車場に入らないうちにジェーンはぎくりとした。

「どうして、あの人が？」

ベナブルが、黒い防弾チョッキを着けた十人ほどの男たちとホテルの前にいた。攻撃チームを引き連れてきたのだ。

「止めて！」トレヴァーが急ブレーキをかけると、ジェーンはジープが止まりきらないうちに飛びおりた。「これはどういうこと？」両手でこぶしを握ってベナブルに詰め寄った。

ベナブルはジェーンを見て目を丸くした。「元気そうでよかった。退院したと聞いたが、ここまで来るとは思っていなかった」

「おかげさまで」ジェーンは皮肉たっぷりに答えた。「ここで何をしてるの？」

「ドーンがイヴをこの近くに監禁している可能性が高い」

「攻撃チームに攻め込ませるのが最善策だというの？　ドーンのことは誰よりもあなたが知っているはずよ。追いつめたら何をするかわからない」

「ほかに方法があるのか？」

「あるはずよ」ケンドラ・マイケルズが黒いバンの陰から出てきた。

ジェーンはケンドラに顔を向けた。「あなたがベナブルを呼んだの？」

「まさか。目を覚ましたら、ホテルのロビーが軍隊の集結所になっていた。一日のスタートとしては最悪ね」

「これが我々の仕事だ」ベナブルが苦い口調で言った。「きみは感謝してくれないかもしれないがね、ジェーン。クインならイヴを取り戻すためには手段を選ばないはずだ」

「リスクが高すぎる。あなたほど優秀な捜査官が、なぜこんなことを……」

「きみとは見解の相違があるようだが、わたしは自分の経験に基づいて判断している」

ジェーンは反論するのを諦めて、ケンドラに顔を向けた。「マーガレットは？　まだいっしょなんでしょう？」

「車を出そうとしているところ。わたしたち、途中であなたと落ち合うつもりだったの」

「なぜだ？」ベナブルが割り込んだ。「無謀な計画でも立てているんじゃないだろうな」

「無謀な計画を立てたのはあなたよ」ケンドラが言い返した。

「どうしたんだ？」ケイレブがジープからおりてきた。

「どうもこうも――」

ベナブルが手を上げてジェーンを制した。「言っておくが、こっそり近づくのは至難の業だ。鋳造所のある山にのぼる道は、あのゴーストタウンを囲む尾根に沿って続いている。道幅が狭くて遠くから見通せるから、あっさり狙い撃ちされる。あいつと交渉するには、戦闘力と威嚇が必要だ」

ケンドラは黒ずくめの男たちにちらりと目を向けた。「ドーンを逆上させるには充分ね」

ジェーンが言った。「なぜここでぐずぐずしてるの？」

「ワイオミング州から来る応援部隊を待っている。もう到着するはずだ」

「ドーンと対決するには、これでも人数が足りないというわけ？」ケンドラはそう言うと、マーガレットが運転してきた車に乗り込んだ。「幸運を祈るわ、ベナブル。イヴを殺させないで」

「そんなつもりはない」ベナブルは不審そうにケンドラを見た。「きみはどうするつもりだ？」

「聞いてどうするの？　不意をつくのが好きなんでしょう？　今朝、わたしたちを驚かせたように」ケンドラが答えた。「ちょっと観光してくるわ」そう言うと、まだ運転席についていたトレヴァーに合図した。「ついてきて」

トレヴァーがうなずくと、ジェーンとケイレブもジープに乗り込んだ。二台の車は、悪態をついているベナブルを残して駐車場を出た。

しばらくするとマーガレットはスピードを落として、ジープが横に並ぶのを待った。

「行き先は鋳造所？」ジェーンはケンドラに訊いた。

「そう。だけど、どうするかは自分で決めて」

「選択の余地はないわ。たぶんそこにイヴがいる」ジェーンはかすかな笑みを浮かべた。

「それに、わたしの描いたとおりの風景か確かめたいし」

「壁画を見たから、それは確認ずみ」マーガレットが言った。「あなたが描いたとおりよ」

「イヴがあそこに監禁されている可能性は高いと思う」ケンドラが言った。「ドーンが車にのせていた鋳造機はあそこにあったものよ。そう考えれば、つじつまが合う」そこで眉をひそめた。「ベナブルがどんな行動に出るか見届けなくちゃ。その場にいたら、ベナブルを思いとどまらせることができるかもしれない」

「たしかにベナブルの計画は乱暴だけど」ジェーンが困惑した表情で言った。「でも、彼だって優秀な捜査官よ」

ケンドラはしばらく黙っていた。「それはわかってる。ただ、ベナブルの最大の関心はドーンで、イヴは二の次だとしたら？」

「どういうこと？」

「ただの勘。だけど、そんな気がしてならない」

ケンドラの勘なら信じたい。それに、やっとここまでたどり着いたのに、イヴのために何もせずに傍観するのはいやだった。ジェーンは覚悟を決めると、ケイレブとトレヴァーに言った。

「ＣＩＡと厄介なことになりそうだけど、それでもいっしょに来てくれる？」

ケイレブはにやりとした。「ＣＩＡにはとっくに目をつけられている。今さら同じことだよ。トレヴァー、あんたはどうだ？」

「運転役も慣れるとそれほど悪くない」トレヴァーが言った。「指示されたらどこへでも行くよ」

「二人とも理解してくれたみたい」ジェーンはケンドラに言った。「これでいいのか、悪いのかはわからないけど」

「いずれわかるわ」ケンドラは来た道を振り返った。「急いだほうがいい。ベナブルより先に鋳造所に着かないと。こんなところでぐずぐずしていたら、ベナブルが止めようとするわ」皮肉な口調で続けた。「わたしたちの安全のために」

16

ゴーストタウン

「何を手間取ってるんだ?」ドーンがいらだった声を出した。「壊れたところは直したんだろう」鋳造所から運んできた袋から、平たい木箱を取り出す。「早くあの子の目を見えるようにしてやれ」

「ばかばかしい。ガラスの義眼よ」イヴは言い返した。「あなたが勝手に見えると思い込んでるだけ」

「そうかな?」気味悪いほど穏やかな口調だった。「だったら、なぜそんなに怖がってる?　あの子に見入られたら、身がすくむからだろう」

「怖がってなんかいない」

気が進まないだけだとイヴは自分に言い聞かせた。ケヴィンに威嚇されたと感じるのは錯覚だ。たとえ奇怪な心霊現象だとしても、怖くなんかない。

「ケヴィンにそんな力はないわ」

「それなら、さっさと入れろ。どっちが正しいかわかるだろう」

イヴはためらってから箱を開けた。「空色だったわね。闇の黒がふさわしいのに」最初に左目を取り出して、ふっと息をついてから眼窩《がんか》におさめた。

何も考えずにやろう。さっさとすませたほうがいい。

次に右目を取り出して、眼窩に入れた。

「できたわ」そう言うと、復顔像は見ずに塑像台から離れた。「これで満足？」

「ああ、何もかも元どおりだよ」ドーンは涙に光る目でうっとりと眺めた。「エネルギッシュで、ハンサムで。どうやってこんなにすばらしい子を殺したりできたんだ？」

「醜悪なものと闘える力と強靭《きょうじん》な精神があったからよ」

「黙れ！」ドーンは平手打ちを食わせてイヴを床に倒した。「待ち望んだ再会をだいなしにする気か？」そう言うと、髪をつかんで顔を上げさせた。「見ろ。この子もあんたと顔を合わせたがっている」

目を閉じようとしたときには、復顔像を見ていた。たしかにケヴィンは美しかった。堕天使ルシファーを思わせる美貌の持ち主だ。しかも、復顔作業中には感じなかった生き生きとした力強さにあふれている。輝く青い目でイヴを見つめていた。

いいえ、ドーンに洗脳されてはだめ。わたしが受け入れないかぎり、この悪夢が現実になることはないのだから。

おまえはぼくのものだ。そして、あの子も。

そんなことはぜったいにさせない。

「本当にきれいな子だ」ドーンがささやいた。「誰もあの子に逆らえなかった。あの子がボニーを連れていったら、あんたもいっしょに連れていってほしいと泣きつくだろう」

「ケヴィンにそんな力はないと言ったでしょう」

「もうすぐわかる」ドーンはイヴの髪を撫《な》でた。「さあ、立て。ケヴィンをあんたの手の届かないところに保管しておかないと」

「また壊されるのが心配？」イヴは立ち上がると、通りに面した窓に近づいた。「チャンスさえあれば、何度でも壊してやる」復顔像を見てしまわないように窓の外に目を向けた。「オオカミの遠吠《とおぼ》えがまた聞こえる。お腹をすかしているのかしら。オオカミに襲われたら、ケヴィンはひとたまりもないわ」

「今に仕留めてやる。オオカミの頭をあんたに持って帰ってきてやるよ」

「狩りをしてる余裕なんかないくせに。わたしをここに連れてきたくらいだから、予定どおりに進んでないんでしょう。ジョーは必ずわたしを見つけてくれる」イヴは振り返った。「もう近くまで来ているかもしれない。ここもあなたにとって安全な場所じゃないわ。早く逃げたほうがいいんじゃない？」

「いいかげんに黙らないか」ドーンは復顔像をおさめた容器の留め金をかけると、顔を上げてイヴをにらんだ。「言われなくてもちゃんと考えてある。計画どおりザンダーを殺せなくてもケヴィンは許してくれるだろう。あの子は今、ザンダーよりあんたをほしがっているからな」そう言うと、唇をゆがめた。「あの子はきっとあんたを手に入れる。わたしが死ぬようなことになったら、あんたを道連れにして、あの子の遊び相手にしてやるよ。ボニーの心配なんかしていられなくなるぞ」

「そんな話、信じない」イヴは突っぱねた。「ケヴィンが霊になって戻ってきたとしても、もうなんの力もないんだから」

「今にわかるさ。あの子は喜んで――」かすかな着信音がして、ドーンは携帯電話を取り出し画面を見た。そして満足げに笑うと、またポケットに突っ込んだ。「思っていたより、その時が来るのは早そうだな」

ドーンはドアに近づくと、イヴに手錠をかけて腕をつかんだ。「来い。第二幕の始まりだ」そう言って、ドアの外に押し出した。「ここに来たとき、やけに酒場に興味を持っていたじゃないか。魅力のある場所かどうか確かめに行こう」

イヴはぎくりとした。ザンダーが隠した銃と携帯電話をブリックが見つけたのだろうか？「酒場に何をしに行くの？」

ドーンは返事をしなかった。二、三分後には通りを横切って、酒場のドアを押し開く。薄暗い店内に壊れた床材が散乱していた。埃《ほこり》と黴《かび》の臭いがする。

広い店の奥に長いカウンターらしきものが見えた。その奥の壁にはひび割れた大きな鏡。

ザンダーが言ったとおりだ。

だが、ドーンはカウンターには向かわず、反対側の戸棚のほうにイヴを押しやった。

「何をする気？」

「あんたの拘置所だ。気に入ったか？　二時間ほど留守にするが、あの理髪店は狭いし、通りから丸見えだ」ドーンはいたぶるような口調で続けた。「ケヴィンを追いかけているオオカミが、代わりにあんたを見つけたら困るだろう？　ひょっとしたらザンダーかクインが店の前を通るかもしれない。あっさりあんたを奪われる気はない」

松材の戸棚の前まで来た。高さ一・八メートル、幅一・二メートルといったところか。

「昔は酒の貯蔵庫だったんだ」ドーンが戸棚の両開きの扉を開けたとたん、ウイスキーの饐《す》えた臭いが鼻をついた。「あんたは誰にも渡さない。あんたを失うのはケヴィンに捧《ささ》げるときだけだ」そう言うと、イヴを戸棚に押し込んだ。「酒場を巣にしているクマネズミが悪さをしないといいが。戸棚で待ちかまえていないのを祈ることだな」

「齧歯類《げっしるい》には森で慣れたわ」

なぜドーンはジョーやザンダーの名前をあげたのだろう。もしかしたら、ザンダーが見つかったのだろうか？　縦坑から這《は》い上がって尾根を近づいてきたら、見つかる可能性は充分ある。でも、ジョーは……。「どこへ行くの？　ブリックが近くでジョーを見かけた？」

「あんたに教えると思うか？」

「ブリックが来たなんて嘘でしょう。ジョーかザンダーが……」

「いいや、嘘じゃない」ドーンが戸棚の扉をバタンと閉めると、イヴは闇の中に取り残された。「そこでわたしの行き先をじっくり考えるといい。あんたの勇敢な二人のヒーローを始末しに行ったのか、それとも、オオカミ退治に行ったのか」扉にかんぬきをかける音がした。「ああ、言い忘れるところだったよ。もしわたしがオオカミかあんたの恋人に殺されたら、あんたがこの戸棚の中にいることを知っている人間はいなくなる。楽な死に方じゃないな」笑い声と足音が遠ざかり、やがてドアがバタンと閉まる音がした。

暗闇。饐えたウイスキーの臭い。周囲から壁が迫ってくる。

これは柩《ひつぎ》だ。生きながらに柩に入れられた。

イヴは三度ゆっくり深呼吸した。冷静にならなくては。きっと逃げ道があるはずだ。

ドーンは二時間ほど戻ってこないし、銃と携帯電話のあるカウンターまでは二メートルと離れていない。ここから出ることさえできたら、道は開ける。

かんぬきがかかっているけれど、この戸棚はつくられて百年以上経《た》っているだろうから、木が腐っているかもしれない。松材はオークほど頑丈ではないし、あの鋳造所では、錠のまわりの板を壊して引き出しを開けることができた。

イヴは手錠をかけられた手首を見おろした。手錠をかけられたまま戸棚から出られるのはマジシャンぐらいだろう。それに、板をこじ開ける道具もない。

戸棚の外で何かが駆けまわる気配がした。ドーンが言っていたクマネズミにちがいない。何年か前の夏、湖畔のコテージにクマネズミが住みついたことがあった。鋭い歯でなんでも食い荒らすので、ジョーと大騒ぎしながら駆除した。

そうだ、あれだけ貪欲なクマネズミなら、この戸棚も見過ごすわけがない。少なくとも、何度か歯を立てただろう。どこか板が薄くなっているところがあるはずだ。

指先で戸棚の表面を探ってみた。もし表面が劣化していたらドーンは気づいただろう。膝をついて、床を調べた。どこも弱くなっていないようだ。隅まで行ってみた。

冷気を感じた。どこかから空気が入ってくるのだ。左端の床だ。イヴは胸を高鳴らせながら、慎重にその周辺を探ってみた。五センチほどの隙間がある。その周辺は板がもろくなっていて、ナイフの刃のようにギザギザしている。あわてて指を引っ込めた。血がにじんでいた。

大変。敗血症になってしまう。

次の瞬間、ばかばかしくなった。こんなときに敗血症の心配をするなんて。

戸棚の床を隅々まで調べてみたが、隙間はほかに見つからなかった。それなら、このたったひとつの隙間を利用するしかない。

ドーンが出ていってからどれぐらい時間が経っただろう？　戸棚に閉じ込められたのはずっと前のような気がする。

かんぬきの下側の板を押してみた。手応えがあった。もう一度押した。

板が割れた。

割れ目の周辺のギザギザの板をそっと押してみた。割れ目が七センチほどに広がった。手錠で叩《たた》いてみると、周辺の板がまた割れた。

打ち身ができたようだが、そんなことはかまっていられない。

かんぬきをはずせるなら、どんなことでもやってみせる。それには文字どおり血のにじむ努力が必要だ。急がなくてはいけないが、焦ると板の鋭い破片で怪我《けが》してしまう。

イヴは広がった割れ目の周辺から慎重に板の破片を取り除こうとした。

まだ戻ってこないで、ドーン。クマネズミのおかげで、ここを出られるかもしれない。

せめて、あと一時間あれば。

コロラド州　リオグランデ・フォレスト

「トラックがない」ザンダーが丘の上で足を止めて鋳造所を見おろした。「まだここにいると思っていたが」

「ドーンがいなくても、イヴはまだ監禁されているかもしれない」ジョーは周辺を見回して、ドーンが潜んでいないか探った。

「いや、その可能性はないだろう」ザンダーはジョーのあとから鋳造所に近づいた。「ドーンは仕事を終えさせるまでイヴを離さないはずだ」

「自信があるようですね」スタングが言った。「イヴから聞き出したんですか?」

「聞かなくても、二人の力関係を考えたらそれぐらいわかる」ザンダーはジョーに呼びかけた。「窓からのぞいてみろ。入るんじゃないぞ。イヴの話では天井に催眠ガスの噴出口があるというから、入ったとたんにやられる可能性が高い。ドーンは軍隊にいた息子から、その種のことを教えられたらしい」

「これでも元海軍特殊部隊だ。素人みたいなまねはしない」ジョーは鋳造所の前まで来ると、近くの藪《やぶ》にすばやく身を隠した。

「なかなかやるじゃないか」ザンダーはスタングに言った。「たしかに素人じゃない」

「クインに言ってやったらどうですか? 喜びますよ」

「喜ばせる気はない。わたしは簡単に人を褒めたりしない」

「あなたは様子を探らないんですか?」スタングが訊《き》いた。

「どうせ誰もいない」ザンダーは眉をひそめた。「この体だから、無駄に体力を消耗するわけにもいかないんだ」

「たしかに、いつ気を失っても不思議はありませんよ」

「気を失ったら、それこそクインに何を言われるかわからない」ザンダーは周囲の森を見渡した。「実に興味深い。ジェーン・マグワイアがクインに送ってきたスケッチにそっくりだ」ここに来る途中、クインが携帯電話の写真と周囲の風景を見くらべていたので、ザンダーは事情を訊いたのだった。「単なる偶然だろうか。どう思う、スタング？」

「わたしがなんと答えようと、偶然だと思いたいんでしょう？」

「イヴ・ダンカンは偶然と思わないだろうし、わたしがチベットで出会った僧侶も同じだろう。さて、どちらが正しいかな？」

「答えはわかっているはずです」

「ああ」ザンダーはにやりとした。「わたしは常に正しい」

「それでも、違う考えを頭から消せないようですね」

「かもしれない」ザンダーは話題を変えた。「クインが戻ってきた。報告を聞こう」

「電気はついているが、誰もいなかった」ジョーは顔をしかめた。「とにかく入って調べてみよう。手がかりが得られるかもしれない。ここに突っ立っていても――」はっとして足を止めると、軒下を見上げた。「あれはなんだ？　監視カメラがあるなんて言っていなかったじゃないか」

ザンダーはぎくりとした。「この前来たときには、カメラなんかどこにもなかった」軒下のカメラを見上げて小首を傾《かし》げた。「小道に向けてある。近づいてくる人間を監視するためのカメラだ。作動しているところを見ると、我々を感知して動き出したんだろう」

「ドーンはここにいないのに、カメラの映像をどこで見るんだ?」ジョーは首をひねった。

「あんたの言うとおりだとしたら、ドーンはここを出る前にカメラを設置したわけだ。我々が来るのを予測していたんだろうか?」

「予測していたとしても、カメラで監視する必要があるでしょうか?」スタングが言った。

「イヴを連れ出せばすむことなのに」

「イヴに復顔を続けさせたいが、いつまで安全が確保できるか見きわめたかったんだろう」ザンダーはそう言うと入り口を離れて、すり鉢状の渓谷に続く山道を見おろした。

「ドーンはここをおりたのか」

「あの下にゴーストタウンがあるんだな?」ジョーがそばに来た。

「ああ、かつてドレークベリー・スプリングスと呼ばれていた町だ。ドーンは以前にもあの町に行っている。酒場に足跡が残っていた。イヴを監禁する場所を物色していたんだろうが、結局、ここを選んだ」ザンダーは肩をすくめた。「だが、町に戻ることにしたようだ。町にいてもカメラの映像は見られるから、我々が来たことはわかる」

「なるほど、スマートフォンで遠隔監視すればいい」ジョーはザンダーに顔を向けた。

「本当にあの町にいると思うか?」

「ああ」ザンダーは渓谷に通じる道を見おろした。「わたしの勘が当たっていれば、十中八九。ドーンは我々がここに来たのをもう知っているから、当然、町に来ると予想している。イヴを町から連れ出さないうちに捕まえなくては」そう言うと、肩越しに振り返って続けた。「百メートルほど先に車をとめてある。急げ」

「待ってくれ」ジョーはザンダーのあとを追いながら携帯電話をかけた。「ベナブルに応援を頼む。ジェーンの話では、鋳造所の位置を確認でき次第、こちらに向かうと言ったそうだ」

「ベナブルの助けなど不要だ」

「つまらない意地を張ってる場合じゃないだろう」ジョーは電話に向かって話し出した。「ベナブル、大至急ドレークベリー・スプリングスというゴーストタウンに来てくれ。きみが探していた鋳造所の近くだ。ぼくの携帯電話を追跡したら、位置情報が出る。今、そっちに向かっているところだ」

「鋳造所の位置は確認できた。そちらに向かっている」

「鋳造所は無人だ。ドーンはゴーストタウンに移動したとザンダーは言っている。どれぐらいで着ける？」

「近くまで来ているから、それほどかからない。そこで待っていてくれ」

「いや、先に行く。ここに来たのをドーンに気づかれたんだ。急がないと」ジョーは電話を切ると助手席に座った。スタングが後部座席に乗ると、ザンダーは車を出した。

ジョーの携帯電話が鳴り出した。ケンドラからだった。

「クイン、今、ベナブルから電話があった。マーガレットとゴーストタウンに向かう山道にいるから、そこで待っていて。五分以内に追いつける」

ジョーは尾根を見上げた。曲がりくねった山道に灰色のセダンが見える。たしかに、五分もあればここに着くだろうが。

「きみたちはそこで待機していろ。もうすぐベナブルが来るから」

「すぐ後ろまで来てるわ」ケンドラは不機嫌な声で続けた。「あの人の強引さにいつまで我慢できるか。いやだ、倒木が道をふさいでいる。よりによってこんな――」

次の瞬間、車のすぐ前で爆発が起こった。あっというまに炎が広がる。車が横滑りするのが見えたが、やがて立ち上る煙の中に呑み込まれた。

「なんてことだ！」

やがて、煙が晴れると、道から半分崖に跳び出したところで止まっている車が見えた。

「飛びおりろ！」ジョーは叫んだ。

「叫んだって聞こえない。この状況で電話を握っていられるのは、鋼の神経の持ち主だけだ」ザンダーはそう言うと、炎の柱を見つめた。「助手席のドアが開いているぞ。無事かもしれない」

そのとたんに女性が二人、助手席から跳び出してきた。

「逃げろ。車から離れるんだ」車が炎に包まれるのを目にして、ジョーは歯を食いしばった。

二人は走り出した。だが、車の燃料タンクが爆発して、地面に投げ出された。

「ドーンは訪問者を予期していたようだな。『邪魔するな』と合図を送ってきた」ザンダーは、立ち上がろうとしているケンドラとマーガレットにちらりと目を向けた。「車は止めないぞ、クイン。あの爆発はドーンの警告だ。第二の警告を出す前に町に着いたほうがいい」

「止めろとは言っていない」ジョーは空高くのぼっていく炎の柱を見つめ、視線を谷間の町に向けた。「あいつがあそこにいるのは間違いない。一刻も早くイヴのところに行きたい」

二度目の爆発が酒場の床を揺るがし、イヴはバランスを崩して膝をついた。

何が起こったのだろう？　ドーンはいったい何を？

やっとの思いで割れた板の隙間から両手を出し、さんざん苦労して戸棚のかんぬきをはずした。最初の爆発が起こったのはそのときだった。反対側のカウンターに行こうとしていたとき、また爆発した。

ドーンの仕業だろうか？　それとも、ザンダーがわたしを救い出すために爆発を引き起こしたの？　そんなことを詮索するより、この隙に乗じて逃げ出すことを考えよう。ザンダーが隠しておいた武器と携帯電話を見つけなければ。

イヴは床を這って、二メートルほど先のカウンターに急いだ。カウンターの下にある棚の見えないところに隠したとザンダーは言っていた。

棚の前まで来ても見当たらない。あれは嘘だったのだろうか？

諦めてはだめ。反対側かもしれない。向きを変えて、また床を這い始めた。

次の瞬間、ぎくりとして動きを止めた。「どういうこと？」声が震えた。

〝危険、爆破物〟と表示された三つの樽《たる》が行く手をさえぎっていた。どの樽にも棒状のダイナマイトが等間隔をおいて巻きつけてある。そして、起爆装置らしきものの赤いＬＥＤディスプレイが闇の中で輝いていた。

「まさか！」背後でドーンの声がした。「どうやって抜け出したんだ？」

爆発に気をとられて、近づいてくる足音に気づかなかった。ダイナマイトの樽の前で追いつめられたら、もうどこにも逃げられない。

「何を吹っ飛ばす気なの？　さっきの爆発もあなたの仕業だったのね」

「自分の目で確かめたらいい」ドーンは手錠をつかんでイヴを立ち上がらせた。「あんたの姿をやつらに見せてやる。有刺鉄線をくぐり抜けてきたみたいに血まみれじゃないか。これなら効果満点だ。脱出に成功したのに逃げられなくて無念だろう」

「もう少しで逃げられるところだった」

「ぜったい逃がさない」ドーンはイヴを出口のほうに押した。「わたしの決意をやつらに思い知らせてやる」

「あれはいったい……」イヴは言葉を失った。

尾根の上で車が燃え上がっている。女性が二人、炎と煙の中から這い出てきた。そのとき、ジープが近づいてきて、別の女性が飛びおりた。これだけ離れていても誰なのかはすぐわかった。

「ジェーン」

「そうだ。ジェーン・マグワイアが助けに来た。あんたを捜している連中はたいしたもんだな。あの鋳造所を突き止めた。もうすぐ別の車がここに来る」

「誰が来るの？」

「ジョー・クインだ」ドーンは一呼吸おいた。「しかも、ザンダーを連れてきた。父親に会わせるためにあんたをカナダに連れていく必要はなくなったようだな」

「二人が来るとなぜわかるの？」

「テクノロジーの進歩のおかげだ。みんなにあんたを見せてやる」ドーンはイヴを通りに押し出し、宙に向けて発砲した。「これで、ジェーン・マグワイアも気づいただろう。クインとザンダーも見たはずだ」そう言うと、イヴに顔を向けた。「揺さぶりをかけてやるか」

ドーンは手を振り上げると、イヴを殴りつけて地面に転がした。

切れた唇ににじんだ血を舐《な》めながら、イヴは体を起こそうとした。「こんなことをして、何が面白いの？」

「あんたに痛い思いをさせたら、あいつらも苦しめることができる。早く立ち上がれ」

イヴは立ち上がった。「手錠をかけた女を殴るなんて。卑怯者《ひきょうもの》だとみんなに印象づけられたわね」

「ベナブルも来たか」ドーンは顔を上げて、ジープの後ろに近づいてきた黒いバンを見つめた。黒ずくめの男たちが次々とおりてくる。「予定より急がないと。だが、これも計算に入れてある。抜かりはない」また宙に向けて発砲すると、イヴの腕をつかんで酒場に連れ戻した。「ベナブルは挑戦と受け取るだろう。戦闘開始だ」

「もう袋のネズミよ。観念したらどう？」

「いや、ここからが勝負だ」ドーンの青い目が興奮に輝いている。「あんたという餌があるかぎり、みんな食いついてくる。クインもザンダーも」

「ザンダーの狙いはあなたをこの世から消すことよ」

「やれるものならやってもらおうじゃないか」ドーンはカウンターに目をやった。

カウンターの奥にはダイナマイトの樽が用意してある。イヴは背筋が寒くなった。尾根で爆発を引き起こしたぐらいだから、高層ビルを吹っ飛ばすぐらいの爆弾を用意していたとしても不思議はない。いったい、どれだけ爆弾を仕掛けてあるのだろう？

「今なら間に合うわ」ドーンが聞く耳を持っていないとわかっていても、イヴは言わずにいられなかった。「早くここを離れたほうがいい」

「あんたを失うのはケヴィンに捧げるときだけだと言っただろう」ドーンは穏やかな声で続けた。「あんたを華々しく火葬するところをザンダーに目撃させる。ケヴィンへの最高のプレゼントだ」手を伸ばして、血のにじんだイヴの下唇に触れた。

イヴは視線をそらすことができなくなった。目の前にいるのはドーンなのかケヴィンなのか……。

そのとき、外で銃声がした。

ぐずぐずしていないで、ジョーやザンダーに警告しなければ。ドーンを振り払ってドアに向かった。

「だめだ。それは計画に入っていない」ドーンはイヴを引き戻すと、喉に手を回した。「観念するのはあんたのほうだ。ちょっと苦しい思いをしたら、ケヴィンが迎えに来てくれる」

目の前に赤い靄《もや》がかかった。息ができない。苦しくてたまらない。

イヴはドーンの手に爪を立て、必死で抵抗した。

赤い靄が少しずつ消えて、闇が広がってきた。
闇の向こうに光が見える。歓喜の光が。
ボニー！

17

「殺してやる」ジョーはいきり立った。「行かせてくれ、ザンダー」

「早まるな」ザンダーが制した。「やみくもに近づいても、ドーンにやられるだけだ。今のきみは思考停止状態にある」

たしかに考える余裕などなかった。通りに引きずり出されたイヴは、血まみれで、強制収容所にいたかのようにやつれ果てていた。そんなイヴをあいつは張り倒した。

「あんたは何も感じないのか？」

「ドーンのようなやつを相手にするには何も感じないのがいちばんだ」ザンダーはまっすぐ前を見つめた。「きみも感情を殺せば、わたしの邪魔をせずにすむ」

「こんなことをしている間にイヴが殺されたらどうするんだ？」

「そうはならない」ザンダーは平然と答えた。

「どうして言いきれる？」

「これは気休めじゃない。ドーンがイヴを殺したら、あいつの勝ちだ。わたしは負けるのが大嫌いでね」

「酒場まで連れていってくれるだけでいい。裏に回って忍び込む方法を――」そう言いかけたとき、酒場の前でライフル弾が炸裂《さくれつ》した。尾根から狙ったらしい。顔を上げると、攻撃チームが山腹を駆けおりてくるのが見えた。

ジョーはすぐベナブルに電話した。「どういうつもりだ？　攻撃をやめさせろ。イヴを殺す気か？」

「威嚇射撃だよ」ベナブルは答えた。「攻撃チームが来たとわかれば、抑止効果が――」

「引き上げさせろ！」

ベナブルは返事せずに電話を切った。

ジョーは深呼吸して怒りを静めようとした。「ザンダー、あの酒場に入ったことがあるんだろう？　裏から入れないか？」

「二階に通じる階段があったが、崩れかかっているから、のぼるのは無理だ」ザンダーはちらりとジョーを見た。「だが、きみならやれそうだな」

「裏口に案内してほしい」また銃撃が始まると、ジョーは両手でこぶしを握った。

「わかった。きみをおろしたら正面に回って、ドーンの注意を引きつけておこう」ザンダーはスタングに顔を向けた。「わたしが車をおりたら、すぐここを離れろ。攻撃チームに撃たれないように気をつけろよ」

「任せてください」スタングは言った。「あなたもお気をつけて。怪我人《けがにん》だということを忘れずに」

「きみに言われなくてもわかっている」ザンダーは山腹を見上げた。「攻撃チームが麓までおりてきたぞ。まっすぐ酒場に向かってくるだろう。いよいよ始まる」

「ベナブルのやつ」ジョーが険しい顔で言った。「これ以上ドーンを刺激するようなまねをしたら、殺してやる」

「ふだんのベナブルからは考えられない。冷静すぎるほどの男なのに」ザンダーはハンドルを切って車を町に入れると、酒場の裏に向かった。「もうすぐだ、クイン。地面は泥沼のようになっている。わたしがぬかるみに足をとられても、足を止めるなよ」

「やめさせて！」ジェーンはベナブルの腕をつかんだ。「正気を失ったの？　ドーンがイヴを殴り倒したのを見たでしょ。こんなことをしたら、イヴが殺されてしまう」

「正気を失っているのはドーンで、わたしじゃない」ベナブルはむっとした顔で腕を振りほどくと、まだ炎上しているケンドラの車を指した。「あれを見ればわかるだろう。これ以上あいつに勝手なまねはさせない」

「それはジョーに任せたほうがいい。あなたは後方支援に徹して」

「建物を直接狙わず、歩道と店の前の階段を狙えと指示してある。あくまで威嚇射撃だ。

ドーンも思い知っただろう」ベナブルはなだめるような口調になった。「わたしを信用してほしい。こういう心理作戦が功を奏することが――」

「弾丸がそれたらどうするの？」いつのまにかケンドラが二人のそばに来ていた。「彼らが使っているのは普通のライフル銃で狙撃銃じゃないでしょう。酒場の正面が吹っ飛ぶようなことがあったら、とばっちりを食うのはイヴよ」

「きみだってドーンが仕掛けた爆弾で吹っ飛ばされそうになったばかりじゃないか」

「たしかに死ぬほど怖い思いをした。でも、脳細胞までやられたわけじゃないわ。今考えなければならないのはイヴを救い出すことだけ」

「そのために鋭意努力している。事態を悪化させるようなまねは極力――どこへ行くんだ、あの二人は？」ベナブルは、山道を駆けおりていくトレヴァーとケイレブに目を向けた。

「素人が行っても役に立たない。何をする気だ？」

「少なくとも、あの二人は町を吹っ飛ばしたりしないわ」ジェーンが答えた。「ジョーの力になろうとしてるの。わたしもぐずぐずしていられない。早くあそこに行かなくちゃ」

そう言うと、道の端まで行った。酒場の前で何か動きがないかと目を凝らす。「わたしはトレヴァーやケイレブほど足が速くないから、車で連れていって、ベナブル。そうじゃないと、二人を追いかけるわ。それもいやなら、攻撃チームを呼び戻して。考える時間を三分あげるから」

「無茶なことを言うな。わたしは最善と判断した方法を実行しているだけだ」

「わかった」ジェーンは山道をくだり始めた。「酒場の前に立って、あなたが命じた銃撃の弾よけになる」

「戻ってこい、ジェーン。危険なまねをするな。攻撃チームに電話して、酒場にたどり着く前にきみを保護させる」

「やればいいでしょ」ジェーンは背後から呼びかけるベナブルを無視した。とにかく、現場に行こう。

「わたしが先導してあげる」マーガレットが近づいてきた。「山育ちだから、岩場で暮らすヤギ並みに健脚よ。ついてきて」

「ありがとう」ジェーンは声を震わせた。

「必ず連れていくわ。イヴはきっとだいじょうぶよ」しばらく無言で進んでから、マーガレットはまた穏やかな声で続けた。「イヴは困難に立ち向かえる強い人だと聞いていたけど、さっき通りに立っている毅然《きぜん》とした姿を見て、そのとおりだと思った。あなたのためにイヴを捜しているつもりだったけど、今では少しでもイヴの役に立ちたい」

ジェーンは眉を曇らせた。「そう言ってもらえるのはうれしいけど、どんどん悪いほうへ進んでいるような気がする」

「そんなことないわ。ジョー・クインやわたしたちだっている。きっと助けられる」

銃声を聞いていると、ジェーンは怒りと絶望で息苦しくなった。酒場の窓の前に置いてあるベンチに銃弾が当たったようだ。あんなに近くを狙ったら、ドーンは何をするかわからない。

「どうして？　どうして攻撃をやめないの？」

いいえ、マーガレットが言ってくれたように、イヴならきっとだいじょうぶ。そう信じよう。負けないで、イヴ。ジョーがすぐそばにいる。わたしももうすぐ行くから。

「麓に着いたわ」マーガレットが言った。「あとちょっとよ」

ジョーはどこで何をしているのだろう？　酒場の裏に車が向かっていったのを見たのが最後だけれど、中に入れたのだろうか？　どうか、無事でいて。早まったまねをしないで

——

最初に見えたのは炎の壁だった。空に向かってどんどん伸びていく。爆音が轟《とどろ》いた。酒場は吹き飛ばされ、連鎖的に爆発が広がって、炎と煙の勢いが増していく。

ジェーンは悲鳴をあげた。

「なんてこと——」マーガレットがつぶやいた。「どうして？」

「イヴ……」ジェーンはがっくりと膝をついて燃え盛る炎を見つめた。酒場は跡形もなかった。周囲の建物も軒並み倒壊し、炎が歩道を呑《の》み込んで広がっていく。「イヴ！」

マーガレットが駆け寄ってジェーンを抱き締めた。「しっかりして、わたしがついてる

わ」

でも、イヴはそばにいてくれない。もう二度と抱き締めてくれない。

ジェーンは勢いよく立ち上がった。「助けに行かなくちゃ」

火の海と化した町に向かって走り出す。転んでも、転んでも、立ち上がって走った。

ジョー、どこにいるの？　爆発する前にイヴを助け出してくれた？　そうでしょ？　きっとそうよね？

ジョーが炎に巻かれたかもしれないと思うと、胸が張り裂けそうになった。これは悪夢にちがいない。

酒場の前に攻撃チームの隊員が集まっていた。ケイレブがジェーンに気づいて駆け寄ってくる。「クインは無事だ。爆風で三、四メートル吹き飛ばされたが、命に別状はない。トレヴァーがそばについている」

「よかった」ジェーンは安堵《あんど》のため息をついた。「イヴは？　イヴも無事だと言って」

ケイレブは答えなかった。

「生きているのよね？　そうでしょ？」

ケイレブは燃え上がる火に目を向けた。「イヴは酒場から出てこなかった。目撃者が何人もいる。生きて出てきてほしいと誰もが固唾《かたず》を呑んで見守っていた。あれだけの爆発なら、山だって吹き飛ばされる。なんとか入ってみたが、クレーターみたいな大きな穴が開いていた」

「嘘よ」

「嘘をつけるものならつきたい」ケイレブは苦しそうな口調で続けた。「きみが悲しむところを見たくない。だが、現実に直面させて、立ち直ってくれるのを祈るしかないんだ」

「嘘、イヴは死んでなんかいない」

「望みがないとは言いきれないが、気休めを言いたくない。酒場の裏にクインとトレヴァーがいる。行ってごらん。あの二人ならきみを慰められるかもしれない」そう言うと、ケイレブはジェーンから離れた。「ベナブルを捕まえて話を訊いてくるよ。何かわかったら知らせるから」

裏に回ると、ジョーは体を起こそうとしていた。切り傷だらけで血まみれの顔の中で、目が異様な光を放っている。

「ジェーン」かすれた声で呼びかけてきた。「イヴを失うなんて……こんなことがあってたまるか」

「ええ」ジェーンはジョーを抱き締めた。ジョーなら慰めてくれるかもしれないとケイレブは言ったけれど、わたしがジョーを慰めなくては。「イヴとはあれだけ強い絆《きずな》で結ばれていたから、もしイヴに何かあったら感じられるはずだと信じていた。でも、わからなくなった」涙が頬を伝った。「イヴはもう戻ってこないの？」

「ジェーン」トレヴァーが肩を抱いた。温かさが伝わってくる。「そうと決まったわけじゃないんだ。希望を捨てちゃいけない」

「あなたならそう言ってくれるとケイレブにはわかっていたみたいね」

「ぼくは諦めない。きみを抱き締めて、慰めてあげたい。だが、今はクインと二人きりになりたいだろうから」トレヴァーは背を向けた。「ハワード・スタングが医者を呼ぶと言っていた。様子を見てくるよ。ジョーは肋骨《ろっこつ》にひびが入ったようだ」

ジョーは魂が抜けたように茫然《ぼうぜん》として、燃え上がる火を見つめていた。火は衰えるどころか、加速度的に勢いを増しているようだ。空気も生命も希望も呑み込んでいく。

〝イヴは酒場から出てこなかった。目撃者が何人もいる。生きて出てきてほしいと誰もが固唾を呑んで見守っていた〟

目撃者が何人も……。

奇跡を起こして、イヴ。あなたと暮らした日々は奇跡の連続だった。もう一度だけ奇跡を起こして。

「こんな結果になって残念だ」

顔を上げると、ベナブルが少し離れたところに立っていた。悄然《しょうぜん》とした姿をジェーンはぼんやりと眺めた。

「攻撃チームの弾丸が爆発を引き起こしたとわかったら、ジョーはただではすまさないわ」ジェーンは、スタングが連れてきた医者に応急手当をしてもらっているジョーに目を向けた。「今はまだショックから立ち直っていないけど」ジョーだけではない。わたしだって正気を保っているのが不思議なぐらいだ。「ケイレブがあなたに話を聞いてくると言っていたわ」

「ああ、話したよ」

ジェーンは炎に目を向けた。火の手はどんどん広がっている。もうすぐ町全体が炎に包まれるだろう。見捨てられた町はついに地上から姿を消すのだ。

麓からオオカミの遠吠《とおぼ》えが聞こえた。町が消えるのを、そして、イヴがこの世から消えるのを悼むかのような悲しげな声だ。

「ケイレブになんて釈明したの？」ジェーンは訊いた。

「作戦どおり慎重に進めたと答えた。建物に人がいるのに攻撃を仕掛けたりはしない。あの酒場は赤外線スコープで監視していたんだ」ベナブルは背筋を伸ばして、まっすぐジェーンの目を見つめた。「爆発が起こったとき、あの酒場には二人の人間がいた」

みぞおちに一撃食らったようなショックだった。

「ジェーン」ベナブルが近づいて手を伸ばしてきた。

「触らないで」ジェーンはさっと身を引いた。

やっぱりそうだった。イヴはあの炎の中にいるのだ。ボニーがそばについていてくれるだろうか？

ねえ、イヴ。ボニーがあなたを守ってくれることをジョーは信じているようだけど、わたしは素直に受け入れることができなかった。でも、今は信じたい。

ジェーンは立ち上がった。「言うべきことは言ったでしょ、ベナブル。これ以上あなたと話したくない」

「イヴの救出法に関して見解の相違があったのは確かだ。しかし、あの爆発を引き起こしたのは攻撃チームではない。それだけは言っておきたかった。報告書には自爆と推定されると書くつもりだ」

「もうそこまで考えているなんて」ジェーンは首を振った。「これは隠蔽工作じゃないの？」

「わたしは自分の務めを果たしているだけだ」

「言い訳は聞きたくない」ジェーンはさえぎった。「ジョーに伝えてくるわ。うれしい役目じゃないけど」

重い足を引きずるようにして近づくと、ジョーはこっちを向いていた。ベナブルと話しているところを見ていたのだろう。まだ一縷《いちる》の望みをつないでいるだろうか？

もう望みはないのに。

たったひとつ望むことができるとすれば、いつもイヴを気づかってくれていた幼い少女が、最後までそばについてくれていたこと。ジェーンは気を引き締めた。泣いてはだめ。わたしが泣いたら、ジョーは気力を振り絞って慰めようとするだろう。

ジェーンはジョーの肩に寄りかかった。「話さなければいけないことがあるの」

「教えたのか？」

ベナブルは振り向いた。背後の暗がりにザンダーが潜んでいた。「まだいたのか？　ドーンは死んだ。復讐劇《ふくしゅうげき》はおしまいだ」

「ジェーン・マグワイアに赤外線スコープのことを教えたんだろう」

「ああ。なぜ赤外線スコープのことを知っているんだ？」

「酒場が爆破された直後に山に戻って、きみのチームの技術者から聞き出した。確認しておかなければならなかったからな」

「ドーンを始末したことを？」

ザンダーはかすかな笑みを浮かべた。「わたしの徹底した性格は知っているだろう」

「確認したのなら、なぜまだここにいるんだ？」

「何か不自然なものを感じるからだ。きみはいつもと様子が違う」ザンダーはジェーンとジョーに目を向けた。「妙に気にかかる。どうして彼女を犠牲にしたんだ?」

「イヴのことか?」

「ほかに誰がいる?　きみもイヴに好意を抱いていたはずじゃないか。それなのにどうして?　イヴに対するきみの仕打ちは許さない」

ベナブルは体をこわばらせた。「それは脅しか?」

「わたしは人を脅したりしない。敵は脅威が近づいていることすら気づかないまま死ぬからな」ザンダーは背を向けた。「だが、きみの真意を確かめるまで追及の手は緩めない」

そう言うと、ザンダーはまた闇に消えた。


またオオカミの声が聞こえる。

マーガレットは顔を上げて、赤々と燃える火から麓へと視線を移した。近くで爆発が起こったのに、オオカミたちはどうして麓から離れないのかしら?

そっとジェーンの様子をうかがった。ジョーに寄り添って、しきりに話しかけている。わたしの出番はなさそうだ。そばを離れても気づかないだろう。

怒りを含んだオオカミの声が聞こえる。

わかった、今、行く。わたしを待っているわけじゃないだろうけど。

マーガレットは森に向かった。麓に着く頃には、吠えているのは雄オオカミとわかった。

群れのリーダーらしい。

　ゆっくり近づこう。知能の高いオオカミ一頭なら交信できそうだけれど、群れは扱いにくい。ちょっとしたことで暴走してしまう。

どこにいるの？　わたしは敵じゃない。近寄らせてくれたら、それを証明できる。

マーガレットは呼びかけると、足を止めて耳をすませた。

目の前に白樺《しらかば》の木立がある。うなじの産毛が逆立つのを感じた。あそこだ。

近づくと、木々の隙間から灰色や白がちらりと見えた。何頭いるのかは考えないことにした。三頭いれば、あっというまに人ひとりぐらい餌食にしてしまう。吠えていた雄オオカミのことだけ考えながら呼びかけると、強い反応があった。ケラク。それがこのオオカミの名前らしい。

行け。あいつは行かせるしかない。

死後の世界に行かせるしかないと言っているのだろう。

あいつって誰？　マーガレットは呼びかけた。ドーン？

激しい憎しみが伝わってくるのがわかった。群れのオオカミがいっせいに憎しみを向けてくる。マーガレットは思わず身震いした。引き返したほうがいいだろうか？　感情をこれほどぶつけてくる動物は初めてだ。

でも、オオカミたちの怒りは、あの爆発とそれに続く火災に関わりがあるような気がする。マーガレットはケラクに呼びかけた。

わたしを憎んでいるわけじゃないでしょう？

返事はなかった。また激しい憎しみが伝わってきただけだ。

木立に入ってもいいかしら？　静かに地面に座る。あなたに心を開いてみるから、あなたも応えて。

返事はなかった。

マーガレットは深呼吸すると、白樺の木立に分け入った。

来たわ。わたしは敵じゃない。

地面に座って脚を組んだ。藪《やぶ》の中でかすかな音がして、灰色と白のものが背後で動くのが見えた。後ろだけではない。両側に、そして目の前にもいる。

薄闇の中で緑色の目が光っていた。少なくとも六頭が周囲を取り巻いている。

マーガレットは目を閉じて、ケラクに呼びかけた。

わたしが見えるでしょう？　あなたも姿を見せて。なぜあの町を離れなかったの？

返事はなかった。

誰を殺さなければいけないの？

うなり声がして、マーガレットははっと目を開けた。三メートルほど離れたところに灰色と白の大きなオオカミがいた。白い歯をむき出してうずくまっている。

誰を殺すの？　マーガレットは琥珀《こはく》色を帯びた緑の目を見つめた。教えて。

突然、さまざまな情景が旋風のように押し寄せてきた。

逆巻く濁流。飢え。恐怖に目を見開いている赤毛の女の子。燃え上がる森。そして、闇と静寂が広がった。

忍び寄る悪霊。死。その渦の真ん中に、赤毛の小さな女の子が見える。

だめ、その子はだめ！　その子を殺さないで。

マーガレットはあとずさりすると、弾《はじ》かれたように立ち上がった。

周囲からうなり声が聞こえる。獣の臭いが鼻をつく。いつのまにか群れのオオカミが集まっていた。どのオオカミも尖《とが》った白い歯をむき出して、今にも襲いかかってきそうだ。

いつになったら火災はおさまるのだろうとジェーンは思った。爆発が起きて町が炎に呑み込まれてから、もう数時間経《た》った。攻撃チームに交じって、ケイレブとトレヴァーは延焼を防ぐために町の周囲に塹壕《ざんごう》を掘っている。水源は近くの川にしかないし、応援を依頼した付近の町の消防車もまだ到着していない。

目を閉じて何もかも心から締め出せたらと願ったが、そうしたらイヴも心から締め出すことになる。ジョーはベナブルを捜しに行った。だからこうして町はずれの森のそばで、ジョーが戻ってくるのを、そして、火災が収束するのを待っているしかなかった。

「ジェーン」ケンドラが近づいてきた。「ドクター・エランドに鎮静剤を打たれて眠っているのかと思った」

「いいえ。ジョーも鎮静剤の注射を断った。今、現実から逃げるわけにいかないと言って」

ケンドラはジェーンのそばに来て膝をついた。「あなたの気持ちがわかるなんて言えないけれど、今回のことはとても残念で――」

「みんなそう言うわ。いくら気づかってもらってもイヴは帰ってこない。慰めになんかならない」そう言うと、疲れた顔で首を振った。「八つ当たりしてごめんなさい、ケンドラ」

「これ以上あなたを追いつめたくない」ケンドラはためらいながら言った。「だから、今はそっとしておくように彼女には言ったんだけど」

「なんの話？」

「マーガレットから電話がかかってきたの。あなたを連れてきてって」

「なんのために？」

「わからない。どうしても来てもらいたいって、それだけ」

ジェーンは首を振った。

「当然よね」ケンドラはため息をついた。「それはマーガレットにもわかっていたみたい。あなたの愛犬のトビーを助けたことに感謝しているなら来てほしい――断ったらそう伝えるようにも言われたわ」

「伝えるかどうか迷ったでしょうね」ジェーンはケンドラを見つめた。「それでも言いに来てくれたのはなぜ？」

「マーガレットを信じたいからだと思う。彼女は『オズの魔法使い』に出てくるいい魔女みたいに不思議な力を持っているわ。どう、行ってみる？」

「どこにいるの？」ジェーンは町を見回したが、消火活動に当たっている人たちの中にマーガレットは見当たらなかった。「なぜわたしを呼びつけたの？」

「直接訊《き》いて。マーガレットのほうから来るわけにはいかないそうよ」ケンドラは北側の鬱蒼《うっそう》とした茂みを指した。「あのあたりらしいわ」

ジェーンはその場を離れたくなかった。ここで丸くなって、孤独と悲しみを少しでも忘れたかった。

ふと、トビーの姿が目に浮かんだ。マーガレットが気づいてくれなかったら、今ごろトビーは生きていなかっただろう。

ジェーンはゆっくりと立ち上がった。「案内してくれる？」

ケンドラはうなずくと茂みに向かった。「場所は教えてくれたけれど、わたしはマーガレットほど森にくわしくないから。道に迷ったら電話することになってるの」

「ここからどれぐらい？」

「十五分くらいだそうよ」ケンドラは坂をのぼり始めた。

森を抜けて麓に出ると、ジェーンは振り返って町を眺めた。ここから見ると、火の手がいっそう赤々と見える。こんなときにわたしは何をしているのだろう？

でも、マーガレットが言うのだから。なんだかわからないけど、早くすませてしまおう。

「あの白樺の木立の奥」十分ほど歩くと、ケンドラが言った。突然声を張り上げる。「マーガレット！　返事をして。ジェーンを連れてきたわ」

「静かに入ってきて」マーガレットが小声で言った。

「マーガレット、これはどういうこと？」白樺の木立に入ると、ジェーンは訊いた。

「来てもらうしかなかったの。大きな声を出さないで。急に動いたりしないでね」

「言われたとおりにしたほうがよさそうね」木立に分け入りながらケンドラが言った。

「次の角を曲がったところ。ゆっくり近づいて」

角を曲がったとたん、ジェーンは足がすくんだ。目を疑うような光景が広がっていた。地面に座ったマーガレットの膝に、灰色と白の大きなオオカミが寄りかかっている。そして、琥珀色を帯びた緑の目でこちらを見つめていた。

「だいじょうぶよ」マーガレットがオオカミにささやいた。「この人たちも敵じゃないから」顔を上げると、ジェーンに輝くような笑顔を向けた。「ほんとによかったわ……まだチャンスはある」

「なんの話?」

「死んでなんかいないわ、ジェーン」喜びに震える声で続けた。「イヴは生きているのよ!」

訳者あとがき

ロマンティック・サスペンスの名手として広く知られているアイリス・ジョハンセンは、際立った個性を備えた女性を主人公としたシリーズ作品を次々と世に送り出してきましたが、代表作はなんといっても復顔彫刻家のイヴ・ダンカン・シリーズでしょう。本書『慟《どう》哭《こく》のイヴ』はその中のイヴ三部作の二作目に当たります。

二〇一九年十一月に邦訳が出版された第一作『囚《とら》われのイヴ』では、突然、イヴがアトランタの自宅から拉致され、遠く離れたコロラド州の山奥に監禁されます。犯人の目的もわからないまま、家族や友人たちは捜索に全力を尽くしますが、手がかりすら得られません。一方、イヴは不屈の闘志を発揮して逃亡に成功、山中に身を隠すところでストーリーが終わっていました。

その続編『慟哭のイヴ』では、執拗《しつよう》に追ってくる誘拐犯から逃げまどうイヴ、その前に現れた謎の男ザンダー、そして、文字どおり命がけでイヴを取り戻そうとする友人たちの姿が描かれています。アトランタ、バンクーバー、コロラド州南部からロッキー山脈へとめまぐるしく場面が変わり、思いがけない事件が次から次へと起こる大胆なストーリー展開は、まさに著者の本領発揮といったところです。スリルとサスペンスを存分に楽しんでいただけることでしょう。

本書では前作の登場人物に加えて、アイリス・ジョハンセンが息子のロイとともに作り出したヒロイン、ケンドラ・マイケルズがイヴを見つけるために奮闘しています。幹細胞移植手術を受けて奇跡的に視力を取り戻し、音楽療法士として働きながら、目が不自由だった頃に研ぎ澄ました聴覚・触覚・嗅覚・味覚をフルに活用して、これまでにも数々の難事件を解決に導いた経験を持つケンドラ。シリーズ作品としては『暗闇はささやく』『見えない求愛者』『月光のレクイエム』『永き夜の終わりに』がこれまでに紹介されています。三部作完結編では、また別のシリーズの主人公、イヴの友人のＣＩＡ捜査官キャサリン・リングが登場し、謎が深まる中、捨て身の捜索が続けられます。ジョハンセン・ワールドがますます広がりそうですね。どうかお楽しみに。

二〇二〇年五月

矢沢聖子

訳者紹介　矢沢聖子

英米文学翻訳家。津田塾大学卒業。幅広いジャンルの翻訳を手がける。主な訳書に、アイリス・ジョハンセン『囚われのイヴ』『野生に生まれた天使』(以上mirabooks)、ミック・フィンレー『探偵アローウッド 路地裏の依頼人』、トム・ミッチェル『人生を変えてくれたペンギン 海辺で君を見つけた日』(以上ハーパーBOOKS)など多数。

mira

慟哭《どうこく》のイヴ

2020年5月15日発行　第1刷

著者　アイリス・ジョハンセン

訳者　矢沢聖子《やざわせいこ》

発行人　鈴木幸辰

発行所　株式会社ハーパーコリンズ・ジャパン
東京都千代田区大手町1-5-1
03-6269-2883(営業)
0570-008091(読者サービス係)

印刷・製本　中央精版印刷株式会社

ISBN978-4-596-91821-5

mirabooks

明けない夜を逃れて
シャロン・サラ
岡本 香 訳
余命宣告から生きのびた美女と、過去に囚われた私立探偵。喪失を抱えたふたりが出会ったとき、運命は大きく動き始め…。叙情派ロマンティック・サスペンス！

さよならのその後に
シャロン・サラ
兒嶋みなこ 訳
息子を白血病で亡くし、悲しみのあまり離婚の道を選んだヘイリー。3年後、命の危機に陥った瞬間に思い出したのは、いまも変わらず愛している元夫で…。

いつも同じ空の下で
シャロン・サラ
兒嶋みなこ 訳
シェリーの夫はFBIの潜入捜査官。はなればなれの日々のなか、夫が凶弾に倒れたという知らせが入る。涙にくれるシェリーを、次なる試練が襲い…。

傷だらけのエンジェル
シャロン・サラ
新井ひろみ 訳
天涯孤独のクインは刑事ニックに救出される。彼はかつて同じ里親のもとで暮らし、ただ一人心を許した少年だった。再会した二人は男と女として惹かれあう。

ミモザの園
シャロン・サラ
皆川孝子 訳
祖母が遺した〝ミモザの園〟に越してきたローレル。予知能力を持つ彼女を待っていたのは、夢の中で愛を交わした名も知らぬ幻の恋人だった。名作復刊。

ミステリー・イン・ブルー
シャロン・サラ
カーラ・ネガーズ
ヘザー・グレアム
覆面捜査中に軟禁された捜査官ケリー。休暇中のレンジャー、クインに助けてもらうが彼女の首に賞金がかけられ…。全米ベストセラー作家による豪華短編集！